Celeste

oder

Ankunft in Dresden

Teil I

Das Buch

Die selbstbewusste Celeste heiratet den ehrgeizigen Ingenieur Florian Hofstetter, gebürtig aus Würzburg, der nach seinem Leipziger Studium bei dem renommierten Baumeister Jahner eine Anstellung in Dresden innehat. Schon bald nach ihrer Ankunft in der neuen Heimat verkümmert das lebenssprühende Mädchen rasant.

Heinrich, der Stiefsohn des Ratsherrn Othmar von Heringsdorf, nimmt sich der jungen Engländerin behutsam an – aufgrund seines Wissens ahnt er ihren Kummer. Celeste lässt jedoch beschämt Schweigen darüber walten. Schließlich verhilft er ihr zur Flucht in die Heimat. In einem mitgegebenen Brief an ihren Vater, ein Londoner Rechtsanwalt, offenbart Heinrich das gehütete Geheimnis des hochbegabten Ingenieurs, das nicht nur vom Arbeitgeber auf erpresserische Weise benutzt wird.

Die Autorin legt einen zweiteiligen Gesellschaftsroman im Umbruch der Aufklärung und der romantischen Gegenbewegung vor, dessen Handlung entsprechend der moralischen Vorstellungen und Konventionen dieser Zeit eingebettet ist.

Celeste

oder

Ankunft in Dresden

Teil I

Katharina Auciel

Impressum

Bibliografische Information der Deutschen Nationalbibliothek:
Die Deutsche Nationalbibliothek verzeichnet diese Publikation in der Deutschen Nationalbibliografie; detaillierte bibliografische Daten sind im Internet über http://dnb.dnb.de abrufbar.

© 2022 Katharina Auciel

Cover Design: Panagiotis Lampridis, Book Design Stars

Herstellung und Verlag: BoD – Books on Demand, Norderstedt

ISBN: 978-3-756-8872-00

ERSTES KAPITEL

Liebste Mama,

in den vergangenen Tagen ist unglaublich viel geschehen. In meinem letzten Brief schrieb ich Dir von dem umwerfend gutaussehenden jungen Mann, der seit einigen Monaten unsere Gemeinde besucht. Ich gebe zu, nicht alles berichtete ich Dir, da sich solche Empfindungen in meinem jugendlichen Alter womöglich noch nicht schicken. Doch nun stellte sich einiges heraus und hat sich ergeben, was ich Dir, geliebte Mama, keinesfalls verschweigen darf und will.

Meine Freundin Lissy ist vernarrt in diesen Herrn, obwohl er sie kaum beachtet – es ist eine alberne Schwärmerei. Dadurch brachte sie jedoch Wissenswertes über diesen jungen Mann in Erfahrung. Er ist Deutscher und heißt Florian Hofstetter – wunderbar deutsch! Er ist Ingenieur und für ein großes Bauvorhaben nach England berufen worden. Irgendwo im Norden von Wales soll ein riesenhaftes Bauwerk errichtet werden. Herr Hofstetter hielt sich einige Monate in Cardiff auf, um die Sprache zu lernen und sich mit den englischen Gepflogenheiten bekannt zu machen – die Deutschen nehmen es sehr genau. Wie es das Schicksal wollte, ist er katholisch und besuchte bislang mindestens drei Mal in der Woche die Messe. Zu meinem Vergnügen konnte ich bemerken, dass der beeindruckende junge Herr ein Auge auf mich geworfen hat. Ich habe ihn jedoch kaum eines Blickes gewürdigt. Doch wendete ich eine kleine List an, um herauszufinden, ob er es ernst meint oder nicht. Also verließ ich unser Kirchlein jeweils mit den letzten Besuchern. Stets hielt er sich so lange in der Nähe des Kirchenportales auf, bis ich heraustrat und er mich erspäht hatte. Zur Belohnung für seine Hartnäckigkeit und Treue bedachte ich ihn hin und wieder mit einem freundlichen Lächeln – aber nicht jedes Mal, er sollte nicht denken, dass ich mich leicht beeindrucken lasse.

Am letzten Sonntag (gestern) war es das gleiche, an diesem Tag hatte er sich wieder ein Lächeln meinerseits verdient – das letzte schenkte ich ihm eine Woche zuvor (denk ja nicht, dass es mir leichtfällt, nicht zu lächeln!). Zu meinem großen Schrecken kam er auf mich zu und stellte sich vor. – O liebste Mama, kannst du Dir vorstellen, dass Deine kühne Celli beinahe in Ohnmacht gefallen ist, als dieser prächtige blonde Herr vor ihr eine Verbeugung machte!? Tatsächlich, er heißt Florian Hofstetter und kommt aus Dresden. Und warum stellte er sich vor? Er erzählte mir kurz und bündig, dass er jetzt für ein Jahr nach Llangollen reise, um dort mit dem Herrn ‚Sowieso' eine große Brücke zu bauen – ich hätte den Herrn wohl kennen müssen, denn er sprach den Namen sehr bedeutungsvoll aus – ein Engländer! Ich nahm etwas Anteil und fragte ihn nach diesem Bauwerk und was man eben so fragt. Er war etwas hastig, sein Gastgeber gab ihm von weitem zu verstehen, dass sie aufbrechen wollten. Da fragte er mich nach meiner Anschrift und bat um Erlaubnis, mir schreiben zu dürfen und hielt mir sogleich sein Notizbüchlein mit einem Schreiber entgegen!

O, Mama, was hättest du an meiner Stelle getan? – Ich jedenfalls schrieb ihm meine Anschrift hinein.

Wie geht es unserer kleinen Lenchen? Und was machen Nori und Becky? War Agatha mit ihrer süßen Perdita wieder einmal in unserem Hause? Hat Max die Nachbarjungen als Freunde gewonnen oder muss der arme Kerl immer noch nach Beckys Pfeife tanzen? Mama, Du musst unbedingt eingreifen, was soll aus dem armen Jungen nur werden, wenn seine älteren Schwestern ihn ständig bevormunden und als Hündchen benutzen?

Wie geht es Onkel George? Schreib mir, was er von meiner Begebenheit mit dem exklusiven deutschen Ingenieur hält; seine Meinung ist mir teuer.

Liebste Mama, Deine Celli wird erwachsen, es ist nicht mehr aufzu-halten. In größter Liebe, Deine Celeste

Meine liebe Celeste,

das sind wahrhaftig überraschende Neuigkeiten! Wobei ich anmerken muss, dass ich schon seit einiger Zeit auf solche Nachrichten gefasst bin, denn es ist nicht zu übersehen, dass unsere Celli erwachsen wird. Was mich in dieser Sache wirklich beruhigt ist, dass der ,exklusive Ingenieur' für ein Jahr aus Deinem Gesichtskreis verschwunden ist. Denn mit sechzehn bist du mir doch noch ein wenig zu jung. Insofern kann ich Gott danken, dass er Dir einen ernsthaften jungen Mann über den Weg laufen ließ, der sich selbst und Dir ein ganzes Jahr zum Kennenlernen Zeit gibt.

Onkel George wünscht Dir eine tiefsinnige Brieffreundschaft mit die-sem Herrn und ist überzeugt, dass Du ihn taktvoll abweisen wirst, wenn er Deinen hohen Ansprüchen nicht genügt. Außerdem möchte er natürlich wissen, um was für ein Bauwerk es sich handelt. Er lässt die herzlichsten Grüße an seine kluge Stieftochter ausrichten.

Was unsere beiden ,großen' Mädchen betrifft, sind sie lebendig wie eh und je – sie stehen Dir also in kaum etwas nach. Unsere kleine Lenchen spielt emsig mit deiner alten Puppe Jane, sie liebt sie innig – ganz besonders, wenn Familie Ferres zu Besuch war. Genauso hast du Deine Puppe umsorgt, wenn wir Catherine mit ihrer Clara be-suchten. Kannst Du Dich daran erinnern?

Wegen Max kann ich dich beruhigen. Er hat in der Nachbarschaft einen netten Spielkameraden gefunden. Doch allzu viel Zeit hat er nicht, der liebe Herr D'Alambert schickt ihm regelmäßig Aufgaben, die wir zeitig zurücksenden müssen. Und Nori und Becky bereiten

9

sich auf verschiedene Prüfungen vor, um nächstes Jahr zu Dir nach Cardiff zu kommen.

Jetzt hoffe ich natürlich, dass Du uns bald in Chelsea besuchst. Onkel George und ich planen, im Sommer für zwei Monate nach Abingdon zu reisen – es würde uns alle glücklich machen.

Schreibe mir, ob Du die Ausbildung als Lehrerin nun beginnen wirst und wie es sich gestalten würde.

Richte herzliche Grüße an Jane und Jackson aus. Bedenke auch Paul mit einem Kuss von seiner Mama.

Die besten Wünsche für Dich, meine geliebte Tochter, und Gottes Segen, Deine Mama

Cardiff, 18. Februar 1820

Geliebte Mama,

hoffentlich seid Ihr alle wohlauf!

Um auf Deine Frage zur Ausbildung zu sprechen zu kommen; vor zwei Tagen habe ich mich endlich entschieden, diese zu beginnen, trotz des halbes Jahres Elisabeth-Cromwell-Institut für junge Erzieherinnen in Bristol, und darf anschließend an der Sankt Michaels Schule in Cardiff die Ausbildung fortsetzen. Das bedeutet, Jane Jackson und Fräulein Hickson werden neben Pater Faber meine Ausbilder sein. Mitte Mai beginnt die Ausbildung in dem besagten Institut; Pater Faber tröstete mich, sechs Monate gingen rasch vorüber. Andrerseits freue ich mich ein wenig darauf, weil es mich ablenkt und ich neue Menschen kennen lernen werde.

Ich muss zugeben, es enttäuscht mich, dass dieser Deutsche mir leere Versprechungen machte – bis heute ist kein Brief angekommen. Doch sage ich mir immer wieder – wie Du es mich lehrst – er war es nicht wert. Aber einfach ist das nicht, immerhin hat er jeden Freitag, Samstag und Sonntag darauf gewartet, dass ich aus der Kirche trete und *sich einen Blick von mir erhofft – wenigstens zwei Monate lang. Und dadurch habe ich ihn dummerweise bereits recht in mein Herz geschlossen. Auf unerklärliche Weise erinnert er mich an Papa, obwohl er blond ist. Doch ist er von ähnlicher Statur und strahlt eine ebensolche fröhliche Erhabenheit aus – nicht so abgeklärt und seriös, wie Onkel George, sondern etwas verschmitzter, mit etwas mehr Charme ... Ach Mama, ich seufze tief – gewiss kannst Du es bis Chelsea hören! Hätte ich das gewusst, dass solch ein törichtes, nicht eingehaltenes Versprechen alle Lebensgeister dermaßen verzehrt, hätte ich ihn keines Blickes gewürdigt und er wäre nie auf die Idee gekommen ... ach, Mama, zu gerne wäre ich jetzt bei Dir – Du hättest Verständnis für Dein süßes Himmelsgeschenk. Natürlich, Jane versucht, mich auch zu trösten, doch ist das mehr so ein Unverständnis als Trost. Sie sagt mir, ich hätte ja nie mit ihm gesprochen, ich wüsste gar nicht, was er denkt und was er empfindet und überhaupt, vielleicht ist er ein Hallodri, der jedem Mädchen schöne Augen macht und so weiter und so fort.*

Liebste Mama, erzähle Onkel George nichts von meinem Weh – er wird es nicht verstehen und mich belächeln, und so etwas kann ich gar nicht ertragen, auch wenn ich es nicht leibhaftig erlebe. Allein der Gedanke daran, ist äußerst unangenehm. Ich möchte, dass Onkel George nur mit Hochachtung von mir denkt.

Alles Liebe, geliebte Mama, in meinen Gedanken liege ich in Deinen Armen, während Du mich liebevoll tröstest. Deine wunde Celli

Llangollen, 18. Februar 1820

Verehrtes Fräulein Celeste,
erst jetzt nach zwei Wochen finde ich Zeit, Ihnen zu schreiben, dabei hätte ich es zu gern sofort getan. Doch gibt es hier so unfassbar viel zu tun, dass selbst zum Essen kaum Zeit bleib. Gestern ist endlich

Herr Telford angereist. Das heißt, es wird etwas ruhiger – doch nur geringfügig.

Womöglich haben Sie sich etwas erschrocken, als ich an jenem Sonntag auf Sie zukam, doch muss ich Ihnen gestehen, dass es mich traurig stimmte, Sie nicht mehr wiederzusehen – obwohl wir noch nie miteinander gesprochen haben. Herr Gilmore, mein verehrter Gastgeber, schlug mir diesen Weg vor, um Sie, verehrtes Fräulein Celeste, doch noch kennenzulernen.

Vier Monate habe ich nun in Cardiff verbracht, um meine englischen Sprachkenntnisse zu vertiefen und die Menschen und ihre Sitten und Gebräuche ein wenig kennenzulernen. Herr und Frau Henry Gilmore empfingen mich mit offenen Armen und boten mir diese Monate ein wahrhaft freundliches Zuhause. Ich vermute, Sie sind mit dieser Familie nicht bekannt, denn man konnte mir über Sie, verehrtes Fräulein, nichts berichten.

Nun möchte ich mich nochmals vorstellen, damit Sie einen Eindruck über meine Herkunft erhalten. Meine Eltern sind der Hofstetter Ludwig und die Anna Maria, geborene Landjäger, beide gebürtig aus Würzburg. Mein Vater unterhält eine Uhrmacherwerkstatt mit zwei Angestellten, meine Mutter führt die Buchhaltung. Ich bin ihr einziges Kind, darum konnten sie mir ein Ingenieurstudium in Leipzig finanzieren. Das Studium habe ich in kürzester Zeit mit summa cum laude abgeschlossen. Seit zwei Jahren bin ich im Ingenieursbureau Jahner & Sohn in Dresden als Ingenieur für Brückenbau tätig. Herr Jahner unterhält mit Herrn Thomas Telford aus Shrewsbury eine enge wissenschaftliche Zusammenarbeit. Vor einem Jahr kam die Nachricht, dass Herr Telford ein Aquädukt in Llangollen / Wales plant. Freundlicherweise möchte Herr Jahner, dass ich mich umfassend mit Brückenbau befasse. Man überließ mir die Pläne der Geländeausmessungen, so dass ich bereits in Dresden zu diesem englischen Bau Vorarbeit leisten durfte.

Nun stehe ich in Llangollen vor den Tatsachen und musste bemerken, dass die Angaben, die man mir zukommen ließ, nicht ganz den Gegebenheiten entsprachen. Das bedeutet, ich musste selbst alles nochmals ausmessen und meine Pläne den tatsächlichen Umständen anpassen – es wäre vernichtend, wenn Herr Telfords Konstruktion aufgrund falscher Ausgangsmessungen nicht gelänge.

Nun habe ich Sie kurz über meine Herkunft und Tätigkeit unterrichtet, vergaß jedoch mein Alter zu nennen. Am 10. August 1795 erblickte ich das Licht der Welt und wurde am nächsten Tag in der Hofkirche zu Würzburg getauft.

Sollte Ihnen, verehrtes Fräulein, meine Angaben genehm sein, würde mich ein Brief, von Ihrer Hand geschrieben, herzlich freuen.

Wie Sie sich vielleicht vorstellen können, würde ich gerne etwas von Ihren Plänen und Ihrer Herkunft erfahren. Selbstverständlich nur, wenn meine Bitte nicht ungebührlich ist. Ich musste bereits feststellen, dass ein Volk unterschiedliche Vorstellungen von Freundschaft und Konversation pflegt, als ein anderes – selbst innerhalb der deutschen Länder unterscheiden sich die Menschen (Würzburg – Dresden)! Also bitte ich Sie um Verzeihung und Nachsicht, sollte ich mit meinem Brief und dessen Abfassung gegen gewisse Normen der englischen Sitten verstoßen haben.

Mit freundlichen Grüßen, Ihr Florian Hofstetter

Chelsea, 22. Februar 1820

Meine süßes Himmelsgeschenk,

Du glaubst nicht, wie gerne ich Dich tröstend wiegen würde! Ganz gewiss ist Herr Hofstetter ein beeindruckender Herr und ich kann mir nicht vorstellen, dass er ein ‚Hallodri' ist. Niemals hätte er Dich so höflich um Erlaubnis gebeten, Dir schreiben zu dürfen. Ganz gewiss ist etwas Schwerwiegendes dazwischengekommen – denk nur, was für einen schwierigen Beruf er ausübt. Richte Deine Kräfte so gut es eben geht auf Deine letzten Prüfungen und bevor Du nach Bristol gehst, würden Onkel George und ich mich überaus freuen, würdest Du nach Hause kommen – von der großen Freude Deiner Geschwister ganz abgesehen.

Onkel George fragte nach dem Ingenieur und so habe ich ihm von Deiner Sorge berichtet – er war sehr mitfühlend und ich soll Dir herzlichste Grüße ausrichten.

Deine Mama, die für Dich betet.

Cardiff, 25. Februar 1820

Liebste Mama,

ich habe einen Brief von ihm erhalten! Er war tatsächlich mit so viel Arbeit überhäuft, dass er kaum Zeit für alltägliche Verrichtungen fand. Unfassbar, wie die Deutschen Briefe schreiben! Natürlich, ich weiß nicht, ob alle Deutschen ihre Briefe so schreiben, aber er tut es offenbar genauso, wie es im Buche steht – fehlte nur noch, dass er mir schrieb, wie viel Fuß hoch er gewachsen und welches seine Kragenweite ist. Ich musste furchtbar lachen, als ich seine Zeilen las. Der Brief ist sozusagen ohne jede Eleganz geschrieben, dafür mit sehr vielen Angaben über Familie, Studium und Beruf. Doch gestehe ich Dir, liebste Mama, nach dem dritten Mal Durchlesen, fand ich diesen Brief so liebevoll schlicht und ehrlich, dass er mein Herz erwärmte. Abgesehen davon, ist der junge Herr sehr strebsam und fleißig. Ich werde ihm antworten, denn es ist doch amüsant, andere Sitten und Gebräuche kennenzulernen. Außerdem ist lobenswert zu erwähnen, dass er mich um Verzeihung bat, falls sein Stil nicht dem Englischen entspräche – doch, Mamachen – das rührte mich.

Zu Onkel Georges Erkundigung nach dem Bauwerk: Es wird ein Aquädukt in Llangollen. Ein gewisser Herr Thomas Telford ist der leitende Ingenieur. Die Maßangaben, die man dem Herrn Hofstetter in sein Ingenieurbureau zusandte, waren ungenau, so dass er alles noch einmal ausmessen musste und seine Konstruktion, die er bereits in Dresden ausgearbeitet hatte, neu berechnen muss – der Arme!

Nun werde ich ihm genüsslich antworten – er möchte einiges über mich erfahren. Übrigens, liebe Mama, in drei Wochen trete ich in mein achtzehntes Lebensjahr ein – Du hast mich also um einiges jünger gemacht, als ich in Wahrheit bin.

Grüß all meine Lieben von mir, Deine frohgemute Celli

Cardiff, 26. Februar 1820

Verehrter Herr Hofstetter,

mit Ihrem Brief rechnete ich tatsächlich nicht mehr, so war er eine hübsche Abwechslung für mich.

Wahrhaftig unterscheidet sich Ihr Stil ein wenig von dem Englischen, doch amüsiert er mich und ich werde versuchen, Ihnen eine ähnliche Zusammenfassung von mir zu geben.

Geboren wurde ich am 13. März 1803 in Abingdon, nahe Oxford. Meine Eltern sind Alexander Henry Williams, Kapitän der Kriegsmarine, im Februar 1815 leider verstorben, und Anna Williams Avestone, geborene Graham, Tochter des Barons aus Wiltshire, Sir Richard Graham. Seit meinem zwölften Lebensjahr besuche ich in Cardiff eine katholische Schule und wohne bei der Nichte meines Vaters und deren Gatten, Geoffrey Jackson (ehemaliger Erster Offizier meines geliebten Vaters). Meine Mutter lebt mit meinem Stiefvater seit einem Jahr in Chelsea, unser Hauptwohnsitz ist jedoch immer noch das geliebte Haus in Abingdon, das mein Vater für meine Mutter kaufte, kurz bevor sie heirateten.

Zurzeit schließe ich meine Schulausbildung ab und beginne ab Mai mit einer Ausbildung zur Erzieherin. Das erste halbe Jahr werde ich in Bristol verbringen, anschließend kehre ich nach Cardiff zurück.

Ich vergaß, meine Geschwister zu erwähnen; ich habe einen älteren Bruder, Frederic, er studiert in Frankreich; ich bin die zweite, dann kommt Paul, er besucht ebenfalls die Sankt Michael Schule in Cardiff. Nach Paul wurde Eleonora geboren, sie wird im Oktober zwölf und lebt noch zuhause. Die fünfte ist Rebecca, sie ist nur acht Monate jünger als Nori, das ist nur möglich, da sie keine leibliche Schwester ist. Seit Säuglingsalter lebt sie in unserem Hause, ihr Vater – mein Stiefvater – übergab sie meinen Eltern, als Rebeccas Mutter an Kindbettfieber starb. Als sechster kommt Maximilian, er ist inzwischen acht Jahre alt und das jüngste Kind meines geliebten Vaters. Meine jüngste Schwester ist unser goldiges Nesthäkchen Magdalena, sie ist zwei Jahre alt und die Tochter meiner Mutter und meines Stiefvaters. Nun habe ich Ihnen unsere hübsche Parade vorgestellt, doch ist es tatsächlich ganz anders, all meine lieben Geschwister persönlich kennenzulernen. Paul sind Sie womöglich bereits begegnet, auf jeden Fall haben Sie ihn als Ministrant erleben dürfen – er liebt es, am Altar zu dienen. Sollte auch er eine Berufung in sich verspüren, wie Frederic, wäre Becky sehr traurig – sie liebt ihn, seit sie denken kann – ob er sie mehr liebt, als uns andere Geschwister, weiß ich nicht, er ist immer freundlich gegen jeden. Nur mit mir bricht er manchmal einen Streit vom Zaun, er findet mich zu ungestüm und unvernünftig. Grundsätzlich verstehen wir uns jedoch gut.

Das Ehepaar Gilmore kenne ich übrigens vom Sehen, doch habe ich noch kein Wort mit ihnen gesprochen. Sie haben doch zwei kleine Kinder, oder sind es mehr?

Wenn Sie keine Geschwister haben, verehrter Herr Hofstetter, verbrachten Sie wohl all Ihre Zeit mit Lernen, schein mir. Oder wie kommt ein summa cum laude zustande?

Mein Stiefvater ist auch solch ein Spezialist, aber auf dem Gebiet der Rechte. Er ist ein berühmt-berüchtigter Anwalt, vor dem die Halsabschneider zittern. Er machte bereits so manchen edlen Herrn in London den Garaus. Dafür hatte er auch schon einiges zu leiden.

Sieht es in den deutschen Landen ähnlich aus, wie in unserem beschaulichen Britannien? In einem Atlas habe ich mir eine Karte von ihren vielen Königreichen angesehen; in diesem Flickenteppich habe ich sogar Würzburg entdecken können und das Dresden im großen Sachsen ebenfalls.

Schreiben Sie mir, welches Land Ihnen besser gefällt. Nun wünsche ich Ihnen eine erfolgreiche Arbeit und genügend Zeit zum Essen und Schlafen. Grüßen Sie Herrn Telford unbekannterweise hübsch von mir.

Viel Glück und Gottes Segen für Ihre Unternehmung wünscht Ihnen Celeste Williams

Llangollen, 7. März 1820

Verehrtes Fräulein Celeste,

zu Ihrem Geburtstag wünsche ich Ihnen alles Gute und Gottes Segen.

Ihr fröhlicher Brief ist in dieser rauen Umgebung eine Wohltat, so dass ich ihn in kurzen Minuten der Muße des Öfteren lese. Allein die lustige Beschreibung Ihrer Geschwister beinhaltet einen großen Unterhaltungswert. In diesem Zusammenhang möchte ich erwähnen, dass Gilmores zwei Mädchen im Alter von fünf und zwei Jahren haben, das dritte Kind wird demnächst geboren. Wenn ich einmal heiraten werde, möchte ich ebenfalls eine Schar Kinder haben. Es muss herrlich sein, so viel Trubel und Erlebnis um sich zu haben. Meine Eltern sind brave und gute Leute, doch sind sie schon etwas älter gewesen, als sie heirateten, darum ist es wohl nur bei einem Sohn geblieben, doch weiß ich, dass sie sich mehr Kinder wünschten.

Ihre Herkunft ist beeindruckend, verehrtes Fräulein, womöglich kämpfte Ihr Herr Vater gegen Napoleon. Es tut mir leid, dass er bereits verstorben ist. Gewiss ist es sehr ergreifend, von diesen Kriegen auf See zu erfahren. Und Ihre Frau Mutter ist von edlem Geblüt! Konnte der Baron es verkraften, dass seine Tochter einen Bürgerlichen ehelichte? Oder war Ihr Herr Vater ebenfalls ein Adliger? In Deutschland ist es nicht üblich, unter dem Stand zu heiraten.

Wie ich aus Ihren Zeilen herauslese, pflegen Sie ein freundliches Verhältnis zu Ihrem Herrn Stiefvater, das ist viel Wert.

Ihren Bruder Paul habe ich tatsächlich kennengelernt, doch wusste ich nicht, dass es Ihr Bruder ist, sonst hätte ich gewiss eher einen Schritt auf Sie zu getan. Meine Neugier über Ihre lebendige Familie ist groß und ich muss mich in meiner Fragerei zurückhalten.

Sie sind noch sehr jung, verehrtes Fräulein, ich habe Sie zwei Jahre älter geschätzt, nun hoffe ich, dass Ihre Eltern über meine Bitte um eine Brieffreundschaft nicht verdrossen sind. Es wäre mir ein großes Anliegen, würden Sie freundlicherweise das Einverständnis Ihrer werten Eltern einholen.

Nun zu Ihrer Frage nach den deutschen Landen. Ich liebe meine Heimat und weiß nicht nur aus eigener Anschauung, dass die deutschen Wälder und Auen, mit ihren lieblichen Tälern und Flüssen jedes Herz erfreuen. Durch meine Heimatstadt fließt der Mainstrom und die Stadt selbst ist ein Juwel an Baukunst. Dresden ist ohnegleichen eine sehenswürdige Stadt, sie liegt ebenfalls an einem großen Fluss, nämlich an der Elbe, die in Hamburg in die Nordsee mündet.

Nun ist es so, dass ich bislang nur die trüben Monate in Ihrer stolzen Seefahrernation verbringen durfte, doch habe ich schon einige Reiseberichte gelesen und mir von der Lieblichkeit Ihrer Heimat erzählen lassen. So freue ich mich auf die sonnigen und grünen Tage des

Frühlings und des Sommers. Gewiss wird dann auch die Arbeit um einiges leichter von der Hand gehen. Und erst dann wage ich einen Vergleich.

Nun wünsche ich Ihnen eine gute Vorbereitungszeit und entsprechend gelungene Abschlussprüfungen. Ein Brief von Ihnen, bevor Sie nach Bristol reisen, würde die Arbeit in diesem trüben Landstrich ungemein erleichtern.

Mit den freundlichsten Grüßen, Ihr Florian Hofstetter

Cardiff, 14. März 1820

Geliebte Mama,

herzlichen Dank für das hübsch gefüllte Geburtstagspäckchen! Besonders hast Du mich mit den feinen Seidenstrümpfen überrascht – Du hast das Sehnen Deiner Tochter wieder einmal erahnt.

Doch mein hübschestes Geburtstagsgeschenk war ein Brief von Florian Hofstetter. Es ist ein wahrhaftig ansehnlicher Brief. Er war nicht mehr so steif abgefasst wie der erste und er hat so goldige Sachen erwähnt ... Unbedingt werde ich vor Bristol nach Chelsea kommen und seine Briefe mitbringen, damit du sie lesen kannst. Er bittet um Eure Erlaubnis für diese Brieffreundschaft, denn er war davon ausgegangen, dass ich zwei Jahre älter sei. Ist das nicht herzig?! Alles Weitere darüber, wenn ich bei Dir bin, liebste Mama.

Meine Prüfungen waren ‚ziemlich' – trotzdem habe ich bestanden, Mama, mach Dir keine Sorgen! Jane gibt dem Herrn Hofstetter die Schuld, er hätte mir in dieser heiklen Zeit vor den Prüfungen den Kopf verdreht, so dass ich nicht mehr vernünftig hätte lernen können. Wahrscheinlich hat sie recht. Jane nimmt immer alles sehr genau, sie ist streng, liebe Mama, ganz anders als Du. Doch weiß ich, dass Papa das nicht verachtet, denn er hat mit Dir manchmal gescholten, weil

Du mich verzärtelt hast. Oh, liebste Mama, oft sehne ich mich nach
Dir, gerade in letzter Zeit. Aber bald bin ich bei Dir!
Grüße alle herzlich von mir, Deine geliebte Celli
P. S. Ich werde in den ersten Apriltagen nach Hause kommen, damit
ich drei Wochen bei Euch sein kann.

Cardiff, 15. März 1820

Lieber Herr Hofstetter,
Ihr Brief war eine hübsche Geburtstagsüberraschung. Nun werde ich
diesen vor mich hinlegen und zu jedem Punkt etwas bemerken.
Ja, über meine Geschwister muss ich mich auch des Öfteren amüsie-
ren und ich freue mich, einen Teil von ihnen im April wieder zu se-
hen, dann werde ich nämlich für drei Wochen nach Chelsea reisen.
Bitte beschreiben Sie mir doch Ihre Umgebung; ich vermute beinahe,
mit der rauen Umgebung meinen Sie nicht nur die Landschaft, son-
dern ebenfalls Ihre Mitarbeiter. Es würde mich wundernehmen, wie
es auf so einer gewaltigen Baustelle vonstattengeht.
Nun zu den Kindern; eine Familie unter vier Kindern ist für mich
völlig ausgeschlossen. Für viele Kinder braucht es jedoch unbedingt
einen lustigen Papa, so wie mein Vater einer war. Zwar war er nicht
oft zu Hause, doch wenn er da war, erfüllte er das ganze Haus mit
seinem Witz und Charme.
Ich kann mir nicht vorstellen, dass ein beachtlicher Herr, wie Sie ei-
ner sind, als Kind keine Abenteuer erlebte. Oder ist es allgemein in
Deutschland üblich, als Kind keine Abenteuer zu erleben? Dazu
braucht es selbstverständlich zumeist noch andere Verbündete – hat-
ten Sie diese nicht? Wenn ich ehrlich bin, kann ich es nicht glauben,
dass Sie den ganzen Tag allein über Bücher gebeugt saßen und als
kleine Abwechslung mit Ihren verehrten Eltern parlierten.

Was meine Herkunft betrifft, muss ich selbst manchmal staunen, doch kann ich Ihnen versichern, dass ich keinen Funken Anteil daran habe. In England sind Verbindungen zwischen den unterschiedlichen Ständen nicht unüblich, doch zumeist hat das liebe Geld seine Finger mit im Spiel. Wobei ich gestehen muss, die Heirat meiner Eltern war eine reine Liebesheirat. Mein verehrter Großvater, der Baron, ist nämlich ziemlich verarmt (was ich erst kürzlich erfuhr). Mehr werde ich in diesem Fall nicht ausplaudern, denn im Geiste sehe ich meine Mama den Finger mahnend erheben.

Mein Stiefvater ist meinem leiblichen Vater in seiner Bewunderungswürdigkeit nahezu ebenbürtig. Doch habe ich etwas Zeit benötigt, um das anzuerkennen.

Ich habe es gerne, wenn Menschen nicht allzu zurückhaltend sind, obwohl es den Engländern im Allgemeinen nachgesagt wird. Wie sieht es bei den Deutschen aus? Sind Sie eine Ausnahme oder darf man in Ihrer Heimat offener plaudern?

Was meine Jugend betrifft, kann ich Sie beruhigen. Die meisten Menschen schätzen mich älter ein, weil ich ein recht selbstbewusstes Auftreten habe. (Mein Stiefvater lässt sich übrigens nicht blenden, was ich anfangs gar nicht schätzen konnte. Mittlerweile bin ich ihm dankbar für seine Unnachgiebigkeit.)

Meine Eltern haben nichts gegen eine Brieffreundschaft. Meine Mama beruhigt es, dass Sie, verehrter Herr Hofstetter, für mindestens ein Jahr nicht in meiner Reichweite sind.

Was die englische Landschaft betrifft, sind Sie tatsächlich zu einem ungünstigen Zeitpunkt auf unsere Insel gekommen. Doch werden Sie in Kürze über die Lieblichkeit staunen. Zu gerne würde ich einmal den Kontinent bereisen, besonders Würzburg und Dresden würde ich mir gerne einmal anschauen. Doch leben möchte ich in meiner Heimat – in Abingdon.

Nun wünsche ich Ihnen einen wunderschönen Frühling im rauen Llangollen. Kommenden Sonntag werde ich vor dem Tabernakel darum beten, dass Sie England von der schönsten Seite kennenlernen. Mit fröhlichen Grüßen, Ihre Celeste Williams

P. S. Sollten Sie Lust verspüren, mir nach Chelsea zu schreiben, notiere ich Ihnen meine Heimatanschrift.

Avestone Williams

Chelsea / London

8 Themse Weg

Llangollen, 23. März 1820

Verehrtes Fräulein Celeste,

es scheint mir unglaublich, dass eine junge Dame so frank und frei unterhalten kann. Diesen Mut bringen Sie wahrscheinlich allein auf, weil ich mich mindestens zweihundert Meilen entfernt von Ihnen aufhalte.

Um Sie nicht zu enttäuschen, kann ich ein paar Cousins und Cousinen anführen. Die jüngere Schwester meiner Mutter ist auf dem Lande verheiratet und hat vier Kinder, älter und jünger als ich. Meine Ferien durfte ich stets auf dem Lande in dieser freundlichen Familie verbringen. ‚Abenteuer' habe ich aufgrund dessen auch erleben dürfen.

Durch den vielen Regen ist das Gelände um Llangollen ordentlich aufgeweicht und die Arbeiten kommen nur langsam voran. Was mich etwas bedrückt, ist die Unterbringung der Arbeiter, deren lange Arbeitszeiten und der dafür kärgliche Lohn. Nach deutschen Verhältnissen ist das unzumutbar. Das meinte ich wohl in meinem letzten Brief mit ‚rau'.

Was das Wetter betrifft, ist Ihr Gebet offenbar geradewegs in den Himmel aufgestiegen – ich danke Ihnen für Ihre Anteilnahme.

Vermutlich bin ich ein gewöhnlicher Deutscher; die Städter plaudern alle gern – auch über privatere Angelegenheiten, auf dem Lande sieht es gewiss etwas anders aus. Außerdem muss man die Menschen in den nordischen Hafenstädten von den Leuten im Süden, also im Alpenvorland unterscheiden. Die im Norden sind weltoffen, die in ihren kleinen Tälern im Süden sind in sich gekehrt und Fremden gegenüber abweisend. Vermutlich ist es in Ihrer werten Heimat ähnlich.

Ihre Eltern scheinen mir ebenso bemerkenswert, wie Sie selbst, verehrtes Fräulein Celeste. In meinem Elternhause ging es, im Vergleich zu dem Ihren, recht still zu – so scheint es mir. Doch muss mich das nicht wundern, denn es sind tatsächlich Welten, die die Herkunft unserer Eltern unterscheidet. Durch mein Studium in Leipzig und meine Arbeitsstätte in Dresden konnte ich, Gott sei es gedankt, meinen Horizont erweitern. Ganz gewiss trägt meine Freude an schöngeistiger Literatur ebenfalls dazu bei. Trotz alledem muss ich Ihnen gestehen, hörte ich noch nie zuvor eine Dame so plaudern, wie Sie es offenbar mit Leichtigkeit und Ungeniertheit tun. Es nimmt mich tatsächlich wunder, ob Sie in meiner leibhaftigen Gegenwart ebenso mutig berichten würden. Vielleicht habe ich eines Tages das Glück, dies zu erleben. Doch seien Sie nicht beunruhigt, mit diesem brieflichen Austausch bin ich vollkommen zufrieden.

Nun wünsche ich Ihnen wunderschöne Ferien daheim und bitte Sie, Ihren Eltern einen vorzüglichen Gruß zu entrichten.

In hoffnungsvoller Erwartung eines baldigen Briefes, Ihr Florian Hofstetter

Lieber Herr Hofstetter,

Sie glauben nicht, was für eine große Freude Sie mir mit Ihrem Brief bereitet haben, der mich in Chelsea schon erwartete.

Natürlich nahm ich Ihre Briefe mit nach Hause, um meiner Mutter daraus vorzulesen. Haben Sie keine Angst, meine Mutter ist eine wohlwollende und sanftmütige Frau, die ein mildes Urteil über jeden Menschen fällt, sei er noch so ein Halunke. Hingegen mein Stiefvater, Jurist von Profession, wie ich vielleicht bereits erwähnte, ist messerscharf in seinem Urteil – und trotzdem wohlwollend.

Übrigens habe ich mir schon gedacht, dass Sie kein reinblütiger Stubenhocker sein können – hätten Sie sonst so selbstsicher und charmant lächelnd auf dem Kirchhof stehen und mit einer gewissen Dickfelligkeit mein Erscheinen abwarten können?

Ich muss Sie enttäuschen, ich unterscheide mich in natura höchstens dadurch, dass ich noch ungestümer bin, als im Schriftlichen. Somit lernen Sie vorerst meine gemäßigtere Erscheinungsform kennen. (Es muss das Erbe meines Vaters sein, denn meine Mutter ist so ziemlich das Gegenteil von mir.)

Die Lebensbedingungen Ihrer Arbeiter werden wahrscheinlich nicht die Schlechtesten im britischen Königreich sein. Haben Sie in und um Cardiff das Bergwerkswesen beobachtet und die Verladung der Kohle im Hafen? Womöglich fristen die Arbeiter in Llangollen ein angenehmeres Dasein, denn sie dürfen ab und zu den freien Himmel sehen. Bemerkenswert, dass Sie behaupten, in Deutschland sei es anders. Als stolze Engländerin versuche ich, es nicht als Tadel des englischen Gemeinwesens aufzufassen.

Wenn mein Gebet für Sie nützlich war, möchte ich gerne noch andere Erleichterungen für Sie erbitten; schreiben Sie mir, in welchem Anliegen ich für Sie beten darf. Vielleicht hätten Sie die Güte, auch für mich ein kleines Gebet zu sprechen. Ich muss sechs Monate in Bristol verbringen – es wird nicht leicht, denn es ist ein strenges Institut. Da man als Lehrtochter seine Konfession nicht verheimlichen kann (man muss die Lehranstalt angeben, in welchem man seine Ausbildung fortsetzen wird), muss ich mit einigen ‚Kopfnüssen' rechnen – das wäre mein Anliegen.

Verehrter Herr Hofstetter, nun wünsche ich Ihnen weiterhin eine erfolgreiche Konstruktion und strahlendes Frühlingswetter.

Ihre Celeste Williams

P. S. Sollten Sie nach meinen Offenbarungen immer noch Lust an einem brieflichen Austausch mit mir verspüren, notiere ich Ihnen sicherheitshalber meine Anschrift in Bristol.

Elisabeth Cromwell Stiftung

Institut zur Ausbildung junger Erzieherinnen

45 Antigua Straße

Bristol

Llangollen, 16. April 1820

Verehrtestes Fräulein Celeste,

nichts kann mich mehr von dem Genuss abbringen, durch meine Plaudereien die Ihrigen hervorzulocken. Was für eine Erholung mir Ihre Berichte eröffnen – Sie ahnen es nicht. Ich werde Ihre Briefe wie ein Buch abheften und zieht einmal eine dunkle Wolke in meinem Gemüte auf, werde ich dieses Büchlein geschwind vornehmen und schon werden meine Lachmuskeln gereizt und die hässliche Nebelwand muss das Weite suchen.

Sie haben mir nicht verraten, was Ihre Eltern über mich denken – das hat mich eine schlaflose Nacht gekostet. Letztendlich sagte ich mir jedoch, Sie würden mir nicht mehr schreiben, wären Ihre sagenhaften Eltern nicht einverstanden.

Der Gedanke, dass Sie, mein edles Fräulein, eventuell leiden müssen, macht mich zornig – obwohl man mir ein wahrhaft geduldiges Gemüt nachsagt. Gerne werde ich für Sie beten! Unterrichten Sie mich trotzdem über alle Vorgänge.

Selbstverständlich möchte ich niemals Ihr herrliches England tadeln – nichts liegt mir ferner! Eines Tages stellen Sie vielleicht selbst einen Vergleich an ...

Erzählen Sie mir von Ihrem Aufenthalt in Chelsea, von Ihren Unternehmungen und von Ihren Geschwistern. Haben Sie dort Freunde, oder bringt der Kreis Ihrer großen Familie genügend Unterhaltung?

Vor zwei Tagen sandte ich einen Brief an meine Eltern, in dem ich Sie, verehrtes Fräulein Celeste, erstmalig erwähnte. Ich hoffe, es ist Ihnen recht.

Inzwischen geht die Arbeit gut voran, hier in dieser Gegend hat es in diesem Monat kaum geregnet. Nun habe ich Ihren Brief ein weiteres Mal durchgelesen, damit keine Frage offen bleibt, und sehe, dass ich eine unbedingt zu beantwortende Feststellung Ihrerseits beinahe übergangen habe. Wenn Sie, mein Fräulein, mich als dickfellig bezeichnen, darf ich Ihnen mitteilen, dass dieses Warten ein gewisses Maß an Selbstbewusstsein erfordert – denken Sie nicht, das wäre Unempfindlichkeit. Hat man ein Ziel im Auge, muss man es anstreben, auch wenn es etwas kostet, und seien es die Lacher auf der Seite der Damenwelt. Ich für meinen Teil stelle fest, dass sich die ‚Dickfelligkeit' gelohnt hat.

Da Sie mir noch anboten, in einem Anliegen zu beten, bitte ich Sie um das Gebet um eine gute Freundschaft in Llangollen, denn ein Jahr werde ich hier noch wenigstens ausharren müssen.

In Verbundenheit, Ihr Florian Hofstetter

Würzburg, 4. Mai 1820

Mein lieber Florian,

wir danken Dir für Deinen ausführlichen Brief vom 14. April. Du klingst wie immer sehr wohlgemut – wir danken Gott für Deinen guten Weg; er lohnt es Dir mit hervorragenden Arbeitsbedingungen und einem gnädigen Vorgesetzten. Nie hätten wir gedacht, dass unser Sohn Ingenieur wird und schließlich in das ferne England reist, um einem berühmten englischen Baumeister zur Hand zu gehen. Gott sei es gedankt!

Du schreibst uns von einer jungen englischen Dame, mit der Du brieflich verkehrst. Da Du nicht viel über diese Dame berichtest, ist es wohl noch nicht so weit gediehen. Ich danke Dir, dass Du uns frühzeitig unterrichtest, damit wir Dir unseren Rat dazu geben können. Natürlich bist Du heute ein selbstständiger junger Mann, der einen wahrhaft ehrbaren Beruf ausübt und gewiss eine Familie ernähren könnte. Doch wäre es uns recht, würdest Du Dich um eine Hiesige bemühen. Denk nur, Deine armen Eltern können diese fremde Sprache nicht und das Fräulein möchte gewiss ihre Heimat nicht verlassen, weil sie unsere Sprache nicht spricht. Und stell Dir vor, wir würden nie unsere Enkel kennenlernen, weil Deine Familie die weite Reise nach Würzburg nicht auf sich nehmen könnte!

Da ist doch die Unterbauer Kathie, die Dich stets verehrte. Sie ist wirklich ein liebes und fleißiges Mädchen. Noch ist sie zu haben, obwohl es einige Männer gibt, die um sie werben. Du könntest ihr einmal schreiben, ich gebe Dir ihre Anschrift. Morgen werde ich den Eltern einen Besuch abstatten und die Gelegenheit nutzen, die Kathie von Dir zu grüßen.

Vater arbeitet jetzt nur noch wenige Stunden in der Werkstatt. Der Meyer Josef und der Huber Gerhard sind sehr fleißig und gönnen Vater die Ruhe. Wenn das Wetter es erlaubt, geht er jetzt des Öfteren

spazieren – er hat es sich wirklich verdient. Vater würde sich freuen,
würde er noch Deine Hochzeit erleben, hier in Würzburg.
Lieber Florian, behüte Dich Gott in Deinem Streben, Deine Mutter

Bristol, 4. Mai 1820

Verehrter Herr Hofstetter,

*wie bin ich froh, dass Ihr Brief noch vor meiner Abreise angekommen
ist. Seit zwei Tagen bin ich in Bristol, noch möchte ich mir kein Urteil
erlauben, doch gab es erste Zeichen, dass die Zeit hier nicht einfach
werden wird. Einige nette junge Damen befinden sich unter meinen
Mitschülerinnen. Das bedeutet, es wird einen Ausgleich geben.*

*Zurück zu Ihrem unvergleichlich erfreulichen Brief, trotzdem er mit
vorwitzigen Bemerkungen gespickt ist – vielleicht ist er gerade darum erquickend.*

*Sie schreiben, Sie hätten erstmalig Ihren Eltern von mir berichtet;
warum taten Sie das? Dass ich, als Siebzehnjährige, meinen Eltern
sogleich davon berichtete, ist begreiflich und kann jeden nur beruhigen. Doch Sie, als gestandener junger Herr von bald fünfundzwanzig Jahren haben es gewiss nicht nötig, Ihren Eltern eine Brieffreundschaft mit einem Backfisch zu beichten. Nun gut, jedes Volk pflegt so
seine unterschiedlichen Sitten.*

*Zu Ihrer Frage nach Freunden in Chelsea kann ich Ihnen berichten,
dass der Kompagnon meines Stiefvaters und dessen holde Gattin,
samt goldigem Baby (übrigens alle drei (rot-)blond!) des Öfteren in
unser Haus kommen. Sie heißt Agatha und ist eine hinreißende Person, ihr Gatte ist auch ein bemerkenswerter Mann; er reizt mich stets
zur Herausforderung, denn er ist der Pessimist in Person – ganz das
Gegenteil von seiner Gemahlin. Über die beiden könnte man Bücher
füllen, so viel haben sie bereits erlebt und so unterhaltsam sind sie.*

Es ehrt mich, dass Sie, um meine Aufmerksamkeit zu erringen, die Aussicht auf Ablehnung auf sich genommen haben. Ich schreibe das ohne jeden Spott. In diesem Zuge möchte ich Sie aufrichtig für meine häufige Taktlosigkeit um Verzeihung bitten – meine Mutter musste mich deswegen in meinem kurzen Leben bereits schon oft ermahnen. Mein Stiefvater weiß, dass Ermahnungen in meinem schweren Fall kaum oder gar nichts nutzen, er hält mir taktvoll, aber unerbittlich einen Spiegel vor – das meinte ich, als ich Ihnen von seiner Unnachgiebigkeit schrieb.

Liebend gerne bete ich für Sie. Es würde mich freuen, würde Gott mein Gebet erhören, denn es dauert mich, hätten Sie keinen Freund in Llangollen.

Ich freue mich auf einen weiteren Brief von dem verehrten Ingenieur Florian Hofstetter, Ihre Celeste Williams

Llangollen, 12. Mai 1820

Verehrtes Fräulein Williams,

erst vor wenigen Tagen erfuhr ich, dass die älteste Tochter einer angesehenen englischen Familie mit Zunamen angesprochen wird. Verzeihen Sie mir vielmals! Von Herzen danke ich Ihnen für Ihre Nachsicht bezüglich aller vorangegangenen Briefe!

Ihre Briefe sind jeweils so erfreulich und dass, obwohl Sie zurzeit eine nicht leichte Prüfung bestehen müssen. Meine Neugier ist ausgesprochen groß, wie es Ihnen nun an Ihrem neuen Ausbildungsplatz ergeht.

Die Mitteilung an meine Eltern hat den einfachen Grund, dass die beiden bereits älter sind und ich sie nicht im Unklaren darüber lassen möchte, dass meine Zukunft durchaus auch in England liegen könnte. Glauben Sie mir, nur Ihr jugendliches Alter hält mich davor zurück, Ihnen nicht nur meine aufrichtige Bewunderung auszusprechen. Denn ich weiß, dass Damen in diesem Alter noch reifen müssen und oftmals für einen Herrn schwärmen und denselben nach kurzer Zeit wieder vergessen. Insofern würde ich es mit Gewissheit überleben, sollten Sie Ihre schriftliche Brücke zu mir abbrechen. Tatsächlich würden Sie mich auch nie mehr wiedersehen, da mein Aufenthalt in Cardiff allein ein vorübergehender war.

Mein Eindruck ist der, dass ich diese Erklärung äußerst britisch abgefasst habe. In Deutsch wäre sie deutlicher ausgefallen.

Leider bleibt mir nicht viel Zeit, ausführlicher zu schreiben, das gute Wetter muss bis auf das Letzte ausgenutzt werden.

In Verehrung und Verbundenheit bleibe ich Ihr Florian Hofstetter

Bristol, 19. Mai 1820

Liebste Mama,

stell Dir vor, Herr Hofstetter hegt ernsthafte Absichten! Was soll ich tun? Wenn ich nur bei Dir sein und mit Dir alles besprechen könnte?! So gerne würde ich Dir den Brief schicken.

Also: er habe seinen Eltern von mir geschrieben, weil es schon alte Leute sind, die er ‚nicht im Unklaren lassen möchte, dass seine Zukunft durchaus auch in England liegen könnte'. Im nächsten Satz schreibt er: **Glauben Sie mir, nur Ihr jugendliches Alter hält mich davor zurück, Ihnen nicht nur meine aufrichtige Bewunderung auszusprechen.** *Um mich nicht in Bedrängnis zu bringen, schreibt er weiter:* **Denn ich weiß, dass Damen in diesem Alter noch reifen müssen und oftmals für einen Herrn schwärmen und denselben nach kurzer Zeit wieder vergessen. Insofern würde ich es mit Gewissheit überleben, sollten Sie Ihre schriftliche Brücke zu mir abbrechen.**

…

Verehrter Herr Hofstetter,

mit Ihrem letzten Brief haben Sie mir ordentlich Angst eingejagt. Gut, dass meine liebe Mama und Onkel George (mein Stiefvater) bemerkenswert vernünftige Menschen sind und mir ebenfalls genügend Verstand bescheinigen, um Ihre rasante Vorgehensweise in aller Ruhe zu begutachten. Sie können mir glauben, dass ich mich ziemlich gebauchpinselt fühle, von einem stattlichen deutschen Ingenieur umworben zu werden. Trotzdem werde ich das Licht in meinem Oberstübchen nicht ausblasen und Ihnen mit wehenden Fahnen zu Füssen liegen – so hat mein seliger Vater und auch meine zärtliche Mutter mich nicht erzogen.

Doch werde ich wiederum auch nicht die überaus unterhaltsame Brücke abbrechen – dafür bin ich viel zu neugierig! Verzeihen Sie, natürlich ist es nicht nur Neugier, sondern mindestens ein Fingerhut voll Geneigtheit, die mich – trotz Ihrer gar nicht englischen Art! – diese Brücke nicht abreißen lässt. Vielleicht haben Sie sich in englischer Wortwahl ausgedrückt, doch haben Sie es mit deutschem Charakter getan.

Nun möchte ich Sie nicht weiter schelten, denn dafür sehe ich mit zu geringer Gleichgültigkeit auf diese Brieffreundschaft.

Lieber möchte ich Ihnen aus meiner ‚im höchsten Rufe stehenden' Lehranstalt für Erzieherinnen berichten, damit Sie mir ein paar ermunternde Worte spenden.

Es schmeckt unserem Geschichtslehrer nicht, dass ich so gute Kenntnisse besitze, obwohl ich ein Frauenzimmer und gerade mal siebzehn Jahre alt bin. Außerdem weiß jede Lehrperson, dass ich Papistin bin, was sie mich alle spüren lassen – außer unsere liebenswerte Handarbeitslehrerin, Fräulein Genver. Sie ist zu allen Anwärterinnen überaus freundlich, ganz gleich welcher Herkunft oder welcher Konfession. Hingegen die Madame in Hauswirtschaftslehre hat mich regelrecht gefressen; jede noch so kleine Regung meinerseits bemängelt sie und ist sich auch nicht zu blöde, stets meinen ‚Aberglauben' für meine ‚Verstocktheit' anzuführen. Darum würde ich Sie bitten, Herr Hofstetter: Beten Sie darum, dass es mir gelingt, mein vorlautes Mundwerk im Zaum zu halten. Onkel George legte mir ‚Feingefühl' ans Herz, bevor ich am Anfang des Monats meine geliebte Familie verlassen musste – oh, wie sehr sie mir fehlen, meine Lieben daheim! Ich gestehe es, jeden Abend muss ich mich zwingen, nicht meine Koffer zu packen, obwohl ich wahrhaftig nie ein von Heimweh geplagtes Kind war.

Es gibt auch Erfreuliches zu berichten. Ein Fräulein Evina Parker aus Winchester teilt mit mir das Zimmer – die Arme ist es nicht gewohnt, dass noch ein zweiter in ihrem Gemache schnarcht. Sie ist sehr umgänglich und in ihrer Weltfremdheit äußerst putzig. Wir mögen uns. Und nun kann ich Sie, verehrter Herr Hofstetter, endlich nach einem Freund fragen; haben Sie ihn gefunden – den Menschen, mit dem Sie sich in Llangollen verbunden fühlen? Vielleicht sogar ein Mensch, dem Sie Ihr feuriges Herz in Sachen Liebe ausschütten können – denn das muss es ja sein, würden Sie mir sonst nach vier! Briefen einen Antrag machen? Sie dürften ihm sogleich anvertrauen, dass Ihre Angebetete einen sehr eignen Kopf besitzt und nur aus tiefer Liebe heiraten wird – und nicht weil der Bewerber ein Ingenieur, Deutscher oder gar gutaussehend ist. Alles ganz hübsche Prädikate, jedoch noch lange nicht ausreichend, um das Herz der Celeste Williams, Tochter des heldenhaften Kapitäns der königlichen Kriegsmarine, Alexander Henry Williams zu erobern! – Soweit zu Ihrem dreisten Antrag.

Jetzt kommen auch Sie in die Lage, in aller Muße zu überdenken, ob Sie meinem Eigensinn gewachsen sind oder doch lieber ein ruhigeres

Fräulein bevorzugen – die würde nämlich einige Vorteile bieten, doch ist solch eine Dame auch nicht leicht aufzuspüren. (Ihnen würde ich es jedoch zutrauen!). Als Beispiel möchte ich meine hochverehrte Mutter erwähnen; niemals ist sie kratzbürstig, trotzig oder übelgelaunt, stets trägt sie ein sanftes Lächeln auf den Lippen, hört ihrem Gemahl geduldig zu und kann ihn bei Unstimmigkeiten ganz sachte, beinahe unmerklich für ihre Ansichten gewinnen. So zähmte sie selbst meinen leidenschaftlichen und stolzen Vater. O ja – diese vergleichsweise kurze Ehe (vierzehn Jahre) war eine unvergleichliche Romanze! Das meine ich allen Ernstes.

Nun bleibt mir noch, Ihnen, werter Herr Hofstetter, eine angenehme Zeit zu wünschen – wie Sie selbst erwähnten, werden sich unsere Wege nicht mehr kreuzen, wenn man es nicht forcieren wird.

Mit den herzlichsten Segenswünschen, Ihre Celeste Williams

P. S. Das Fräulein ‚Williams‘ erlaube ich Ihnen, getrost zu vergessen.

Llangollen, 10. Juni 1820

Lieber Erich,

lange ist es her, seit ich Dir das letzte Mal geschrieben habe, die Arbeit lässt mir kaum Muße.

Du teiltest mir nicht mit, ob der Bauherr Dich nun engagiert hat oder nicht, zu gerne wüsste ich von Deinem weiteren Weg! Wirst Du nun in Hamburg oder wieder in Würzburg ansässig? Bitte schreibe mir ausführlich – wenn Du die Zeit aufbringen kannst. Meine Zeit ist knapp bemessen, und das bisschen Zeit, was ich besitze, fülle ich mit Briefen an das besagte Fräulein aus Cardiff, von dem ich Dir im Januar schrieb. Tatsächlich ist es mir gelungen, ihre Anschrift zu erfragen. Und nun stehe ich mit dieser wirkungsvollen jungen Dame in einem regen Austausch. Tatsächlich ist sie außerordentlich *selbstbewusst, wie ich es mir allein vom Anblick bereits erdachte.*

Meines Erachtens pflegt sie keinesfalls die sprichwörtliche englische Zurückhaltung, doch auch kaum ein deutsches Mädchen käme ihr in ihrem Auftreten gleich. Sie plaudert frei heraus, gleich ob sie dadurch irgendwelche Anstandsregeln verletzt oder Hierarchien missachtet. – O, nein, was die Sittsamkeit angeht, ist sie offensichtlich aus bestem Hause. Leider ist sie recht jung – ich schätzte sie für neunzehn Jahre, doch ist sie erst siebzehn! Ihre Briefe sind eher die einer Fünfundzwanzigjährigen – mit viel Esprit geschrieben. Nachdem ich ihr in meinem letzten Brief Zuneigung eröffnete, war langes Stillschweigen von ihrer Seite. Ich hatte meine Hast schon bereut, als ich gestern – nach vier Wochen – einen explosiven Brief erhielt. Frei von der Leber weg zeigte sie mir Vor- und Nachteile der unterschiedlichen Charaktere der Damen auf.

Tatsächlich bin ich ihrer Aufforderung, all diese Einwände zu bedenken, nachgekommen. Mir scheint sie die geeignete Begleiterin des Herrn Ingenieur Hofstetter.

Meine Eltern sind beunruhigt, seit ich ihnen schrieb, dass meine Zukunft durchaus in England liegen könnte (was in Wahrheit nie meine Absicht sein wird, meine Stellung bei Jahner und Sohn ist einmalig). Vor zwei Wochen erhielt ich einen Brief von Kathie; meine liebe Mutter grüßte sie zuvor, ohne Einverständnis meinerseits.

Aus Kathies Zeilen spricht große Hoffnung, als hätte meine Mutter ihr eine Chance in Aussicht gestellt. Natürlich verstehe ich die Sorge meines Mütterchens; dass Sie ihren Sohn nicht mehr wiedersieht, dass sie Ihre Schwiegertochter nie kennenlernen könnte, geschweige denn, die ersehnten Enkelkinder. Offensichtlich habt ihr miteinander gesprochen, denn sie erwähnte, dass Du ihr von den Engländern erzähltest.

Lieber Erich, ich zähle darauf, dass Du meinen Brief an Kathie unterstützt, wie es sich für einen guten Kameraden gehört.

Lass von Dir hören, Dein Freund Florian

Llangollen, 11. Juni 1820

Liebes Fräulein Celeste,

herzlich danke ich Ihnen für die gründliche Antwort auf meine ‚dreiste' Werbung!

Der Mann, der Ihren Ansprüchen und Vorstellungen entsprechen könnte, muss wahrscheinlich erst noch geboren werden oder es ist ein Held aus längst vergangenen Zeiten, ein Held, wie es ihn heute wohl kaum noch geben wird – wahrscheinlich war Ihr verehrter Vater, Kapitän Williams, einer der letzten dieser Art.

Trotz dieser höchsten Anforderungen wage ich es, gerade wegen Ihrer klaren Zurechtweisung, mein Glück zu versuchen. Ihr forsches Wesen erfreut das Herz eines abenteuerlustigen und nach Wachstum hungernden Mannes. Die ‚vier!' Briefe beweisen mir, dass Sie die Richtige sein müssen. Meine, in Ihren Augen, vorschnelle Entscheidung begründe ich Ihnen frei heraus: Es sollen keine Unklarheiten bestehen, sollte sich ein anderer Bewerber einstellen.

Fürchten Sie nichts – ich bin weit weg und wie Sie selbst wiederholten, nur das Forcieren würde ein Wiedersehen ermöglichen, niemals würde ich gegen Ihren Willen etwas in dieser Richtung unternehmen. Also dürfen Sie weiter munter drauflos plaudern und versuchen, mir meine deutschen Eigenarten auszutreiben – ob es Ihnen gelingen wird, sei dahingestellt, denn auch ich pflege einen gewissen Vaterlandsstolz.

Nun zu den ermunternden Worten, die ich Ihnen gerne bezüglich Ihrer Lehranstalt spende. Um ein bestimmtes Ziel zu erreichen, muss man manchmal Unannehmlichkeiten in Kauf nehmen. Damit meine ich selbstverständlich nicht, dass Sie irgendwelchen Leuten nach dem Munde reden sollten, sondern, wie Ihr Stiefvater es Ihnen bereits

nahelegte, mit Bedacht und Klugheit handeln und sprechen. Trotz-
dem würde ich mit der Madame von der Hauswirtschaft gerne ein-
mal eine persönliche Unterredung führen; ich habe es gar nicht gerne,
wenn jemand eine mir teure Person ungerecht behandelt.

Einen Menschen, dem ich mein Herz ausschütten könnte, werde ich
hier gewiss nicht finden, neben Herrn Telford sind noch vier Vorar-
beiter auf der Baustelle beschäftigt – die alle vier nicht in Betracht
kommen (Herr Telford hat Wichtigeres zu tun, als Privatgespräche
zu führen). In Llangollen selbst gibt es einen Gutsherrn, der ab und
zu in der Wirtschaft anzutreffen ist, in der wir sonntags unser
Abendessen einnehmen. Doch dieser Herr ist an allem anderen inte-
ressiert, als an Fremden. Machen Sie sich keine Sorgen, verehrtes
Fräulein Celeste, Ihr Antwortschreiben hat mich dermaßen bestätigt,
dass ich zurzeit keiner Aussprache bedarf.

Nun möchte ich Sie bitten, Ihren ehrenwerten Eltern einen Gruß zu
entrichten und diese von meinen ernsten Absichten zu unterrichten,
gleich ob Sie mir gegenüber ernsthaft geneigt sind oder mich als net-
ten Zeitvertreib ansehen.

Von Herzen wünsche ich Ihnen eine gediegene Ausbildung und dass
Sie die Beleidigungen der Lehrpersonen gelassen erdulden – diese
Opfer könnten für Sie eines Tages wertvoller als Gold sein.

Mit Bewunderung grüßt Sie, liebes Fräulein Celeste, Ihr Bewerber,
Florian Aloysius Hofstetter

Bristol, 20. Juni 1820

Geliebte Mama,
es ist kaum zu fassen, der Brief, den ich gestern von Herrn Hofstetter
erhielt, lässt mich dahinschmelzen. Ich bin über mich selbst entsetzt;
ich bete ihn an, ich verehre ihn und ich kann es kaum erwarten, ihn

wiederzusehen. Seine Antwort auf meine deutlichen Worte ist so ver-
blüffend und geradeheraus, dass ich ihn nur verehren kann!

Doch könnte ich weinen, liebste Mama (ich habe es schon getan),
mein nächster Brief an ihn würde ein vollkommener Liebesbrief wer-
den. Ich möchte ihn mit Komplimenten und zärtlichen Worten über-
häufen … doch dann wird er sich abwenden. Verehrt er nicht gerade
meine Dreistigkeit, meine herben Worte und unverblümte Bloßstel-
lung?

Mama, antworte mir so rasch Du kannst, vorher werde ich ihm kein
Wort schreiben!

Ich soll Dich und Onkel George herzlich von ihm grüßen und Euch
seine ernsten Absichten kundtun.

Deine verwirrte Tochter Celeste

Abingdon, 25. Juni 1820

Meine liebe Celli,

wird meine Große nicht nur erwachsen, sondern auch vernünftig?
Selbstverständlich möchte er Dich als Gemahlin, denn hinter Deinen
Herausforderungen sieht er Dein ansprechendes Wesen, Deinen
scharfen Verstand und Deine Standhaftigkeit. Jeder vernünftig den-
kende Mann wünscht sich eine solche Frau (Deine forsche Art ist
natürlich eine Geschmacksfrage, doch hat er, Gott sei es gedankt,
auch an dieser seine Freude).

Herr Hofstetter schrieb uns einen bemerkenswert offenen und
freundlichen Brief, in dem er sich vorstellt und uns seine ernsten Ab-
sichten bekundet.

Deine Empfindungen sind ganz gesund und Herr Hofstetter wird
über wohlgesonnene und gar liebevolle Worte überaus glücklich sein.
Er ahnt zwar bereits, dass Du ihm zugeneigt bist, doch würde es ihn
ungemein erleichtern, würdest Du ihm das ernsthaft zum Ausdruck

bringen. (Das hat er uns nicht geschrieben, das geht jedem natürlich empfindenden Menschen so). Sei also beruhigt und schreibe ihm so frei, wie es stets Deine Art ist.

Meine Große, ich wünsche Dir weiterhin Mut und einen klaren Sinn; wenn Du ihm Deine wahren Gefühle eröffnest, ist das noch kein Jawort. Denn erst musst Du ihn leibhaftig kennenlernen, Deine Ausbildung beenden und in dieser Zeit reifen. Und letztendlich haben wir auch noch ein Wort mitzureden.

Alle guten Wünsche, Deine Mama

Bristol, 2. Juli 1820

Lieber Herr Hofstetter,

Ihr letzter Brief überzeugte mich davon, dass ein deutscher, gutaussehender Ingenieur durchaus in der Lage ist, mein Herz zu gewinnen. Glauben Sie nicht, mir würde es leichtfallen, einen ungezwungenen Ton anzuschlagen, mir ist keineswegs nach Nonchalance zumute.

Ich will es Ihnen offen beichten: Ihr Brief berührt mich und hat mich aus dem Gleichgewicht gebracht; ich, die immer meint, wenigstens einen kleinen Schritt voraus zu sein, ich, die stets glaubt, überlegen zu sein, gestehe Ihnen: Sie sind der Mann, den ich mir als Gemahl wünsche. Sie sind mir vorgeprescht und haben sich trotz meiner flegelhaften Briefe nicht von Ihrem Vorhaben abbringen lassen – sind Sie der Mann, den Gott für mich bestimmt hat?

Warum ich es nur zitternd zu Papier bringen kann, ist meine Angst, dass Sie sich in dem Moment abwenden, da ich meine stachelige Hülle abstreife und meine wahren Empfindungen offenlege.

Stoßen Sie ruhigen Mutes Ihren Dolch in mein Herz – meine Mutter wird Worte finden, die mich trösten werden und auch mein verehrter Stiefvater wird eine gelegene Erklärung zur Hand haben, die mich

wieder selbstbewusst erstarken lässt. Meine offenen Worte verpflich-
ten Sie zu nichts – Sie wissen ja, eine Wiederbegegnung müsste wil-
lentlich forciert werden, denn ich bin unendlich weit von Ihnen ent-
fernt.

In Zuneigung, Ihre Celeste Williams

Llangollen, 16. Juli 1820

Liebe Celeste,

ich danke Ihnen von Herzen – Sie machen einen glücklichen Men-
schen aus mir!

In Verehrung, Ihr Florian Hofstetter

P. S. Wenn Sie es befürworten, werde ich Ihre Eltern um die Erlaub-
nis bitten, ,ein Wiedersehen zu forcieren'. Der verehrte Herr Telford
wird mir im Winter drei Wochen Urlaub gewähren, um familiäre
Angelegenheiten zu klären – wäre dies nicht ein gewichtiger Anlass?

ZWEITES KAPITEL

Celeste sorgte persönlich dafür, dass das Haus und die Geschwister ordentlich herausgeputzt waren. Das Gästezimmer war auf Hochglanz gebracht und das Bett und der Tisch mit der feinsten Wäsche versehen, die sie in der Wäschekammer hatte auftreiben können. Sie selbst strahlte in ihrem schönsten Kleid, die Frisur kunstvoll hergerichtet und die Lippen und Wangen mit Mamas Rouge – trotz Einspruch derselben – gefärbt. (Auch Onkel George war der Meinung, dass ihre jugendliche Frische vollkommen ausreiche, um das Herz eines jungen Mannes höher schlagen zu lassen.) Agatha hatte ihr ein kostbares Parfüm überlassen, als sie dieser von dem Besuch des grandiosen Herrn erzählte. Frau Moss war in höchsten Eifer ausgebrochen, ihren Liebling Celli in allen Vorbereitungen tatkräftig zu unterstützen. Mit dem Knecht hatte sie große Besorgungen gemacht und mit der Herrin und Celeste einen Speisenplan für die kommende vorweihnachtliche und weihnachtliche Zeit aufgestellt. Die Familie war mittlerweile so groß, dass die Haushälterin für die zusätzliche Magd äußerst dankbar war, nun waren sie in dem hellen Wirtschaftstrakt im Souterrain zu viert. Ihre treue Nichte Betsy war der Familie erhalten geblieben, Marie, die neue Magd, fasste tüchtig zu und auch der Knecht, John, kam annähernd dem alten Matthew gleich. Thomas wachte in Abingdon über das Haus der Glückseligkeit. Heimlich hegte Frau Moss die Hoffnung, dass ihre Celli eines Tages das Haus in Abingdon übernehmen würde; nun, mit diesem honorigen Bewerber – ein Ingenieur aus Deutschland! – schien die Sache langsam Gestalt anzunehmen. Immerhin nahm sich selbst Doktor Avestone für den Samstag einen freien Tag, um beim Eintreffen dieses womöglich künftigen Schwiegersohnes zugegen zu sein.

Am Vormittag trällerte Celeste ein Lied, beim Lunch war sie überheblich und am Abend still. Am Sonntagmorgen hegte sie wieder große Hoffnungen und betete während der Heiligen Messe innig; während dem Lunch wurde sie bissig, so dass ihr Stiefvater ihre Mutter besänftigen musste; am Abend blies sie Trübsal und in der Nacht weinte das junge Fräulein in ihr Kissen. Alle erklärenden Worte und Tröstungen halfen nichts – Celeste litt tief und hingebungsvoll.

Am Montagmorgen, Herr Avestone war wieder nach London gefahren, so dass eine Art Alltag eingekehrt war, kleidete Celeste sich wie eine Büßerin in ihr schäbigstes Hauskleid, flocht sich einen strengen Zopf und setzte sich mit ihren Lehrbüchern in Onkel Georges Arbeitszimmer. Heldenmütig wollte sie sich in ihr bitteres Schicksal fügen und an ihrer traurigen Zukunft als Erzieherin arbeiten; jeden Trost ihrer zärtlichen Mama lehnte sie entschieden ab.

Anna achtete Celestes Wunsch nach Rückzug und widmete sich dem schulischen Fortkommen ihrer jüngsten Schar. Natürlich ließ der Schmerz ihrer Ältesten sie nicht unberührt, trotzdem musste sie hin und wieder still in sich hineinlächeln, mit welcher Hingabe ihre Tochter leiden wollte. Und sie fragte sich, ob diese tatsächlich für ein Verlöbnis reif sei, wenn sie durch eine Reiseverzögerung des Angebeteten dermaßen aus der Bahn geworfen wurde.

Florian Hofstetter war in der Nacht zum Montag endlich in London angekommen, anhaltender Regen hatte manche Wege dermaßen aufgeweicht, dass die Postkutsche Umwege fahren musste. Zeitig ließ er sich wecken, um seine Sachen zu ordnen, und sein Geschenk aus den Untiefen seines Koffers hervorzuholen.

Seit halb acht Uhr saß Celeste in dem Arbeitszimmer ihres Stiefvaters und starrte angestrengt auf die Buchstaben, ohne ein Wort zu begreifen. Es läutete. Sie wollte in Ohnmacht fallen, Rebecca kreischte und Frau Moss schlug die Hände über den Kopf zusammen. Geschwinde eilte die Haushälterin persönlich an die Haustür, in der Hoffnung, Cellis größtes Glück würde dort draußen stehen. Ein beachtlicher junger Mann stand vor der Tür und stellte sich als Florian Hofstetter vor. „Kommen Sie, kommen Sie, Herr Hofstetter! Man erwartet Sie bereits! – Sind Sie gut gereist, mein Herr?" Während sie auf ihn einredete, lotste sie ihn in die kleine Halle. Inzwischen war Marie dazu gekommen und nahm dem stattlichen Herrn den Mantel ab. Die Hausherrin kam die Treppe hinab, die Kinder folgten ihr, blieben jedoch auf der Treppe stehen, um mit riesigen Augen, an das Geländer gepresst, den ausländischen Herrn zu betrachten, der solche furchtbaren Launen in ihrer großen Schwester bewirken konnte.

Ehrerbietend verneigte er sich. „Verehrte Madame Avestone, ich bitte Sie für dies Verzögerung vielmals um Verzeihung. Die aufgeweichten Wege ließen eine pünktliche Ankunft nicht zu."

„Das haben wir bereits geahnt, Herr Hofstetter. Kommen Sie nur herein! Haben Sie Ihr Gepäck mitgebracht?"

„Ich habe es vorerst im Gasthaus gelassen, um keine Unannehmlichkeiten hervorzurufen …".

Anna lachte. „Ich bitte Sie, mein Herr, es ist so ausgemacht, dass Sie unser Gast sind – Sie würden nicht nur Celeste enttäuschen, auch mein Gemahl und ich freuen uns auf Ihre Anwesenheit!" Ein dankbares Lächeln flog über Florians Angesicht.

„Kommen Sie in das Wohnzimmer, Herr Hofstetter, ich werde Celeste Bescheid geben lassen." Sie führte ihn in das freundliche Zimmer auf der gegenüberliegenden Seite des Arbeitszimmers. Marie trug Tee und Plätzchen herein und brach auf, die Tochter des Hauses zu suchen.

Frau Moss krempelte in der Küche bereits die Ärmel für ein köstliches Mittagsmahl hoch; ihr erster Eindruck von diesem Herrn war durchaus zufriedenstellend.

Artig stellten sich Eleonora und Maximilian dem Herrn Hofstetter vor und musterten diesen Deutschen – ganz gegen ihre Erziehung – über jede Gebühr.

„Wo ist Rebecca? – Nori, hol Lenchen von oben!"

Die Tür ging auf und Magdalena tapste stolz in das Wohnzimmer.

„Da bist du ja, du kleine Motte!", flötete Nori mit Wonne. „Bist du wieder allein die Treppen heruntergekommen?", fragte sie bewundernd und nahm die Kleine auf den Arm, um sie dem fremden Herrn vorzustellen, währenddessen Maximilian den Fremdling immer noch betrachtete.

In der Zwischenzeit stieß Becky mit einem heftigen Rums die Tür zum Arbeitszimmer ihres Vaters auf. „Herr Hofstetter ist da, Celli! Du kannst aufhören, zu weinen!", rief sie der erstarrten und hochroten Schwester entgegen. „Er sitzt mit Mama im Wohnzimmer und erwartet dich sehnsüchtig."

„Becky! Ich bin in Lumpen gehüllt … ich muss vorher hoch und mich umziehen!", jammerte Celli verzweifelt.

„Auf gar keinen Fall! Niemals darfst du ihn warten lassen! Mama ist bereits böse, weil du zur Begrüßung nicht an der Tür erschienen bist." Celeste stutzte, sie war hin und hergerissen zwischen seiner Ungnade wegen ihrem Nichterscheinen und seiner Enttäuschung über ihren Aufzug. Ihr Trotz siegte; wenn er sie wahrhaftig verehrte, würde er sie auch als Büßerin lieben.

Florian sprang vom Sofa, als Celeste in das Wohnzimmer trat.

„Fräulein Celeste! … ich bitte Sie für meine Verspätung um Verzeihung …". Verlegen standen sie sich gegenüber, offenbar keiner seiner Sprache mehr mächtig.

„Celeste, vielleicht zeigst du Herrn Hofstetter erst einmal das Gästezimmer, damit er sich schon ein wenig heimisch fühlen kann."

„Jawohl, Mama", antwortete Celli benommen. „Folgen Sie mir bitte, Florian, ich zeige Ihnen Ihr Zimmer." Dankbar warf sie ihrer Mutter noch einen kurzen Blick zu und führte den Gast aus dem Wohnzimmer.

„Die Deutschen sehen nicht viel anders aus als Engländer, und seine Sprache konnte ich sehr gut verstehen, Deutsch ist ganz ähnlich wie Englisch", stellte Maximilian zufrieden fest.

„Du Dummerchen, Maxi! Er hat doch Englisch gesprochen!", klärte Becky ihn auf.

Celeste schritt Herrn Florian Hofstetter auf der Treppe voran. Im ersten Stockwerk angekommen wandte sie sich zu ihm um.

„Hier ist Ihr Zimmer."

„Das ist wunderbar …".

„Aber Sie haben Ihr Zimmer doch noch nicht gesehen!"

„Es ist wunderbar, bei Ihnen zu sein, Celeste", gestand er.

Durch seine Verlegenheit wieder zu forschem Leben erwacht, öffnete sie die Tür zu seinem Gemach und sprach mahnend.

„Freuen Sie sich nicht zu früh, in den nächsten Tagen werden wir beide der blanken Wirklichkeit begegnen!"

Florian Hofstetter lachte. „Das werden wir gewiss nicht, darauf werde ich Acht geben."

Verwirrt errötete das Fräulein. „So dürfen Sie nicht sprechen, Herr Hofstetter ...".

„Verzeihen Sie mir, edles Fräulein, ich bin ein Dummkopf! – Wahrscheinlich war ich der Zivilisation zu lange entfernt."

Selbstbewusst kam sie auf den eigentlichen Gegenstand zurück. „Gefällt es Ihnen?" Mit ausgebreiteten Armen drehte sie sich in der Mitte des Gastzimmers.

Er sah sich um. „Ausgezeichnet! – Und was für liebe Hände haben es so hübsch geschmückt! Und das für einen ausgesprochenen Dummkopf."

„Sprechen Sie nicht so bös' von sich! Jedem unterläuft hin und wieder ein Fehler."

Er sah aus dem Fenster in einen kleinen Garten und auf das nachbarliche Haus. Es war in demselben Stil, wie das der Avestones gebaut, beide schienen erst vor wenigen Jahren aufgerichtet worden zu sein.

„Es ist ein neues Haus", stellte er fest.

„Der ursprüngliche Besitzer ließ es vor sechs Jahren bauen – genau wie das neben an. In diesem wohnte er, in dem anderen wohnt seine Tochter mit Gemahl und drei Kindern."

„Warum veräußerte er dieses Haus?"

„Er ist während einer Reise plötzlich verstorben. Das war natürlich ein Unglück für die Familie, für uns war es ein großes Glück." Florian nickte sinnend, während er das Zimmer und das Nachbarhaus betrachtete. „Gibt es in Llangollen keine zivilisierten Menschen?", wagte sie, seine Entschuldigung aufzugreifen.

Er zog einen Stuhl unter dem Tisch hervor und lud sie ein, sich zu setzen; selbst nahm er auf einem Stuhl, der in einiger Entfernung von der Sitzgruppe neben dem Fenster stand, seinen Platz ein. „Die Baustelle in Llangollen liegt sozusagen in der

Wildnis, nur am Sonntag fahren wir in den Ort und besuchen das Gasthaus, um uns gründlich zu waschen und vernünftig zu essen. Das ist ein Privileg, die Arbeiter bleiben sonntags in den Baracken." Er streckte seine langen Beine, die in gepflegten braunen Stiefeln steckten, von sich und zog sie wieder an. „Wenn ich mich in die Arbeit stürze und in Ihre Briefe vertiefe, kann ich meine Gedanken hinreichend besänftigen."

„Ist es so schlimm?"

Der Deutsche lachte laut, so wie wohl nur Deutsche lachen.

„Ganz bestimmt gibt Schlimmeres!", rief er mit Inbrunst.

„Sie sind sehr selbstbewusst, nicht wahr?", fragte sie unerwartet kleinlaut.

„Habe ich Sie erschreckt, Celeste?", bedauerte er sofort.

Sie fasste sich. „Ach, mich kann man nicht so leicht erschrecken!", erwiderte sie keck. „Ich durfte einen liebevoll polternden Vater genießen."

„Verzeihen Sie meinen lärmenden Charakter, Sie werden entscheiden, ob er Ihnen gefällt. – Briefe liest man ja gewöhnlich mit der eigenen Stimme oder mit einer, die man sich vorstellt. Doch haben wir nur wenige Worte gesprochen, bevor ich abreiste; ich meine, es können höchstens zwanzig gewesen sein."

Celeste schmolz über seine Erklärung dahin. „Bis jetzt kann ich nichts Störendes finden, Florian", antwortete sie mit klopfenden Herzen. „Welcher Art ist Ihr Vater?", verscheuchte sie rasch die eigene Verlegenheit.

„Mein Vater ist ausgesprochen ruhig; der Hofstetter Ludwig spricht wenig – sozusagen nur das Wichtigste."

„Sind Sie das Gegenteil von Ihrem Vater?"

Florian zeigte mit einem Lächeln alle seine hübschen kräftigen Zähne. „Das bin ich."

„Ist Ihr Herr Vater zufrieden damit?"

„Sie stellen denkwürdige Fragen, geliebtes Fräulein Celeste."

„Meinen Sie das ‚geliebte' ernst?"

„Das meine ich überaus ernst", bestätigte er bedeutungsvoll.

„Ist Ihr Herr Vater mit Ihrem selbstbewussten Auftreten zufrieden?", kam sie auf ihre Frage zurück.

Einen Moment dachte er über diese ungewöhnliche Frage nach. „Ich vermute, er ist zufrieden. Doch hat er es mir nie ausdrücklich gesagt und ich habe ihn selbstverständlich noch nie danach gefragt. – Denn man ist, wie man ist."

Celeste lächelte amüsiert.

Zwei Tage verbrachte die Familie bereits in Gesellschaft mit dem ausnehmend freundlichen Würzburger. An diesem Abend begab sich das Ehepaar Avestone zeitig zur Ruhe, um den beiden jungen Leuten einige Stunden zu zweit zu überlassen. Celeste wechselte ihren Platz und ließ sich ungezwungen auf dem Sofa nieder, Florian behielt den Platz auf dem Sessel gegenüber, nahe dem Kamin; ein Mann seines Zeitalters und seiner Bildung wusste, was sich gehörte.

„Ihre Mutter wollte nicht über den Ort sprechen, an dem Ihr Vater festgesetzt war, als Sie das Licht der Welt erblickten."

„Er war bei den Muselmanen."

„Bei den Muselmanen!? Die machen keine Gefangenen – entweder töten sie den Feind oder versklaven ihn."

„Mein Vater war Sklave. Drei Jahre war er Sklave von einem Bei Namens Muhammad Ibn Daub."

Ungläubig starrte er das Fräulein an. „Ich kann es kaum fassen!"

„Es ist wahr. – In Gegenwart Onkel Georges möchte meine Mutter darüber nicht sprechen. Nicht weil sie sich deswegen schämen würde oder etwas in der Art."

Florian Hofstetter schüttelte den Kopf. „Nein, dafür darf man sich wahrlich nicht schämen! – Es grenzt an ein Wunder, das Ihr verehrter Vater zurückkehren konnte; die Muselmanen fackeln nicht lange …".

„Mein Vater betrachtete es als zweifaches Wunder, denn er war todkrank, als die Plantage von einer englischen Einheit nach verschanzten Franzosen abgesucht wurde. Er sagte, wären die Engländer ein Tag später gekommen, wäre er nicht mehr am Leben gewesen. Und am Leben ist mein lieber Papa nur geblieben, weil er unter den Sklaven einen katholischen Priester zum Freund hatte, der ihn Tag und Nacht pflegte und für ihn betete."

„Soweit ich weiß, verbietet das englische Gesetz, Dienern des Staates katholisch zu sein", bemerkte er zögernd diese Ungereimtheit.

„Meine Eltern waren Reformierte. Während der Gefangenschaft meines Vaters – die Admiralität erklärte ihn für tot – konvertierte meine Mutter zum katholischen Bekenntnis. Nicht weil sie von seinem Tod ausging, im Gegenteil, dort wurde sie in ihrer Hoffnung gestärkt und erfuhr Trost und Hilfe in dieser ungewissen Zeit."

„Und als Ihr Vater zurückkehrte?"

„Das ist eine lange Geschichte – doch liebte und verehrte er meine Mutter alle Zeit und kein einziges Mal verlangte von ihr, den alten Glauben wieder anzunehmen."

Beeindruckt nickte der deutsche Ingenieur. „Auch wenn das Deutsche Reich in lauter kleine Fürstentümer, Bistümer, Erzherzogtümer und so weiter zerstückelt ist, so sind doch alle südlichen Länder katholisch. Das bedeutet, dieser Konflikt zwischen Katholiken und Protestanten ist – zumindest in dem Würzburger Land, das seit wenigen Jahren zum Königreich

Bayern gehört – nicht der Rede wert. Gewiss, es gibt kleine protestantische Inseln im Bayrischen – die ihre Fahne sehr hoch tragen." Er lachte. „Wie der Name bereits sagt!" Ernster fügte er hinzu. „Gilmores berichteten mir einiges über diesen jahrhundertealten Kampf der Katholiken in England."

„Und was wissen Sie über die Muselmanen?" Celeste hatte den Eindruck gewonnen, dass der Ingenieur aus Würzburg, ihr einiges dazu sagen konnte.

„Wahrscheinlich wissen Sie mehr als ich – immerhin war Ihr Vater in deren Gewalt und überlebte es, was sehr beachtlich ist, wie ich schon bemerkte."

„Ich weiß wenig über sie, nur dass der Koran den Krieg und die Unterwerfung predigt und das Evangelium die Liebe."

„Das haben Sie treffend zusammengefasst. Sprach Ihr verehrter Vater so?"

„Nein, er hat nicht viel darüber gesprochen. Pater Burnett, der uns den Katechismus lehrte, erzählte uns einiges darüber. Es ist der Pater, der die Schule in Cardiff aufbaute. Vor drei Jahren ist er verstorben. Das ist ein großer Verlust …". Sie neigte sich vor und flüsterte, „Er konnte meinen lieben Onkel George für den Glauben gewinnen – der war nämlich vorher ein Freidenker." Sie lehnte sich wieder zurück. „Und von meiner Mutter weiß ich, dass er meinen Vater in das Leben zurückholte – nach der Versklavung war er ein gebrochener Mann."

„Sie erzählen mir sehr vertrauliche Dinge, verehrte Celeste … es ist mir etwas unangenehm …".

„Schätzen Sie mich? Oder nicht?"

„Ich schätze Sie. – Sogar mehr als das."

„Darf ich Ihnen dann nicht vertrauen?"

Florian Hostetter lachte. „Sie dürfen mir vertrauen. Allein die Frage ist, ob Ihre Zuneigung tief genug ist, dass sie Ihr jugendliches Alter überlebt?"

Mit großer Bestimmtheit erhob sie sich aus ihrer legeren Haltung. „Wenn Sie meine Zuneigung als jugendliche Eintagsfliege ansehen, können Sie mich nicht lieben!"

„Oh, nein, verehrtes Fräulein! Das hat damit nicht das Geringste zu tun; ich erkenne sehr wohl Ihre Qualitäten, doch sind diese unabhängig von Ihrer Reife. Darum wäre es mir lieber, Sie würden mir solch vertraulichen Dinge erst nach einer Verlobung oder sogar erst nach der Eheschließung erzählen. – Denn vielleicht bereuen Sie über kurz oder lang Ihre Vertrauensseligkeit."

In Celestes Kopf arbeitete es heftig; war seine Erklärung eine Demütigung oder eine Liebeserklärung? Es schien ihr beides zu sein, was ihre Empfindungen völlig durcheinandertrieb.

„Warum haben Sie ein Wiedersehen forciert?!", fragte sie schließlich empört. „Sie hätten das Früchtchen in aller Ruhe reifen lassen sollen, dann müssten Sie mich nicht demütigen."

„Es ist nicht meine Absicht, Sie zu demütigen! Ich wollte Ihnen nur behilflich sein … Und das Wiedersehen forcierte ich, um andere Bewerber – die sich gewiss bald einstellen werden – zuvorzukommen. Es ist eine Entscheidungshilfe für Sie – und damit zu meinem Vorteil."

„Sie sind sehr von sich eingenommen", stellte sie gekränkt fest.

„Man muss sein Ziel im Auge behalten, das ist alles."

Celeste war verwirrt; sie konnte nicht ausmachen, ob er rein strategische Überlegungen vornahm oder wahrhaftig sie im Auge hatte. „Ich muss es zugeben, ich durchschaue Ihre Absichten nicht. – Was finden Sie an mir? Warum treiben Sie diesen Aufwand, wenn ich in Ihren Augen noch unreif bin?

Erhoffen Sie sich durch eine Verbindung mit meiner Familie einen Vorteil – mein Stiefvater ist ein angesehener Londoner Anwalt und meine Mutter die Tochter eines Barons. Wollen Sie unbedingt eine Engländerin heiraten und ich scheine Ihnen gerade eine willkommene Gelegenheit zu sein? – Mittlerweile gewinne ich den Eindruck, die Liebe steht bei der Wahl Ihrer Gemahlin keineswegs im Mittelpunkt Ihres Strebens, sondern allein der Vorteil, also Ihr Fortkommen, Ihre Aufstiegschancen."

Trotz dieser harten Anklagen hatte Herr Hofstetter aufmerksam und ohne jede Unruhe zugehört. Bevor er antwortete, verstrichen einige Augenblicke. „Ich brauche für mein Fortkommen keine namhafte Familie, noch einen angesehenen Anwalt oder eine Engländerin als Gemahlin. – Das, was ich mir zu meinem eigenen Vorteil überlege, ist eine Frau, mit der ich über alles sprechen und die meinen Gedanken folgen kann, eine Frau, die Witz und Selbstbewusstsein besitzt. Zudem muss sie nach meinem Geschmack bezaubernd aussehen und liebevoll sein. Außerdem muss sie Kinder lieben und leider auch – da ich Ingenieur bin – meine zeitweilige Abwesenheit ertragen können."

Betroffen sah sie ihren Bewerber an. „Und Sie glauben, in mir diese Frau gefunden zu haben?", flüsterte sie ehrfürchtig.

„Ja, davon bin ich überzeugt."

In den folgenden Tagen beobachtete Anna eine Wandlung in ihrer Tochter; sie schien ihr wie von einem Tag auf den anderen gereift und ausgeglichen. Überhebliche Spitzen vernahm man gar nicht mehr, ebenso fiel alberne Anstellerei weg, die jüngeren Geschwister leitete sie beharrlich an und verlor sie nicht, wie oftmals, aus den Augen. Sie forderte ihren Stiefvater nicht heraus und auch ihr antwortete sie durchgehend höflich.

„Mama, er liebt mich wirklich."

„Zweifeltest du daran, Cellikind?"

„Die ersten Tage habe ich gezweifelt ... bis zu einem klärenden Gespräch vor zwei Tagen."

„Wirst du es mir erzählen?"

Celeste fasste ihrer Mutter den Disput von jenem Abend zusammen und gab ihr seine abschließende Liebeserklärung nahezu wortgetreu wieder.

„Genau diesen Eindruck macht der junge Herr auf mich, Celeste. – Ich freue mich sehr für dich, mein Himmelsgeschenk."

Am Weihnachtstag 1820 hielt Herr Florian Aloysius Hofstetter um die Hand der Celeste Evelyne Williams an, in dem kleinen Kreis der Familie wurde die Verlobung zelebriert. Alle waren anwesend, nicht nur Paul, sogar der Priesteramtskandidat Frederic war für drei Wochen aus Douai angereist. Familie Ferres verbrachte ebenfalls diesen heiligen und denkwürdigen Tag mit der Familie Avestone-Williams in Chelsea.

DRITTES KAPITEL

Liebe Mutter und lieber Vater,

seit gestern bin ich wieder an der Baustelle. Wie ich Euch in meinem letzten Brief vor dem Weihnachtsfest schrieb, verbrachte ich meine wenigen Urlaubstage in Chelsea, einem Ort nahe London.

Aus bestimmten Gründen erwähnte ich meine Gastgeber nicht ausdrücklich, es war die Familie der jungen Dame, von der ich in einem Brief im letzten Frühjahr kurz berichtete.

Das Fräulein heißt Celeste Williams und macht in Cardiff eine Ausbildung als Erzieherin, dort ist sie auch zur Schule gegangen und dort lernte ich sie kennen. Ihre Familie, das ist ihre Mutter und ihr Stiefvater samt vier jüngeren Geschwistern, lebt nahe bei London, ihr ältester Bruder besucht ein Priesterseminar in Frankreich (Priester dürfen in England noch immer nicht ausgebildet werden) und ihr nächstälterer Bruder geht in Cardiff zur Schule. Der Stiefvater ist ein angesehener Anwalt in London; ihr leiblicher Vater ist vor sechs Jahren verstorben, er war Kapitän der königlichen Kriegsmarine und kämpfte tapfer gegen Napoleon.

Am Weihnachtstag habe ich um Celestes Hand angehalten und mich mit ihr verlobt. Sie ist eine hübsche junge Frau, mit viel Esprit – Ihr werdet sie spätestens an unserer Hochzeit kennenlernen, denn die werden wir nächstes Jahr im Frühjahr in Würzburg begehen!

Dringend möchte sie Deutsch lernen, um sich mit ihren zukünftigen Schwiegereltern zu unterhalten und sich so rasch wie möglich in Dresden einzuleben. Sie möchte mit mir nach Dresden gehen, obwohl ich bereits Pläne für einen Wechsel nach England geschmiedet hatte. Das ist insofern von Vorteil, weil Jahner & Sohn mich fördern und meine Ideen gerne unterstützen und umsetzen. Wer weiß, ob ich in

England solch ein großzügiges Bureau finden würde – die Engländer sind anderer Art, als die Deutschen; Ingenieure sehen sich als Künstler und wollen andere nicht gerne an ihrem Wissen teilhaben lassen und schon gar nicht fördern. Mir scheint, sie sind, was den technischen Fortschritt betrifft, sehr eigenbrötlerisch und denken nicht an das Fortkommen ihres Gemeinwesens, sondern streben nach persönlichem Ruhm. Entsprechend sind die Unterschiede in der Bevölkerung – unvorstellbare Armut neben unermesslichem Reichtum. Die geringe Sorge an einem soliden Gemeinwesen erkennt man an allen Ecken und Enden; verkommene Straßen, Bettler und Arbeitshäuser en masse. Gleichzeitig pflegen sie den guten Geschmack und die Höflichkeit in reinster Form. Vielleicht ist das der verzweifelte Versuch eines Ausgleichs.

Seid unbesorgt, meine Verlobte ist eine natürliche und freundliche Person und auch ihre Familie ist außerordentlich liebenswürdig.

Nun will ich meinen Bericht schließen, in der Hoffnung, Euren Kummer bezüglich meiner Zukünftigen etwas gemildert zu haben, denn gerade Du, Mutter, befürchtetest, Deine Schwiegertochter nicht kennenzulernen, würde es eine Engländerin sein.

Meine lieben Eltern, bleibt gesund, der liebe Gott vergelte Euch alles, in Liebe und Dankbarkeit, Euer Florian

Chelsea, 14. Januar 1821

Liebster Florian,

ich bin so glücklich, dass Du unversehrt in Llangollen angekommen bist! Du kannst mir glauben, ich freue mich auf die Ausbildung in Cardiff, obwohl ich meine Familie sehr liebe, wie Du gewiss bemerkt hast. Doch wenn ich so wenig Beschäftigung habe, muss ich ununterbrochen an Dich denken – das ist natürlich hübsch, und doch

schmerzlich, weil ich Dich ja erst frühestens im nächsten Winter wie-
dersehe!

O, mein deutscher Recke! Niemals hätte ich im Traum daran gedacht,
einen Deutschen zu heiraten und sogar nach Deutschland zu gehen!
Lieber Florian, Deine Zuneigung hat mich geläutert, kaum einer er-
kennt mich wieder, alle staunen über die sittsame Wandlung der un-
berechenbaren Celeste Williams. Hoffentlich wirst Du mich auch so
zahm lieben können, kennengelernt hast Du mich als eine andere.

Hast Du Deinen Eltern von dieser unfassbaren Neuigkeit geschrie-
ben? Du behauptetest, sie werden über Deine Wahl glücklich sein,
doch alte Menschen mögen das Unbekannte oft gar nicht.

Auch ich habe einigen Vertrauten meine Verlobung mitzuteilen, zum
Beispiel meinem lieben Onkel Edmund in Abingdon und seiner Gat-
tin Konstanze. Er ist der ältere Bruder meines Vaters und reformier-
ter Pfarrer (obwohl er im Herzen seit langem katholisch ist, doch will
er seiner puritanischen Gattin einen Bekenntniswechsel nicht zumu-
ten). Er wird es bedauern, dass seine Celli in Deutschland die Ehe
schließen wird. Ich wünschte mir, er könnte diese weite Reise auf sich
nehmen. Reicht sein Geld nicht, würde Onkel George dafür aufkom-
men – mein Stiefvater ist der großmütigste und vornehmste Herr,
der auf dieser Welt wandelt, meine brave Mutter hat ihn wahrhaftig
verdient und keinen anderen!

Lieber Florian, ich liebe Dich herzlich! Deine Celeste

Llangollen, 21. Januar 1821

Geliebte Celeste,
hab keine Angst, die gezähmte Celeste ist mir mindestens genauso
lieb, wie die ungezähmte. Meinen Eltern schrieb ich am selben Tag
wie Dir, ich erwarte noch eine Antwort – Würzburg ist weit.

Spätestens, wenn sie Dich kennenlernen, werden sie mit meiner Wahl äußerst zufrieden sein.

Unsere Arbeit geht nur mühsam voran, die Regengüsse sind sehr hinderlich, viele Arbeiter fallen wegen Krankheit aus. Sie können sich in den feuchten Baracken kaum kurieren. Herr Telford ist zurzeit etwas ungehalten. Nun muss ich mich sehr zusammennehmen, um artig zu bleiben; so hat jeder seine Zeiten, in welchen einiges an Disziplin und Wohlwollen abverlangt wird.

Der Gedanke an Dich, lässt mich vieles gelassen nehmen. Meine Mitarbeit hier in Llangollen geht tatsächlich im Oktober zu Ende, Jahner & Sohn wollen mich wieder in Dresden haben. Auf dem Rückweg statte ich Dir und Deiner Familie einen Besuch ab.

Jahner & Sohn werde ich demnächst schreiben und darum bitten, dem zukünftigen Ehepaar Hofstetter für das Frühjahr 1822 eine passable Wohnung zu besorgen, damit ich mich vor unserer Hochzeit nur noch um die Einrichtung kümmern muss.

Du musst mir schreiben, wie Du Dir unsere Hochzeit wünscht – ich war noch nie auf einer englischen Hochzeit und keinesfalls möchte ich Dich wegen einer misslungenen Festvorbereitung unglücklich sehen! Ich möchte allein Dein Glück! Meine junge Kapitänstochter, ich wünsche Dir eine erfüllte Zeit und Gottes Segen für Deine Ausbildung.

In großer Verehrung, Dein Florian

P. S. Ich danke Dir für den Hinweis auf den ‚großmütigsten und vornehmsten Herrn der Welt‘ – ich werde mir daran ein Beispiel nehmen, wenigstens was den Großmut betrifft – vornehm muss man wohl geboren werden.

Mein überwältigender Florian!

Im Oktober darf ich Dich schon wiedersehen – ich juble! Was für wunderschöne Dinge schreibst Du mir! Im Sommer werde ich mit meiner Mutter die Hochzeit planen, ihre ist ja erst vier Jahre her. – Nein, da gab es kein großes Fest, die Hochzeit musste im Stillen abgehalten werden, denn meinen lieben Stiefvater belauern viele Feinde, die sich auf seinen Bekenntnisübertritt gestürzt hätten. Das nur nebenbei. Trotzdem wird meine Mutter wissen, wie man so eine Hochzeit gestaltet, immerhin wurde ein hübsches Fest abgehalten, als mein Papa sie heiratete. – Oh, mein lieber Florian! Da fällt mir ein, noch nie ist meine grandiose Tante Eve zur Sprache gekommen! Sie ist die jüngere Schwester meiner Mama und die Gattin des Grafen Leonard Attenborough of Severn; genau diese Dame ist die Richtige, um mir zu erzählen, worauf es auf einer Hochzeit ankommt. Sie liebt Feste wie keine andere, sie ist das Gegenteil von meiner Mutter, trotzdem sind sie sich herzlich zugetan …

Nein! Ich höre auf, Dir von der Familie meiner Mama zu schreiben, das ist ein Fass ohne Boden und überhaupt nicht hilfreich – im Grunde genommen, ist es ein sehr trauriges Kapitel – ich werde ja hoffentlich viele Jahre mit Dir verbringen dürfen und an kalten Winterabenden werde ich Dir dann die grausige und dramatische Geschichte meiner Mutter erzählen.

Angebeteter Florian, ich bitte Dich, werde nicht krank! Es wäre herzzerreißend, müsste ich meinen Verlobten begraben! So gerne wollte ich Dich wenigsten einmal vor Deinem Tode küssen …

In Cardiff pulsiert das Leben, besonders das meiner lieben Cousine Jane – die Dame ist nicht ohne. Jackson, ihr Gatte, nimmt mich öfter in Schutz, aber das macht sie nur noch gestrenger. Ich habe ihm bereits mehrmals erklärt, er soll einfach über ihre Maßnahmen hinwegsehen, Jane beruhige sich rascher, wenn er schweigen würde. Und so bin ich tatsächlich froh, wenn der geliebte Jackson wieder zur See gehen muss. Stell Dir vor, nun habe ich mich durch Dich in ein braves Lamm verwandelt und Jane hört nicht auf, an mir herumzukritteln; beinahe vermute ich nun, es hat gar nichts mit mir zu tun, es muss ihr Charakter sein. Manchmal denke ich, wir würden uns besser verstehen, würde ich an einem anderen Ort wohnen. Nur weiß ich noch nicht wo und ich habe Befürchtungen, dass Jane es persönlich nimmt. Haben Deine Eltern geantwortet? Ich will unbedingt wissen, was sie von Deiner englischen Braut halten! O, mein Florian, wie schön waren die Tage mit Dir, wie viel haben wir erlebt und wie rasch sind sie vorübergegangen! Doch der Oktober ist nicht weit!

Sei herzlich gegrüßt, ich werde für Dich beten, mein geliebter deutscher Ingenieur, dass Du nicht krank wirst und Deine Disziplin und Dein Wohlwollen aufrechterhältst, Deine Celeste

Llangollen, 19. Februar 1821

Liebste Celeste,

danke für Deinen ,pulsierenden' Brief – ich kann mir nicht vorstellen, dass Deine Cousine Jane mehr Ungestüm pflegt als Du. Mir fällt ein, dass Jane die Nichte Deines Vaters ist – nun wissen wir, warum ihr Euch ähnelt.

Trotz allem möchte ich nicht, dass die zukünftige Ingenieursgattin leidet. Ich werde heute ein Brief an Gilmores aufsetzten und sie bitten, Dich, Geliebte, aufzunehmen. Dann kann ich ihnen zugleich von der unfassbaren Neuigkeit berichten – sie werden staunen, was ein deutscher Ingenieur zustande bringt! Mir-nichts-dir-Nichts, hat er die schönste Perle aus dem Acker herausgepickt und an sich gebunden.

Auf Deine gruselige Familiengeschichte bin ich gespannt, die Eng-
länder sind berühmt für ihre Schauerromane, das muss natürlicher-
weise irgendwo seinen Ursprung haben.

Noch ist kein Brief meiner Eltern angekommen, wie bereits erwähnt,
Würzburg ist weit. Sobald ich einen Brief von Ihnen empfange, werde
ich Dir schreiben.

Der Regen hat aufgehört, Dein Gebet ist wieder geradewegs in den
Himmel gegangen; auch Herr Telford hat sich offensichtlich Gottes
Willen gebeugt, nachdem er noch einige bittere Verwünschungen
ausgestoßen hat. Aufstrebende Mitarbeiter erträgt er nicht gut in sei-
ner Nähe; die ersten Monate war es eine gute Zusammenarbeit, doch
als ihm immer deutlicher wurde, dass ich eine gründliche Ausbil-
dung genossen habe, verschließt er sich. Sei's drum, ich werde mich
in dieses unerfreuliche, jedoch kurze Schicksal fügen und auch dies
als eine brauchbare Lehrzeit verbuchen.

Meine liebe Celeste, pass gut auf Dich auf und hüte Dich vor freund-
lich gesinnten Herren.

Dein Florian

Würzburg, 27. Januar 1821

Lieber Florian,

Du überraschst uns mit Deiner Verlobung! Vater und ich mussten
einige Tage darüber nachdenken, bevor ich Dir nun antworten kann.
Dass Du die Unterbauer Kathie nicht willst, haben wir nun hinneh-
men müssen und es auch verstanden. Du bist ein gescheiter junger
Mann, der sich mit einem schlichten Mädchen, wie die Kathie, wahr-
scheinlich nicht zufriedengeben kann. Vater sagt, er hätte auch nicht
die Nächstbeste genommen, sondern mich, weil ich in Buchführung
und im Umgang mit den Leuten ein feines Händchen habe.

Ja, mein lieber Flori, was sollen wir zu einer englischen Dame sagen? Es freut uns, dass sie in Deiner Heimat heiraten möchte und Du schreibst, sie will unsere Sprache lernen. Das ist sehr freundlich von ihr, denn wir alten Leute können ihre Sprache bestimmt nicht mehr lernen. Doch wird sie mit unserem einfachen Dasein zurechtkommen? Wir sind zwar eine traditionsreiche Uhrmacherwerkstatt, doch so eine Tochter eines Rechtsanwaltes ist doch etwas anderes gewohnt und dann ist sie ja Engländerin und wie Du selbst schreibst, sind die Engländer sehr vornehm. Dann wird wohl auch ihre Familie kommen, das macht uns ein wenig Angst, mein Junge, wir wissen nicht, wie man mit solchen Leuten umgeht. Du bist ja schon viel herumgekommen, doch wir haben Würzburg nie verlassen.

Lieber Junge, wir werden den lieben Gott um seine Gnade bitten und der Muttergottes all unsere Sorgen hinsichtlich Deiner Verlobten und der Hochzeit und den Gästen übergeben. Alles wird so kommen, wie es kommen muss. Gewiss wirst Du uns noch weitere Male schreiben und uns Anweisungen zur Vorbereitung geben und uns mitteilen, wann Du nach Würzburg kommst.

Ist sie denn ein hübsches Mädchen? Wie alt ist sie? Kommt sie aus einer guten katholischen Familie? Eine Protestantin würdest Du uns ja nicht nach Würzburg bringen, nicht wahr?

Lieber Florian, Gott möge Dich und Deine Verlobte beschützen. Lieber Junge, alles wird seinen guten Lauf nehmen.

Deine Mutter und Dein Vater

P. S. Nun lese ich, dass ihr Bruder Priester wird.

Llangollen, 20. Februar 1821

Meine liebe Celeste,
gerade nachdem ich meinen letzten Brief an Dich aufgegeben habe, bekam ich die Antwort meiner Eltern. Sie mussten eine Weile über

diese überraschende Kunde nachdenken, schreiben sie, doch verstehen sie, dass ich eine kluge Ehefrau möchte, die mir ebenbürtig ist. Sie sind froh, dass Du unsere Sprache lernen möchtest, und möchten eine Beschreibung von Dir. Sie haben betreffs der Feierlichkeiten Bedenken, da sie glauben, nicht so feine Leute zu sein, wie Du und Deine Familie, doch legen sie alles in Gottes Hand und vertrauen auf seine Führung.

Es ist nur natürlich, dass sie sich Sorgen machen, ob alles seinen guten Gang nimmt. Schlussendlich erkennen sie stets den Willen Gottes, wenn ich doch anders entscheide, als sie anfangs für gut befunden. Ich bin froh über den tiefen Glauben meiner Eltern, es liegt ihnen fern, mir etwas aufzuzwingen, das war schon immer so. Du wirst sehen, ihre Unsicherheit bezüglich des Fremden wird sich rasch in Luft auflösen, sobald sie die junge Dame aus Abingdon kennenlernen. Sie freuen sich sehr, dass wir in Würzburg heiraten möchten und Du mit mir nach Dresden gehst.

Meine Liebe, ich habe Gilmores geschrieben, gewiss werden sie auf Dich zukommen und Dir anbieten, bei ihnen Unterkunft zu nehmen. Dein Florian

Cardiff, 1. März 1821

Liebe Mama,

hoffentlich seid Ihr alle wohlauf!

Paul hat mich zurechtgewiesen, als ich ihm von meinen Plänen berichtete, meine Unterkunft zu wechseln. Er findet es unmöglich und ich würde Jane damit vor den Kopf stoßen. Aber, liebe Mama, Du weißt, dass es stets schwierig mit ihr ist und war – unsere Charaktere sind zu ähnlich. Florian möchte Familie Gilmore schreiben und ihnen unsere Verlobung bekannt machen und sie bitten, mir eine Unterkunft zu geben.

In der Hauptsache muss ich Dir mein Herz wegen meines zukünftigen Lebens ausschütten. Ich gestehe Dir, dass ich bereits einige Tränen bezüglich meines in Aussicht stehenden Ehestandes vergossen habe. Wie Du Dir vorstellen kannst, ist mir Jane keine Hilfe; einmal habe ich es gewagt, Andeutungen in dieser Richtung zu machen. Die Katastrophe stellte sich sofort ein und mein Herz war am Ende noch aufgewühlter als zuvor!

Meine Bedenken hätte ich mir selbst zuzuschreiben, warum ich auch einen Ausländer heiraten wolle, noch wäre Zeit, die Verbindung zu lösen. Sie könne sich auf keinen Fall vorstellen, in ein fremdes Land zu gehen, und ich würde Herrn Hofstetter überhaupt noch nicht kennen!

Wenn ich mich richtig entsinne, hat Jane unseren lieben Jackson auch nicht lange gekannt, als sie sich die Ehe versprachen und haben diese Bekanntschaft über eine viel weitere Entfernung brieflich vertieft, als ich es mit Florian vollbringe.

Ach, Mama, das ist das eine. Das andere ist, dass die Eltern meines Verlobten sich offenbar eine deutsche Frau gewünscht haben – natürlich, er schreibt, sie könnten seine Entscheidung verstehen und freuten sich, dass ich die Hochzeit in Würzburg begehen möchte …

Er hat es alles wirklich hübsch geschrieben und doch sind es grausame Zweifel, die mich plötzlich heimsuchen. Bitte glaube mir, ich liebe ihn und ich könnte mir keinen geeigneteren Gemahl vorstellen – er ist wie für mich geschaffen! Und doch möchte ich bei Dir sein und von Dir getröstet werden. Bei nächster Gelegenheit stehe ich vor der Tür.

In großer verzweifelter Liebe! Werde ich ohne Dich leben können!?
Deine Celli

Meine liebes Himmelsgeschenk,

zu allererst möchte ich Dir zu Deinem 18. Geburtstag gratulieren! Ich hoffe, Dir gefällt der hübsche Spenzer. Den Stoff fand ich bei Ferguson und dachte, dieses Grün sieht an meiner Celli bezaubernd aus. Nun zu Deinen Bedenken; wie sehr kann ich Deine Zweifel und Ängste nachvollziehen! Die Nacht vor der Hochzeit mit Papa, konnte ich vor Furcht, kaum ein Auge zu tun, erst als ich den Rosenkranz in meine Hand nahm, beruhigte ich mich.

Florian Hofstetter ist ein wahrhaft würdiger Ehegatte für Dich. Er ist nicht nur liebenswürdig, angenehm im Äußeren, sondern ebenso klug, humorvoll und großzügig.

Komm, sobald Du kannst, damit wir alles in Ruhe überlegen können. Nun zu Jane. Sie wird verstehen, dass Du sie einmal verlassen musst. Sie weiß auch, dass Eure Freundschaft dadurch nur gewinnen kann. Ich werde ihr einen Brief schreiben und ihr die Umstände erklären. Mittlerweile bist Du so vernünftig und einfühlsam, dass Du ihr beizeiten und in herzlicher Dankbarkeit für all ihre Mühen in den sechs Jahren, Deinen Wohnortwechsel mitteilst.

Halte Dich tapfer, mein großes Mädchen, Deine Mama

Mein lieber Florian,

wie hast Du mich mit diesen schönen Büchern überrascht und was hast Du mir für ein prächtiges Tuch ausgesucht! Wo bekommst Du fern ab von jeder Zivilisatio, so feine Dinge?

In zehn Tagen werde ich nach Hause reisen, dort werde ich wenigstens zwei Wochen bleiben. Ich muss mich bei meinem Mamachen ausweinen. Familie Gilmore bot mir tatsächlich an, zu ihnen zu ziehen, ich habe es angenommen. Wenn ich aus Chelsea wieder zurück bin, werde ich umziehen. Meine Cousine habe ich bereits unterrichtet – sie nahm es beleidigt zur Kenntnis, doch schon am nächsten Tag war sie wie ausgewechselt. Ich vermute, es erleichtert sie, denn sechs Jahre habe ich wie ein Kuckucksküken in ihrem hübschen Nest gesessen. Patrick und die kleine Konstanze bedauern, dass ich sie verlasse, doch ich habe ihnen versichert, dass ich sie regelmäßig besuchen komme.

Es tut mir herzlich leid, dass ich Dir auf Deine anderen Briefe nicht geantwortet habe. Sie haben Deine Braut etwas aufgeregt. Vertraue mir, ich liebe Dich und bin gewiss keinem anderen Herrn begegnet. Du bist der einmaligste Mann, der frei herumläuft!

Trotz aller Freude, die solch eine herrliche Zukunft auslöst, gibt es auch gewisse Unebenheiten, die geglättet werden müssen. Zuhause wird meine Mama mich lehren, wie eine gute Ehefrau sich zu verhalten hat und was sie ihrem anbetungswürdigen Gatten schuldig ist.

Mein liebster Ingenieur, beinahe unablässig bete ich für Dich! Kürzlich empfing ich einen Brief von meinem lieben Priesterbruder, er habe Dich sofort in sein Herz geschlossen und fände, dass Du genau der Richtige für seine ungezogene Schwester seist. Nur einer habe mich bändigen können und das wäre unser Vater gewesen – und Du bist diesem ebenbürtig! Schreibt mein Bruder. Das gibt eine hübsche Retourkutsche! Trotz allem mag er recht haben. Nur hoffe ich sehr, dass auch Du die rechte Gemahlin in mir hast – darüber schwieg mein weiser Bruder.

Mach Dir keine Sorgen, meine lieber Florian, wenn ich Dich noch nicht kennte, ich würde zu Fuß nach Würzburg gehen, um Dich kennenzulernen.

Deine zukünftige Braut, Celeste

VIERTES KAPITEL

Nach einer stürmischen Begrüßung ihrer Mutter und all ihren Geschwistern, eilte Celeste nach oben in ihr Zimmer. Wie erhofft, lag ein Brief von Florian auf ihrem Schreibtisch.

Llangollen, 22. März 1821

Geliebte Celeste,

so glücklich machst Du mich mit Deiner lang ausgebliebenen Antwort!

Es freut mich, dass Dir die kleinen Geburtstagspräsente gefallen, besonders freut es mich, dass Du die Gastfreundschaft der Gilmores in Anspruch nehmen wirst.

Ich kann nicht verhehlen, dass mir Dein Kummer Sorge bereitet. Es ist wirklich das Beste, dass Du nach Hause fährst, um alle ,Unebenheiten zu glätten'. Alles möchte ich ermöglichen, damit Du glücklich bist. Niemals wollte ich Dich gewinnen, ohne Dein Glück im Auge zu haben, und alles werde ich dafür tun, damit Du weißt, dass Du am Weihnachtstag 1820 die richtige Entscheidung getroffen hast.

Meine liebe Celeste, ich bitte Dich, verschweige mir nichts – ein Mann ist nur ein halber Mann, ist seine Braut unglücklich!

Von Herzen wünsche ich Dir erholsame Tage in Chelsea, entrichte Deinen verehrten Eltern die dankbarsten Grüße, Dein Florian

Celeste stürzte in das Nähzimmer ihrer Mutter und fiel ihr weinend um den Hals. Anna wiegte ihr erwachsenes Töchterlein und ließ sie in aller Ruhe schluchzen.

Nach einer Weile löste sich Celeste von ihr und schnäuzte das Näschen in das gereichte Schnupftuch. „Ach, Mamachen! Muss Liebe so schwer sein?! Er hat mir so einen rührenden

Brief geschrieben! Ich Dummkopf habe ihn furchtbar verunsichert!" Sie atmete noch mehrmals tief ein.

„Was schreibt er, Celeste?"

Celeste holte den Brief aus dem Ärmel und reichte ihn Anna. Lächelnd las sie die wenigen Zeilen und seufzte zufrieden.

„Meine Celli, diesem Herrn kann ich dich getrost anvertrauen."

Aus tränennassem Gesicht schimmerte ein glückliches Lächeln.

Am Abend saß eine besonnene Celeste am Esstisch. George Avestone war zeitig heimgekehrt, so dass man das Abendessen gemeinsam einnehmen konnte.

„Ich staune, was ein Jahr ausmacht, Celeste."

Sie schmunzelte. „Ich vermute, es ist nicht so sehr das Jahr, sondern die Verantwortung, die ich jetzt trage."

„Nie habe ich mich in meiner großen Stieftochter getäuscht, du bist ein besonderes Mädchen; der Mann, der dich bekommt, ist ein glücklicher Mann."

„Danke, Onkel George", hauchte sie ehrfürchtig.

„Ähäm!" Becky räusperte sich deutlich. „Papa? Wie ist das zu verstehen? Wird mein Mann unglücklich sein?"

Anna lachte, während George seine vorlaute Tochter prüfend in Augenschein nahm. „Du bist ein ganz besonderes Früchtchen, meine Kleine. – Es braucht noch viel Gebet und Disziplin, damit du eines Tages deinen Bräutigam von seinem Glück überzeugen kannst."

Obwohl Becky den Sinn dieser vieldeutigen Aussage nur erahnte, verzog sie schmollend den Mund. „Also, Celli muss mindestens genauso viel beten, denn sie war in ihrem schon viel länger andauernden Leben ausgesprochen undiszipliniert."

Lächelnd ließ Celeste ihre halbwüchsige Schwester gewähren.

„Du und Nori, ihr werdet meine Brautjungfern."

Die beiden Mädchen jauchzten freudig auf. Alles begann durcheinander zu plappern, was die Aufgaben der Brautjungfern sein werden, wie sie sich kleiden müssten, ob man genügend im Mittelpunkt stehe oder hoffentlich nicht. Welche Aufgabe denn Maxi zukommen könne und ob Paul Beckys Brautknabe sein dürfe ... alles in allem wurde es ein ausgesprochen vergnüglicher Abend.

Am Sonntagabend hatte sich Onkel George zartfühlend in sein Studierzimmer zurückgezogen, nachdem Anna mit Hilfe Celestes und seinen gestrengen Blicken, die Kinderschar zeitig in das Bett gebracht hatte.

Gemütlich ließen sich Mutter und Tochter mit einem Tee im Wohnzimmer nieder.

„Weißt du, Mama, die Hochzeit ist die eine Sache, doch die weitaus gewichtigere Sache ist doch das, was danach kommt."

„Da hast du vollkommen recht!", bestätigte Anna ihre erwachsene Tochter. Gleich welche Angelegenheit nun zur Sprache kommen sollte, es war die Wahrheit; das Fest selbst war ein kurz aufleuchtendes Vergnügen, das tatsächlich nur einen winzigen Bruchteil einer erfüllten oder unerfüllten Ehe ausmachte.

„Da ich weiß, geliebte Mama, dass du nicht nur der geistigen Liebe viel Aufmerksamkeit schenkst, sondern auch die Liebe des Leibes keineswegs verachtest, getraue ich mich, mit dir darüber zu sprechen." Forsch lächelte sie ihre Mutter an.

„Cousine Jane wollte bereits in dieser Angelegenheit mit mir sprechen – ohne, dass ich sie darum bat. Nach einiger Kraftanstrengung ist es mir gelungen, diese Sache abzuwenden. Die Einstellung unserer Familie – also der ‚Alexandrinischen' – zur Liebe, ist eine andere, als die der ‚Edmundischen' Familie. Ist es nicht so?"

„Das ist durchaus möglich." Anna nippte an ihrem Tee und zeigte keinerlei Regung, die auf Wertung dieser Angelegenheit deutete.

Celli lachte. „Und seit dem ‚Georgianischen' Zeitalter scheint diese Liebe einen noch bedeutenderen Wert bekommen zu haben."

Mahnend schüttelte Anna den Kopf. „Zur Sache, mein Kind!" Celli kicherte noch eine Weile amüsiert und musterte ihre verlegen gewordene Mutter. „Das ist es eben, Mama! Jane wollte mir weismachen, dass die leibliche Liebe allein der Zeugung der Nachkommenschaft dienen darf ... also, sie meint, man darf sie nur anwenden, wenn man ein Kind zeugen möchte."

„Das ist nicht unbedingt falsch", bestätigte Anna milde die Ansicht der Cousine.

„Also wird Onkel George demnächst seine hingebungsvoll zelebrierten Liebesbekundungen einstellen, weil du aus Altersgründen keine Kinder mehr empfangen werden kannst?"

Trotz Celestes taktlosem Vorwitz musste Anna über diese einnehmende Beschreibung ihrer innersten Angelegenheit laut auflachen. „Meine Güte, Celli!"

„Verzeih, liebste Frau Mama, doch ist das eine überaus wichtige Angelegenheit. Ich werde versuchen, meine Offenheit etwas zu mäßigen." Anna seufzte ergeben. „Verzeih, Mamachen ...". Zur Ablenkung goss sie ihrer geliebten Mutter Tee nach und hielt ihr das Milchkännchen entgegen. „Ist es nicht ein Beweis der Liebe? – Natürlich freut man sich als wahrer Christenmensch, wenn daraus ein Kindchen hervorgeht, nur kann es doch nicht allein eine Übung nach Plan sein!? – Das ist der Schluss, den ich aus allem gezogen habe, was ich zu dieser Angelegenheit jemals gelesen und gehört habe." Mit einem erwartungsvollen Lächeln zwinkerte sie ihre Mutter an. „Das ist meine Celli!" Anna nahm einen Schluck Tee. „Die Liebe des Leibes gehört ebenso zur Krone der Schöpfung, wie die geistige Liebe. Solange sich die beiden Liebenden in der ehelichen Verbindung und mit beiderseitigem Einverständnis hingeben, tun sie Gottes Willen."

Celeste streckte sich und öffnete die Hände. „Na bitte, das hört sich doch ganz anders an, als die Erklärung der lieben Jane!"

„Sollte es irgendwelche zwingenden Gründe geben, weshalb es notwendig ist, dass die Frau nicht empfangen sollte, zum Beispiel aus gesundheitlichen Bedenken heraus, müssen die Liebenden Enthaltsamkeit üben", ergänzte Anna ihre Erklärung.

„Gab es in deiner Ehe diesen Fall?"

„Ich kann mich nicht erinnern. – Doch ist es angebracht, dass der liebe Gemahl – von sich aus – eine gewisse Zeit nach der Geburt des Kindes Rücksicht nimmt. Keineswegs nur die Zeit der Heilung, sondern einiges darüber hinaus."

Offen lachte Celeste ihre Mutter an. „Nicht, dass man gleich zwei so niedliche Schreihälse hat, wie es dir mit Frederic und mir ergangen ist!"

„Das war göttliche Fügung. Dadurch war mein Antrieb, Trost bei meinen Freunden in Cardiff zu suchen, um ein Vielfaches größer, als hätte ich nur ein Kind gehabt. – Außerdem war es meine heimliche Versicherung dafür, dass Papa wiederkommen wird."

„O, Mama, du bist hoffnungslos romantisch!"

„Nun zu Jane", kam Anna auf das Eigentliche zurück. „Die Puritaner glauben, der Zeugungsakt selbst sei Sünde. Und daraus kann nur ein sündiger Mensch hervorgehen. Sie vermengen die Lehre der Erbsünde mit den natürlichen Bedürfnissen, die Gott uns Menschen in seiner Weisheit und Liebe gegeben hat." Bedauernd schüttelte Anna den Kopf. „Ich bin froh, dass du Janes Erklärung in Frage stelltest."

„Du musst nichts befürchten, Mama; allein, was wir alles im Unterricht des Pater Burnett über die Liebe Gottes erfahren haben, steht dermaßen im Gegensatz zu Janes Ansichten! – Ich finde es seltsam", wunderte sich Celeste. „Sie hatte doch ebenfalls Katechismus bei Pater Burnett und gewiss auch eine gründliche Ehevorbereitung?"

„Wenn ein Mensch diese Verwirrung sozusagen mit der Muttermilch eingeflößt bekommen hat, freut er sich, die Wahrheit zu hören, doch ist es überaus schwer, diese seit frühester Kindheit eingepflanzten Prägung aufzulösen."

„Aber Papa war anders!"

„O, ja! Konstanze hatte in diesem Sinne kaum noch Einfluss auf ihn. Seine Eltern waren – Gott sei es gedankt – ganz anderer Art, als Konstanze." Ein wenig zog Anna die Stirn kraus. „Doch selbst er zweifelte hin und wieder."

Celeste lehnte sich glücklich zurück und atmete tief ein. „Weißt du, Mama?", begann sie nach einer kleinen stillen Träumerei. „Ich bin ganz vernarrt in Flori!"

„Celli-Schatz!", mahnte Anna.

Unbeeindruckt fuhr ihre Tochter fort. „Dir darf ich es sagen, nicht wahr, Mama? – Er ist so ansehnlich, dass ich froh bin, ihm erst im Oktober wieder zu begegnen. Ich könnte es kaum bewerkstelligen, ihn nicht zu überfallen."

„Celeste! Überlass das deinem zukünftigen Gemahl."

Celestes verzücktes Gesicht wurde ernst. „Denk ja nicht, ich wüsste alles über so ein Rendezvous! Gar nicht! – nur ist man ja nicht auf den Kopf gefallen. Doch frage ich mich, ob Florian über die Natur des Menschen Bescheid weiß? – Was denkst du, Mama?"

Anna lachte. „Du bist wirklich meine vorwitzige Celli geblieben – trotz deiner Reife."

„Nun sag doch, was du denkst!"

„Meistens – nehme ich jedenfalls an – kennt ein Mann sich in diesen Dingen gründlicher aus, zumindest, was die zärtliche Zusammenkunft zweier Liebenden betrifft. – Ich vermute, dass der liebe Gott ihm das bereits in seiner Stellung als Familienoberhaupt zugedacht hat. Er ist der, der stets mutig voranschreiten muss ... bei fast allen Gelegenheiten. Doch darf die Frau es nicht versäumen, ihn zu bejahen und zu ermutigen."

„Das hast du vornehm ausgedrückt, Mama."

„Das hat mit Vornehmheit nicht viel zu tun, Gott hat es so vorgesehen." Annas Tochter versank wieder in Träumerei. „Du darfst beruhigt sein, vor eurer Hochzeit werdet ihr Eheunterricht erhalten."

„O, Mamachen, wann sollen wir diesen Unterricht erhalten? Im Oktober kommt Florian für ein paar Tage nach Cardiff – so hoffen wir – und dann muss er zurück nach Dresden! Das wird alles sehr aufregend!"

„Dann musst du dafür sorgen, dass ihr den Unterricht in der kurzen Zeit in Cardiff bekommt. Pater Faber wird ein Einsehen haben. – Und falls Herr Hofstetter tatsächlich im protestantischen Sinne über die Liebe denkt, wirst du ihn mit deiner unwiderstehlichen Autorität eines Besseren belehren."

„Was hatte unsere Älteste auf dem Herzen? – Sind es rein weibliche Angelegenheiten gewesen, die geklärt werden mussten?"

„Ich vermute schon, dass sie rein weiblicher Natur waren … das heißt, natürlich betreffen sie beide Geschlechter – doch wie du weißt, sind die beiden recht unterschiedlich …". Sie bedachte George mit zärtlichem Blick.

„Gott sei Dank!", seufzte er zufrieden.

„Wir müssen keine Bedenken haben, Celli ist sehr gut unterrichtet."

„Anders könnte es kaum sein."

„Doch eine Sache macht mir Sorge, George."

„Sag es mir, meine Liebe!"

„Sie wird in der Fremde Heimweh haben."

„War sie jemals von Heimweh geplagt?"

„Nein, in Cardiff nicht. Doch hatte sie dort stets eines ihrer Geschwister; erst Frederic und später Paul und jetzt kommen noch Eleonora und Rebecca nach."

„Sie ist jetzt erwachsen, Anna."

Anna konnte sich mit dieser Antwort nicht zufriedengeben. „Sie wird keinen haben, mit dem sie über Kummer oder Sorgen sprechen könnte."

„Hm."

„Weißt du, trotz ihres selbstbewussten Auftretens ist sie sehr anhänglich; denk nur daran, wie viele Briefe sie mir schreibt und mich um meinen Rat oder um Trost bittet, und dass vom ersten Tag in Cardiff an bis heute …".

„Ja."

Anna wurde ganz schwer ums Herz. „Sie ist doch meine kleine Große, George. Es zerreißt mir das Herz, wenn ich an ihren Kummer in der Fremde denke …".

„Geliebtes Weib! Erstens ist sie gerade hier im Hause, noch nicht einmal in Cardiff und zum anderen, werdet ihr noch viel Gelegenheit haben, auch diese Dinge zu klären. – Du könntest ihr zum Beispiel anempfehlen, dass sie regelmäßig berichten soll, damit du immer im Bilde bist – und zur Not anreisen könntest."

„Meinst du, ich sollte reisen!?"

„Aber natürlich! Über kurz oder lang, wird sie ihr erstes Kind erwarten, dann solltest du bei ihr sein."

Voll ängstlicher Freude sah sie ihren Gatten an. „Ich bin noch nie so weit gereist und schon gar nicht in ein fremdes Land …".

„So weit ist dieses Dresden nicht und Würzburg auch nicht. Außerdem werden wir im nächsten Jahr wenigstens Würzburg kennenlernen – dann ist es dir nicht mehr fremd."

Anna nahm seine Hand. „Es ist unglaublich aufregend, wenn das Töchterlein heiratet."

„Das ist es."

„Es gibt noch etwas, worüber ich mir Dir sprechen muss, Mama."

„Sag es mir, mein Kind!"

„Du weißt, dass ich meinen deutschen Ingenieur anbete."

Anna lächelte. „Ich weiß."

Celeste war unruhig. „Ich vertraue ihm blind. Wirklich, Mama! Die widerborstige Celeste Williams hat sich in unglaublicher Weise an diesen Mann gekettet. – Ich kann es kaum fassen, dass mir dieser Mann begegnet ist! – und der dazu dermaßen hartnäckig sein Ziel verfolgt hat! Ja, Mama, er hatte sich in den Kopf gesetzt, mich kennenzulernen, er hat es getan – obwohl es eigentlich bereits zu spät war. Und er hat mir ganz flink einen Antrag gemacht, kaum dass er mir den Hof machte!

– Damit ihm ja keiner zuvorkommt." Sie seufzte tief. „Eigentlich ist es absolut himmlisch."

Geduldig hatte Anna den Liebesbeschwörungen ihrer Tochter zugehört. „So mein Schatz, wo ist der Haken?"

Leidend sah Celli ihre Mutter an. „Dass ich mich von euch trennen muss."

„Aber du trennst dich doch nicht von uns."

Gedankenverloren und mit schmerzlich zusammengezogenen Augenbrauen sah Celeste vor sich her. „Weißt du, Mama, Dresden ist weit …".

„Bist du nicht ein abenteuerlustiges Mädchen? Bist du nicht die Tochter des wagemutigen Kapitän Alexander Williams?"

Celeste lachte. „O, ja, das bin ich!" Sie dachte eine Weile nach, bis es aus ihr hervorsprudelte. „Ich bin unglaublich neugierig auf Dresden und auch auf Würzburg! Ich werde mit ihm die Stadt erobern und dann …". Sie lachte frech. „… werden wir uns in unsere hübsche kleine Wohnung zurückziehen und uns dem Willen Gottes fügen!"

„O, Celli! Niemals hätte ich gedacht, dass ich solch eine Schlangenbrut an meinem Busen nährte!"

Celeste eilte zur Mutter auf das Sofa und schmiegte sich an sie. „Mamachen, sei nicht traurig", flüsterte sie. „Ich spreche nur aus, was jeder empfindet – wenigstens die, die normal im Oberstübchen sind. Oder nicht?"

„Celeste, versprich mir, dass du niemals vor anderen so redest!"

Celli lachte. „Beruhige dich! Nur dir vertraue ich mich so an, das ist die Wahrheit! – Und Florian werde ich mich natürlich ebenso anvertrauen … sonst würde ich in der Ferne nicht überleben können … oder, Mama?"

„Da hast du recht, meine Kleine. Du brauchst jemanden, mit dem du über alles sprechen kannst."

„Ich weiß, dass du Onkel George auch alles anvertraust, ihr seid mein Vorbild – von wegen Schlangenbrut an deinem Busen genährt!"

„Du weißt, was ich meine, Celeste." Die war bereits wieder in Gedanken versunken und hörte die Mahnung der Mutter nicht. „Um eines möchte ich jedoch bitten, Celeste. Mit jeder Missstimmung, die in eurer Ehe aufkommen könnte, musst du sehr umsichtig und einfühlsam umgehen."

Aus verträumten Augen sah Celeste ihre Mutter an. „Meinst du, wir werden je Missstimmung haben?"

„Meine Kleine, das ist unvermeidlich. Und wenn ihr euch noch so liebt, es wird nicht ausbleiben."

„Hattest du schon je Missstimmung mit dem vollkommenen Gentleman, Herrn Dr. George Avestone?!"

Mit einem Schmunzeln musterte Anna ihre Tochter. „Was denkst du, mein Küken?"

Celeste seufzte. „Ja, Mama, ich will deinen Rat beherzigen."

„Schreibe mir regelmäßig, Celli! Berichte mir, wenn dich Kummer bedrückt, und gib früh genug Bescheid, wenn euer erstes Kind zur Welt kommen will."

„Das tue ich, liebste Mama! Dann kommst du geschwinde angereist, um mir beizustehen."

„Das werde ich, Celli-Schatz."

„Wenn du ein Kind zur Welt gebracht hast, war Tante Isabel, die Mutter Rebeccas in unserem Hause", entsann sich Celli.

„Das weißt du noch?"

„Es ist mir gut in Erinnerung geblieben – es war eine große Aufregung, als Eleonora geboren wurde. Ich weiß nicht mehr genau, warum … Frederic und ich hatten Angst, dass du wieder krank wirst … o, ja, jetzt erinnere ich mich! Als du Paul zur Welt brachtest, wurdest du furchtbar krank und wir mussten zu Tante Konstanze …". Anna nickte mit bedenklicher Miene, Celli lachte. „Nein, Mama, keine Angst, darüber will ich nicht sprechen! – Also, als Nori zur Welt kam, befürchteten wir, wieder zu Tante Konstanze zu müssen … aber warum dachten wir das, warst du krank?"

„Lass uns über etwas anderes sprechen, Celli!"

„Papa ist für ganz kurze Zeit nach Hause gekommen …", fuhr Celeste unbeirrt fort. Sie seufzte laut. „Oh, mein Papa! Wie hatte ich mich auf ihn gefreut! Und ständig war er in dieser kurzen Zeit verschwunden …".

„Ach, Celli, das war eben genau so eine hässliche Missstimmung … doch muss ich sie in diesem Fall vollkommen mir zur Last legen. – Und jetzt sprechen wir über erfreulichere Dinge. – Kannst du dich an Tante Isabel erinnern?"

„Ja, sie war unglaublich lieb. – Seltsam, Rebecca kennt ihre leibliche Mutter nicht, doch ich habe sie kennengelernt." Beide Frauen wurden still, jede den eigenen Gedanken nachhängend. „Wir hielten uns in Birmingham auf. Du wolltest Tante Isabel nach der Geburt Rebeccas pflegen. Wir haben noch gemeinsam Ausflüge gemacht – mit Onkel Avestone und Tante Isabel … plötzlich war Tante Isabel tot. Ich habe es noch vor Augen, wie hübsch sie auf der Bahre aussah. Dann weiß ich nur noch, dass wir wieder in Abingdon waren und Onkel George – damals noch Onkel Avestone – uns den Säugling brachte."

„Ja, so war es."

„Was hat Papa gesagt, als noch ein zweites Baby in der Wiege lag?"

Anna lachte. „Wir waren in London, Papa sollte zum Admiral ernannt werden …".

„O, ja! Natürlich! Du hast vor uns allen geweint, weil Papa die Erhebung abgelehnt hat …".

„… weil er zum katholischen Glauben übergetreten war!"

„Hätte er nicht trotzdem Admiral werden können? Er hätte doch seinen neuen Glauben verschweigen können."

„Allein, wenn er den Glauben nicht ernst genommen hätte. Bei der Erhebung zum Admiral wird ein Schwur geleistet, in welchem der Ernannte dem Oberhaupt der Anglikanischen Kirche vollkommene Treue schwören muss und dass er sich jeder katholischen Einflussnahme in die Angelegenheiten des Staates entgegenstellt. – Das konnte Papa mit seinem Gewissen nicht mehr vereinbaren."

Sinnend nickte Celeste. „Papa ist schon ein Held gewesen."

„Das war er."

Keck wandte sie sich ihrer Mutter wieder zu. „Aber was hat Papa nun zu dem fremden Baby gesagt?"

Amüsiert schüttelte Anna den Kopf. „Als wir uns damals in London aufhielten, nahm Onkel Avestone Becky zu sich in die White-Hall-Straße – das war für beide eine Strapaze! Becky war noch nicht ganz abgestillt und weinte bitterlich und er schleppte sie Tag und Nacht durch die Zimmer …".

„Und dann?"

„Am Tag nach Papas Ablehnung habe ich ihm von dem Tod Isabels berichtet und ihm gesagt, dass wir jetzt ein Pflegekind haben. Ohne zu zögern, hieß er es gut; er schätzte Isabel und George Avestone außerordentlich."

„Aber Onkel George schätzte er nicht immer!", wandte Celeste spitzfindig ein.

„Das war erst später. – Nein, ich irre mich, Papa war so manches Mal eifersüchtig und machte auch keinen Hehl draus."

„Hatte er Grund dazu, Mama?"

„Nein, Celeste! Ich habe Papa über alles geliebt."

„Und Onkel George? Du mochtest ihn doch?"

„Ich mochte ihn."

„Und er mochte dich."

„Ja, er mochte mich."

Celeste sah in die Ferne und sinnierte. „Unglaublich, wie Gott die Dinge fügt."

FÜNFTES KAPITEL

Geliebte Celeste,

wie feurig Du mir aus Chelsea geschrieben hast! Du machst mir beinahe Angst! Ich weiß nicht, ob ich unter diesen Umständen im Oktober nach Cardiff kommen kann, in diesem Falle wäre es mir lieber, ich begegne meiner Braut erst am Hochzeitstage selbst.

Liebste Celeste, natürlich denke ich immerzu an Dich, doch weiß ich als vernunftbegabter Mensch, dass man sich nur in Gefahr bringt, mit ,zu viel' an solch süßen Gedanken, von welchen Du schreibst. – Lass Dich beruhigen, wir werden beide glücklich werden!

Es freut mich, dass Du bereits Pläne für die Zukunft schmiedest. Eine englische Lehrerin würde in Dresden jeder mit Kusshand nehmen, die Frage ist allein, ob sich jemand mit nur wenigen Stunden am Tage zufriedengibt; meines Wissens lebt ein Hauslehrer oder eine Gouvernante mit der Familie, in der sie in Stellung ist. Und das, liebe Celeste, willst Du doch gewiss nicht?!

Die Zeit eilt dahin, und trotzdem scheint es mir noch lang bis Oktober. Der Brief an Jahner & Sohn ist bereits abgeschickt; sie werden sich alle Mühe geben, ihrem vielversprechenden Ingenieur und seiner jungen Gemahlin eine angemessene Wohnung zu besorgen. Dem Pfarrer unserer Hofkirche habe ich nun den 15. Mai 1822 als Tag der Eheschließung angegeben – ich hoffe, es ist Dir recht; Deine Prüfung legst Du Ende März 1822 ab, wenn ich mir das richtig notiert habe, dann hast Du noch genügend Zeit für die Vorbereitungen. Schreib mir, ob es genehm ist.

Am 1. Oktober werde ich meine Zeit in Llangollen beenden, dann werde ich Dich hoffentlich am 4. Oktober in die Arme schließen dürfen. Eine Woche kann ich bleiben, bis ich weiterreisen muss. In dieser Zeit werde ich in dem Gasthof ,Glocke' wohnen.

Nun wünsche ich Dir eine lehrreiche Zeit und viel Freude mit den freundlichen Kindern von Gilmores. Richte bitte herzliche Grüße an die ganze Familie aus.

Meine liebte Celeste, mit Dir habe ich die Frau meiner Zukunft gewonnen!

Dein Florian Hofstetter

Cardiff, 11. April 1821

O, mein geliebter deutscher Ingenieur,

hab keine Angst vor mir, ich weiß sehr wohl, was sich gehört, denn ich bin die Tochter der edlen Anna Williams-Avestone, die mich zu braver Sittsamkeit erzogen hat ...

Lieber Florian, Dresden ist groß und gewiss wird es eine nette Familie geben, die für ihre Kinder ein wenig Unterricht in Englisch oder Lautenspiel benötigt. Niemals würde ich als Erzieherin irgendwo arbeiten, ausgenommen, Du würdest Deine gute Stellung verlieren und wir müssten sonst Hunger leiden.

Wie sind die Behausungen in Deutschland? Bitte schreibe mir und zeichne mir ein Bild von einer herkömmlichen Dresdner Wohnung und bitte auch eines von Deinem Elternhaus – Du hast mir schon so hübsche Zeichnungen geschickt, diese Zeichnungen werden dem Ingenieur keinesfalls schwerfallen!

An meine Prüfung möchte ich gar nicht denken, sie liegt – Gott sei es gedankt – noch in weiter Ferne. Meine Lehrer leiten mich jedoch wunderbar an, nur Jane ist streng mit ihrer Verwandten – ich vermute, sie hat Angst, dass man ihr unterstellt, sie ziehe mich vor. Ja, ich weiß, Mama schrieb mir bereits, dass ich damit leben muss.

Bei Gilmores ist es unglaublich vergnüglich! Frau Gilmore ist eine fantastisch lustige Person, nur weiß ich nicht, ob Herr Gilmore davon angetan ist, dass nun zwei Frauen herumalbern. Seltsam, mit

dem Gedanken an Dich, bestrebt es mich plötzlich, mich zu bessern.
Ich werde mich um Ernsthaftigkeit bemühen.
Der 15. Mai liegt in sehr weiter Ferne. Doch ist es ein wundervolles
Datum im wonnigen Marienmonat Mai!
Deine glückliche Celeste

Cardiff, 14. April 1821

Liebe Mama,

Florian wählte den 15. Mai 1822 als Hochzeitstag. Nun darfst Du
mit Onkel George die Reise planen und ich hoffe sehr, Du beziehst
Deine kleine Celli mit ein, sie ist nämlich die Braut und wenn sie
fehlen würde, reistet Ihr vergebens.

Liebe Mama, könntest Du Onkel George fragen, ob es ihm recht wäre,
wenn die große Celeste ihn ‚Vater‘ nennt? Ich meine, es ist an der
Zeit, ihm endlich auch den Namen zu geben, dessen Stellung er be-
reits seit viele Jahre in meinem Leben innehat. Nach unseren vielen
langen Gesprächen während meines letzten Aufenthaltes in meiner
geliebten Familie, ist mir seine stete ruhige und liebevolle Erziehung
deutlich geworden, die nicht erst seit Papas Tod waltet. Der liebe
Gott sandte uns für meinen seligen Papa einen überaus würdigen
Stellvertreter ins Haus. Ich bin beschämt über meine schlimmen Äu-
ßerungen – ganz besonders in der Zeit Eurer Verlobung und des ers-
ten Ehejahres. Verzeih mir, geliebte Mama!

Wie Du bemerkst, muss ich einiges ordnen, bevor ich den großen
Schritt in ein gänzlich neues Leben wage. Es macht mich froh, wenn
ich zuvor aufräumen kann.

Auch bei Gilmores werde ich mich besser benehmen. Frau Gilmore
ist eine schlichte Person, die gerne zu Späßen aufgelegt ist; und Du
kennst ja Deine Celli – ich habe es weidlich ausgenutzt. Seit fünf Ta-
gen weht ein anderer Wind, ich helfe meiner Gastgeberin still im

Haushalt und lass mich nur noch auf wenige flotte Reden ein. Es hat sich sofort ausgewirkt. Die Kinder lassen sich leichter anleiten, das Haus ist ordentlicher und Herr Gilmore schaut nicht mehr so grimmig drein.

Hoffentlich wird noch einmal ein vernünftiger Mensch aus mir! Ich gebe mir wirklich Mühe. Hochwürdigen Pater Faber habe ich über meinen Vorsatz in Kenntnis gesetzt, er lobte mich sehr und fördert meine Tugenden nach Kräften.

Meinst Du, wir haben noch genügend Zeit, mir ein prächtiges Brautkleid zu nähen? Wenn ich das nächst Mal nach Hause komme, musst Du Maß nehmen – ich vermute, ich bin in den letzten Wochen noch einige Inches gewachsen – dann werden wir einen herrlichen Stoff bei Ferguson aussuchen und mit dem Nähen beginnen.

Liebste Mama, bete für Deine kleine Celli, dass sie eine wirklich passable Ehefrau für den deutschen Herrn Ingenieur wird.

In Liebe, Deine Celeste

P. S. Wann kommen Nori und Becky? Du musst Becky einschärfen, dass sie sich benehmen muss, sonst kann sie nicht lange an dieser Schule bleiben. Verzeih, Mama! Ich will nur das Beste für Deine Kinder.

Chelsea, 20. April 1821

Meine liebe Celeste,

Du machst Deinen Stiefvater mit Deiner Bitte überaus glücklich! Und auch mich.

Es freut mich, dass Du fleißig an Dir arbeitest, doch bitte ich Dich, es nicht zu übertreiben – Florian Hofstetter liebt Dich mit Deinem fröhlichen Naturell, er möchte kein stilles ergebenes Mäuschen. Wenn er das möchte, bist Du die Falsche. Verstehe mich recht, ich bin froh, wie Du die Dinge nun begreifst und auch in Deiner neuen Gastfamilie sofort den Kurs geändert hast, als Dir der Fehler gewahr *wurde. Trotz allem liebt Dein Verlobter Celeste Williams und keine Kopie einer vermeintlich Heiligen.*

Vater spricht regelmäßig mit seiner Tochter Rebecca, um ihr den Ernst der Lage aufzuzeigen. Mein Eindruck ist, dass es fruchtete – sie ist sehr begierig, nach Cardiff zu kommen, also wird sie sich zusammenreißen. Nori versucht ihr zu helfen und Becky lässt es sich sogar gefallen.

Schreibe mir, sobald Du weißt, wann Du das nächst Mal kommst. Wenn wir zu dieser Zeit in Abingdon sind, müsste ich den Stoff vorher besorgen. Vater wird alles für die Reise vorbereiten, er hat so gute Mitarbeiter, dass er getrost einige Wochen fehlen darf.

Immer bete ich für meine Celeste, Deine Mama

Llangollen, 18. April 1821

Geliebte Celeste,

es beglückt mich, dass Du voller Freude an unsere Zukunft denkst, obwohl es für Dich eine wahrhaftig gewaltige Veränderung wird.

Die Lehrbücher für die deutsche Sprache müssten bald bei Dir eintreffen, doch rate ich Dir, Deine verbleibende Zeit für Deine Ausbildung zu nutzen, die deutsche Sprache wirst Du mit Leichtigkeit später noch lernen.

Gilmores werden zufrieden mit Dir sein; natürlich freut es mich, dass Du alles ernsthaft angehen willst, wir sind ja nicht nur zum Spaß auf Erden, trotz allem möchte ich auf Deinen erfrischenden Witz nicht verzichten.

Der Pfarrer sandte mir Antwort und freut sich sehr, dass wir in seiner Kirche heiraten werden. Auch Herr Jahner bestätigte mir, dass man uns eine Wohnung ganz in der Nähe des Bureaus anmietet. Ich hoffe, Du kannst aus meinen Zeichnungen die Bauweise erkennen. Mein Elternhaus ist ein ehrwürdiges Fachwerkhaus, seit vielen

Generationen im Besitz meiner Familie und seit hundertfünfzig Jahren eine Uhrmacherwerkstatt. Die Häuser in der Friedrichsallee sind neue Bürgerhäuser und entsprechend von ganz anderer Art. Vielleicht kannst Du aus meiner Zeichnung die hohen Räume erkennen. Das Elternhaus hingegen ist gedrungen und mit niedrigen Decken. Um durch die Zimmertüren zu gelangen, muss ich stets eine Verneigung machen. Du hingegen, meine liebe Braut, wirst erhobenen Hauptes über jede Schwelle schreiten können – so wie es einer Enkelin eines Barons und der Tochter eines hochdekorierten Kapitäns der Königlichen Kriegsmarine gebührt. Ich habe meinen Eltern übrigens nichts von Deinem edlen Geblüt erzählt, sie würden vor Ehrfurcht erstarren und nicht mehr auftauen. Allein, dass ich erwähnte, dass Dein Stiefvater Jurist ist, ließ sie beinahe kopflos werden. Ich hoffe, ich habe Dein Einverständnis.

Herr Telford lässt mich wieder etwas mehr an seinen Plänen teilnehmen. Ich habe herausgefunden, woran sein Vorbehalt lag, ich hofierte ihn zu wenig. Ich gebe zu, es fällt mir schwer, meine Natur ist eine andere. Doch nehme ich mir ein Beispiel an Dir und versuche, mich zu bessern – alldieweil ich katholisch bin.

Dein Florian

P. S. Als Lehrerin für Lautenspiel wird man Dich gewiss gerne engagieren. Wir werden eine Annonce aufgeben, womöglich ist der leitende Baumeister, Herr Friedrich Jahner, mit einer vornehmen Familie bekannt, die Deine Kenntnis gerne in Anspruch nehmen möchte.

Cardiff, 27. April 1821

Meine geliebte Mama,

verzeih, dass ich immer noch wie ein Küken an Deinem Rockzipfel hänge, doch wem könnte ich mich mehr anvertrauen als Dir?!

Mein über alles geliebter Florian schrieb mir wieder einen ausnehmend liebevollen Brief. Er hat mir alles beschrieben, wonach ich fragte, etwas Besseres kann sich eine zukünftige Ehefrau nicht wünschen!

Und doch, ich gestehe es Dir, ist mir wieder so bang um das Herz.

Ich kann es gar nicht richtig deuten, doch scheint mir alles so unwirklich und beängstigend – trotz der Süße, die es beinhaltet. Seine Eltern ‚würden erstarren und nicht mehr auftauen', würden sie erfahren, dass ich die Enkelin eines Barons bin. Oh, geliebte Mama! Darüber habe ich bereits Tränen vergossen – ich habe Angst vor seinen Eltern! Und ich bin froh, wenn wir so rasch wie möglich nach Dresden kommen.

Liebe Mama, schreib mir sofort, damit ich ihm eine glückliche Antwort schreiben kann, denn er spürt stets meine Bangigkeit – und das möchte ich nicht.

Ich habe furchtbar Sehnsucht nach Dir und Vater. Das erste Mal spüre ich, dass ich seines starken Schutzes bedarf – den er mir immer gewährt hat!

Deine Celeste

Chelsea, 3. Mai 1821

Meine liebe Celeste,

sei nicht verwirrt; es ist nur natürlich, dass Dich so viele Überlegungen und damit Empfindungen überschwemmen. Im Grunde genommen ist es ein Zeichen Deiner Reife; würdest Du fröhlich, ohne jedes Bedenken in diesen neuen Lebensabschnitt eintreten, müsste man sich Sorgen um Eure Zukunft machen.

Vater sagt, die Deutschen hegen eine große Ehrfurcht vor Höhergestellten. Und da die Eltern des Florian Hofstetters schon betagter sind, wird diese Ehrfurcht noch größer sein, als bei den jungen

Leuten. Doch glaube mir, sobald sie Dich kennenlernen, werden sie sich in Dich verlieben! Keiner ist vor Deinem Charme gefeit – es ist der Charme des Herrn Kapitän Alexander Williams.

Dein Stiefvater liebt Dich und wird Dir, solange er lebt, Schutz gewähren, sei versichert!

Wir freuen uns sehr auf Dich – wann kommst Du? Wir planen, Dir Eleonora und Rebecca auf der Rückreise anzuvertrauen. Soweit es mir möglich sein wird, werde ich Euch begleiten.

Sei herzlich geküsst, Deine Mama

Cardiff, 8. Mai 1821

Liebster Florian Hofstetter,

ich werde mich ab jetzt gedanklich auf das Mindeste beschränken, damit ich mich in aller Ruhe auf meine Zukunft vorbereiten kann. Zuvorderst werde ich meine Kräfte für meine Ausbildung aufwenden und nebenbei Frau Gilmore im Haus helfen. Alles andere kommt zu seiner Zeit. Im Juli reise ich nach Abingdon und werde dort mit meiner Mutter das Brautkleid nähen – und erst dann werde ich mich wieder innig der Zukunft in Deutschland widmen. Das heißt, die zwei Wochen, die ich in Abingdon verbringen werde, stehen ganz unter dem Zeichen unserer Hochzeit – die Zeit in Cardiff steht ganz unter dem Zeichen meiner Ausbildung, der beruflichen und der sittlichen, also im weiteren Sinne der Grundlage unseres gemeinsamen Lebens.

Ich bitte auch Dich, fleißig bei Herrn Telford in die Lehre zu gehen, damit wir besten Gewissens unser gemeinsames Leben aufbauen können.

In großer Liebe und Dankbarkeit, Deine Celeste

Cardiff, 10. Juni 1821

Geliebte Mama,

ich habe versucht, es still zu ertragen, doch nun ertrage ich es nicht mehr länger; seit über zehn Tagen ist ein Brief von Florian überfällig! Ich weine, ich schluchze, ich schreie – ich bin untröstlich! Ich kann nicht mehr essen, ich kann nicht mehr schlafen – ich verwelke wie eine Pflanze ohne Wasser. Um Gottes willen, ist ihm etwas zugestoßen? Nein, er liebt mich nicht mehr! Er hat erkannt, wer ich wirklich bin – um Gottes Willen – ich sterbe!

Hilf Deiner armen Celli! Schicke Reiter aus, ihn zu töten! Vater muss Genugtuung fordern!

Ich werde seine Familie ins Verderben jagen, ich werde den Tag verwünschen, an dem dieser unselige Mensch meine Wege kreuzte!

Mama! Ich sterbe!

Deine tief leidende Celli

P. S. Ich werde heute noch beichten gehen, ich verspreche es!

Llangollen, 6. Juni 1821

Meine geliebte Celeste,

verzeih mir meinen ausbleibenden Brief! Dafür kommt dieser mit einem herausragenden Liebesbekenntnis. Du, meine Zukunft, meine geliebte Celeste! Böse Gewalten hinderten mich, Dir, meiner teuren Prinzessin, zu schreiben. Doch gelang es mir, sie zu bezwingen und mich zur Poststation durchkämpfen, um Dir meine Liebe zu schwören; jeder der sich uns in den Weg stellen wird, muss mit seinem Tode rechnen.

Nur noch vier Monate trennen uns bis zu unserem Wiedersehen und nur noch elf Monate bis wir Gemahl und Gemahlin sind.

In Liebe, Dein Florian Hofstetter

O, Du gemeiner deutscher Wüstling!

Wie konntest Du mir diese Abscheulichkeit antun!?

Meine Haare habe ich geschoren, meine Kleider verkauft, ziehe mit einem Bettelsack umher, um mir das Geld für den Eintritt bei den Karmeliterinnen zu erbetteln. Oh, du gemeiner Betrüger! Alle Deine durchtriebenen Briefe habe ich zerrissen und in den Herd geworfen. Klagelieder rief ich laut auf dem Marktplatz. Mit Stöcken züchtigend und Steine werfend ist man mir nachgerannt, bis mich ein Mütterlein aus Mitleid in eine Höhle zerrte und als Inkluse einmauerte. Gott sei es gedankt, ein Jäger kam des Wegs und hörte meine Hilferufe, befreite mich und nahm mich mit an seines Herren Hof. Dieser kleidete mich in ein güldenes Gewand und freite um mich. Doch wies ich ihn ab. „Florian, ein deutscher Recke, ist mein Bräutigam. Er vergaß mich, doch werde ich ihm bis in den Tod treu bleiben …". Der edle Herr weinte und flehte. „Holde Magd, ich sterbe, wenn du mich nicht zum Manne nimmst!" Doch ich blieb felsenfest. Da nahm er seinen Dolch und durchbohrte sein Herz. – Dein Werk!

All Deine Rosen nutzen Dir nichts mehr, mein Herz ist zerbrochen! Oh, mein geliebter Florian, nie wieder darfst Du mir das antun, ich werde zur Furie …

Ja, ich gestehe: Ich bin ein unvernünftiger Mensch.

Noch kannst Du unsere Verbindung lösen, doch tu es bitte bald und schriftlich.

In ewiger Liebe, Deine Celeste

SECHSTES KAPITEL

Mutter und Tochter saßen emsig an dem aufwändigen Hochzeitskleid.

„Du hast mir noch nicht erzählt, wie Florian dich besänftigen konnte."

Schwärmerisch verdrehte Celeste die Augen. „Mama? Habe ich das noch nicht?!"

„Nein, das hast du nicht. – Plötzlich war alles wieder eitel Sonnenschein."

Celeste seufzte verliebt. „Er warf sich mir zu Füßen, flehte mich um Verzeihung für die ausbleibende Post an und beteuerte mir seine ewige innige Liebe – ohne, dass ich mich beklagt hätte."

„Er ist ein feiner Mann."

„Das ist er, Mama! Ich habe ihn nämlich hernach wüst beschimpft und ihn gebeten, die Verlobung sogleich aufzulösen, damit mein Schmerz nicht ewig währt." Verblüfft sah Anna ihre Tochter an. Celeste lachte fröhlich. „Daraufhin gestand er mir seine große Erleichterung über diese wüste Beschimpfung, jetzt wüsste er, dass ich wohl auf sei und seine geliebte Celeste geblieben bin."

Anna schüttelte den Kopf. „Wie unterschiedlich Liebeserklärungen ausfallen können. Man kann nur staunen."

„O, Mama! Es ist doch nur Spaß! Er weiß ja, dass ich ihn zum Fressen gern habe."

Die Tür zum Nähzimmer ging auf. „Papa fragt, wann du zum Musizieren herunterkommst, Celli!"

„Ich danke dir, Max! Sag ihm, dass ich in zehn Minuten bei ihm bin."

Neugierig kam Maximilian an den großen Tisch und bewunderte den gewaltigen Haufen herrlich glänzender Seide. „Der Stoff ist sehr schön, aber in bunt wäre er prächtiger."

„In Deutschland steht die Braut in Weiß vor dem Altar, Maximilian, als Zeichen ihrer Reinheit", erklärte ihm die große Schwester stolz.

„Ob du dich am Hochzeitstag gründlich gewaschen hast, oder ob du gebeichtet hast und im Herzen rein bist?"

Nachdenklich betrachtete sie ihren Bruder, sah dann auf die Mutter und ergriff nach deren zustimmendem Blick beherzt das Wort. „Das Zweite ist es. Damit zeigt die Braut, dass sie von keinem Mann bisher berührt wurde." Maximilians Blick blieb unverständig und er wollte Einspruch erheben. Celeste kam ihm zuvor. „So, wie sich nur zwei Liebende berühren. Also, wie Mama und Papa."

„Also, mit Küssen und Umarmen …".

„Genau so, Max! – Nun lauf runter und sag Papa Bescheid, dass ich sofort komme "

Als die Tür hinter ihm verschlossen war, sah Celeste zweifelnd zur Mutter. „War es zu viel?"

„Du hast es schlicht erklärt, nicht zu viel und nicht zu wenig. Wenn er noch Fragen hat, wird er Vater oder mich fragen."

„Was möchtest du spielen, Vater?"

„Ich wollte das Preludio aus der Neunten Sonate von Veracini wieder einüben. – Du mochtest es doch auch?"

Celeste nickte zufrieden. „Obwohl es ein bisschen schwermütig ist."

George Avestone stimmte seine Violine. „Danach spielen wir den dritten Satz der Sonata accademica."

„Oh, Vater, das rasche Stück beherrsche ich noch nicht!"

„Dann ist jetzt die Gelegenheit, es in aller Ruhe einzuüben", lud er sie mit einem einnehmenden Lächeln ein. „Herr Hofstetter hat mir Noten aus Deutschland zusenden lassen", bemerkte er nach einer Weile, während Celeste ihre Laute mit seiner Stimmung abglich.

Überrascht sah seine Stieftochter auf. „Noten hat er dir zukommen lassen? Er spielt doch kein Instrument!"

„Ich habe ihm erzählt, dass ich letztes Jahr einige Quintettstücke von diesem jungen Musiker Franz Schubert gehört habe, und dass ich davon sehr beeindruckt bin, in London jedoch bislang keine Noten bekommen konnte." Entzückt lauschte Celeste ihrem Stiefvater. „Bevor er im Winter abreiste, versprach er mir, sich darum zu kümmern. Im April kam ein Päckchen Noten eines österreichischen Musikverlages."

Sie seufzte. „Ich bin gerührt – mein Florian!"

Wohlwollend sah George Avestone Celeste an, seine Augen blitzten kurz auf. „Die kluge Tochter des Kapitäns! Sie hat sich den Besten ausgesucht – ganz der Vater!"

Celeste lachte bewundernd. „Oh, mein lieber Onkel Avestone! Nur dir gelingt es, mehrere Komplimente in einem winzigen Satz zu arrangieren! – Ich liebe dich dafür!" Dankend neigte sie ihren Kopf. „Und nicht nur dafür! Ich danke Gott, dass es dich gibt, was wäre ohne dich aus uns allen geworden?!"

George Avestone lachte. „Deine unvergleichliche Mutter hätte aus euch mindestens genauso angenehme und gottesfürchtige Menschen geformt, wie ihr es nun geworden seid. Nur Rebecca und Magdalena würden in eurer Mitte fehlen."

„Allein das wäre furchtbar!"

Auffällig horchend trat Anna in die offene Tür des Wohnzimmers. „Wolltet ihr nicht gemeinsam musizieren?"

„Gönn es mir, ein bisschen mit meinem Stiefvater zu plauschen – wir haben so selten die Gelegenheit!"

„Da hast du recht, Celli." Sie wollte sich zurückziehen.

„Bleib, liebste Frau!", hielt George Anna zurück. „Leiste uns Gesellschaft!"

Lächeln schüttelte sie den Kopf. „Ich muss Celestes Kleid weiternähen, damit es soweit fertig wird, bis sie wieder abreist." Während sie sich zurückzog, warf er ihr einen liebevollen Blick nach.

Mit viel Vergnügen probten Tochter und Stiefvater eine ganze Weile. Erst vor zwei Jahren konnte sich Celeste durchringen, mit ihm zu musizieren; heimlich hatte sie schon immer sein Spiel bewundert, doch ihr Stolz hinderte sie stets, auf sein Angebot einzugehen.

„Hast du Mama schon geliebt, als der Kapitän noch lebte?", fragte sie nach ausgiebigem Spiel.

„Ja."

„Hast du sie auch geliebt, als Tante Isabel noch lebte?"

Über das Erste ‚ja' musste er keine Sekunde nachdenken. Nach der zweiten Frage musste er über eine wahrheitsgemäße Antwort nachsinnen. „Ich habe deine Mutter seit unserer ersten Begegnung geliebt, das war, bevor ich Tante Isabel kennenlernte."

„Wann war das?"

„Deine Mutter lebte in der großen Hoffnung, dass dein Vater wiederkehren würde; das habe ich respektiert und ihr von Herzen gewünscht."

„Wie lange ist das her?"

„Du warst zwei Jahre alt. Also ist es ungefähr … nein, letzten Monat ist es tatsächlich genau siebzehn Jahre her."

„Also während seiner Versklavung. Und wann lerntest du Tante Isabel kennen?"

„Ein Jahr später."

„Bei Mustards in Motcombe."

„So war es."

„Sie war Mamas Freundin", stellte Celeste fest.

„Das war sie."

„Hast du sie geheiratet, weil sie Mamas Freundin war ... und du dann Mama nahe sein konntest?"

George Avestone lachte. „Nein. Der liebe Gott fügte es offenbar so, dass die wünschenswerteste Dame – die bereits vergeben war – eine entzückende Freundin besaß. Ich wusste nicht, dass eine enge Freundschaft bestand. Das erfuhr ich erst, als Isabel nach Abingdon reiste, um deiner Mutter während des Wochenbetts zur Seite zu stehen. Paul ist in dieser Zeit zur Welt gekommen."

„Warst du schon mit Tante Isabel verheiratet?"

„Nein. Ich habe hier – das heißt, drüben im Esszimmer – um ihre Hand angehalten."

Erstaunt sah sie ihren Stiefvater an. „Warum warst du hier?!"

„Dein Vater war weit auf dem Meer und deine Mutter schwerstkrank. Tante Isabel und ich versuchten, deine Mutter in das Reich der Lebenden zurückzuholen."

„Ach! Das war diese entsetzliche Geschichte! Natürlich! Frederic und ich mussten bei Tante Konstanze unser Leben fristen, bis unser Herr Großvater uns auslöste." Gedankenverloren wiegte sie den Kopf. „Davon weißt du also auch." George Avestone lächelte still in sich hinein. „Aber du hast Tante Isabel geliebt?"

„Selbstverständlich habe ich sie geliebt, sonst hätte ich sie nicht geheiratet."

Prüfend betrachtete Celeste diesen überaus liebenswürdigen, doch so geheimnisvollen Mann. „Ich kann mich erinnern, dass wir eine gewisse Zeit in Birmingham in einer Wohnung lebten. Das war nicht lange nach Noris Geburt …". Sie forschte in ihren Erinnerungen. „Wir waren oft bei dir und Tante Isabel in der Steven Straße. Ich war fünf oder sechs Jahre alt."

„Im Auftrag deines Vaters mietete ich für euch eine Wohnung in Birmingham, damit deine Mutter Gesellschaft hatte – sie war in Abingdon sehr einsam."

„Ja, wegen Tante Konstanze." Celeste konnte nicht davon lassen, ihren Stiefvater zu umschleichen. „War Papa nicht eifersüchtig?"

„Zu dieser Zeit war er auf keinen Fall eifersüchtig."

„Aha! *Zu dieser Zeit*, sagst du. Also war er zu einer anderen Zeit eifersüchtig."

George Avestone begann zu lachen. „Celeste, was möchtest du wissen? Ich habe meine erste Ehefrau aus Liebe geheiratet und Zeit unserer Ehe geliebt. Ich habe deinem Vater zu keiner Zeit, die Gemahlin abspenstig machen wollen, selbst, als man mir versicherte, sie sei Witwe. – Willst du mich trotzdem des Ehebruchs überführen?"

Erschrocken bemerkte sie ihre Spitzfindigkeit. „Verzeih, Vater! – In meinen Augen bist du ein Wunder des männlichen Geschlechtes."

„Ich bin ein ganz einfacher Jurist, aus schlichtem Hause. Meine Mutter lehrte mich die Liebe und mein Vater lehrte mich die Juristerei."

„Und wer lehrte dich die Undurchsichtigkeit?"

„Das muss wohl mein Vater gewesen sein."

Nur zwei Tage später, die Damen saßen wie jeden Tag für einige Stunden an Celestes prächtigem Brautkleid, da fragte die zukünftige Trägerin desselben in einem Moment der zufriedenen Stille: „Wie kannst du es ertragen, dass dein verehrter Gatte so undurchsichtig ist, Mama?"

Betroffen sah Anna von ihrer Arbeit auf. „Wie kommst du darauf, dass er undurchsichtig ist?"

„Ist es nicht so? Er ist so vollkommen ... das ist unnatürlich."

Ernst musterte Anna ihre Tochter, bevor sie sich auf eine Erklärung einließ. „Seine Undurchsichtigkeit besteht allein in seiner verblüffenden Aufrichtigkeit und Unaufgeregtheit. Er antwortet dir auf jede Frage die ganze Wahrheit, ohne zu verletzen. Alle Dinge möchte er erforschen; gedankliche Schranken gibt es für ihn nicht. – Und nie pflegt er Rachegefühle. Das ist seine ‚Undurchsichtigkeit', das ist sein ‚Geheimnis'."

Aus Celestes Gesicht sprach Überraschung und Unglaube. „Wie konntest du mir so rasch solch eine klare Antwort geben, Mama?!"

„Anfangs habe ich ähnlich von ihm gedacht, meine Liebe, doch habe ich ihn kennenlernen dürfen." Anna ging kurz in sich. „Das Einzige, was er nicht erträgt, ist, wenn ich ihm gegenüber misstrauisch bin. Und das war auch meine einzige schmerzhafte Lektion in unserer Ehe, die ich, Gott sei es gedankt, bald verstanden habe."

Reuig legte Celeste die Näharbeit in den Schoß. „Ich war ihm gegenüber wieder ungerecht, Mama. Dabei liebe ich meinen Stiefvater! – Doch reizt mich immer wieder seine Erhabenheit." Sie schüttelte abwehrend den Kopf. „Ach, ich möchte nicht mehr darüber nachdenken!" Beherzt griff sie ihre Arbeit wieder auf. „Weißt du, Mama, ich mache mir natürlich nicht erst seit einem Jahr Gedanken über Mann und Frau oder über die Ehe …". Sie versank in Schweigen.

„Das wäre auch nicht natürlich, Celeste, hättest du dir zuvor keine Gedanken darüber gemacht, und ich mag mich auch daran erinnern, dass wir über das eine oder andere bereits sprachen."

Lächelnd sah Celli von ihrer Arbeit auf. „Das ist wahr. Du bist eine geduldige Mutter." Sie seufzte. „Die kleine Konstanze Jackson hat nicht dieses Glück." Beide Damen nähten still, während von unten eine betörende Melodie emporschwebte. „Selbst die Violine beherrscht er vollkommen – gibt es irgendetwas, was er nicht kann?!" Leichte Ungeduld klang in Celestes Stimme an.

Anna lachte. „Er kann die Laute nicht spielen, er kann das Cembalo nicht spielen, er kann nicht singen, er kann kein Schiff navigieren und er kann kein Kleid nähen. Und es gibt noch viel, viel mehr, was er nicht kann!"

„Ich würde mit dir eine Wette abschließen, Mama: Wenn er wollte, könnte er in Kürze alles mit Leichtigkeit erlernen. Ich denke nur mit Bangen daran, wie rasch er die deutsche Sprache erlernen wird. Ich traue mir gar nicht zu erwähnen, dass ich Deutsch lernen möchte."

„Das ist für Vater selbstverständlich, dass du es erlernen wirst, schließlich möchtest du in diesem Land leben!"

„Ja." Mit umwölkter Stirn vertiefte sich Celeste wieder in ihre Näharbeit.

„Celli. George Avestone wird Ende des Jahres das reife Alter von vierundfünfzig Jahren erlangen. Du bist achtzehn Jahre alt. Er war Student der Jurisprudenz und schloss das Studium mit einer wissenschaftlichen Arbeit ab. Seit dreißig Jahren unterhält er eine Kanzlei – während dem er zwanzig Jahre eine zweite in Birmingham unterhielt. Bis zu seinem achtunddreißigsten Lebensjahr war er ledig und widmete sich bis dahin ausschließlich seinem Beruf und der Musik. Das heißt, er hatte viel Zeit, sich in diese Dinge zu vertiefen. Außerdem durfte er eine Erziehung genießen, die es ihm leicht macht, sich mit den Dingen eingehend zu beschäftigen. – Und trotz all seiner betörenden Klugheit und sonstigen Vorzüge, wird Gott ihn nach einem anderen Maß beurteilen. – Weißt du nach welchem?"

Verstimmt war Celeste der Erklärung ihrer Mutter gefolgt, diese Wendung hatte sie nicht erwartet. „Worauf willst du hinaus, Mama?", fragte sie verwirrt.

„Die Liebe ist es, die den Menschen vor Gott wohlgefällig macht!"

„Du willst mich trösten."

„Ich will dir sagen, was den Menschen ausmacht und wonach er streben soll. Ganz gewiss ist es nicht das Ansehen, das er in der Welt genießt."

Abingdon, 12. Juli 1821

Geliebter Florian,

Du hast meinem Stiefvater Noten zukommen lassen, damit hast Du ihm eine große Freude bereitet! Und wie kann es anders sein, mittlerweile spielt er die meisten ohne Blatt.

Eigentlich geht es mir hier in Abingdon, in meinem überaus geliebten Heim, ganz famos. Du liest es schon – eigentlich.

Es tut mir leid, wenn ich Dir, mein geliebter Zukünftiger, die Ohren voll jammere, doch kannst Du dadurch schon absehen, was Dich während einer Ehe mit mir erwartet. Auch ein netter Zug von mir.

Ich schreibe es Dir offen, ich bin ein unleidlicher Charakter. Nun näht meine Mutter mit meiner armseligen Hilfe das prächtigste Brautkleid, was Du je zu Gesicht bekommen wirst – und trotzdem maule ich herum und bin unzufrieden. Meine Mama sagt, das sei die Ungewissheit – doch sind beide, Mama und mein Stiefvater, vollauf zufrieden mit meinem Zukünftigen!

Wärst Du bei mir, würdest Du mir womöglich eine geeignete Antwort geben.

Es dauert noch so furchtbar lange, bis wir uns wiedersehen, und ich habe noch die grausame Prüfung vor mir …

Ich werde diesen Brief später weiterschreiben, sonst wirst Du womöglich unsere Verlobung auflösen.

13. Juli. Liebster Florian Hofstetter, was hatte ich für ein reizendes Teeschlürfen mit meiner Freundin Agatha. Sie verriet mir das Geheimnis ihrer glücklichen Ehe, obwohl ihr Gatte in Gesellschaft zumeist ungenießbar ist. Doch sobald er mit seiner holden allerliebsten Gattin und der kleinen Perdita allein ist, wird er zum liebevollsten Gemahl, den man sich nur denken kann – sagt sie. In kürze bekommen sie ihr zweites Kind – ich freue mich für sie. Leider werden sie nicht unsere Hochzeitsgäste sein können, Herr Ferres darf in der Kanzlei nicht fehlen, wenn mein Vater abkömmlich ist.

Mein Brautkleid wird berauschend schön, Du wirst mich darin nicht wiedererkennen! Sei zärtlich gegrüßt, Deine Celeste

SIEBENTES KAPITEL

Dresden, 15. Juli 1822

Liebste Freundin!

Nun bekommst Du den ersten Brief aus meiner neuen Heimat – Dresden! Vor zehn Tagen sind wir aus Florenz zurückgekehrt. Seit drei Tagen geht mein fleißiger Gemahl wieder in seine große Ingenieurwerkstatt. Freundlicherweise hatte er noch etwas Urlaub, damit wir unsere exklusive Wohnung komplettieren konnten – soweit das in einer Woche möglich ist. Ich sage Dir: Die Wohnung ist tatsächlich genauso, wie mein Florian sie aufgezeichnet hat – vielleicht erinnerst Du Dich. Außerdem gaben wir eine Annonce in der Dresdener Tagespost auf; hier kopiere ich Dir den Text:

Ausgebildete englische Erzieherin bietet für Mädchen und junge Damen Unterricht in Lautenspiel und der englischen Sprache an. Anfragen bitte an das Ingenieursbureau Jahner & Sohn in der Moritz Straße, z. H. F. Hofstetter.

Hört sich sehr vornehm und erwachsen an, nicht wahr? Aber wer mit neunzehn schon verheiratet ist, muss auch erwachsen sein! Ich bin außerordentlich gespannt, ob sich jemand meldet. Und wenn, was mag es für eine Familie sein?

Auf jeden Fall verspüre ich großen Tatendrang, ich möchte Menschen kennenlernen! Da fällt mir ein: Wir waren vor einigen Tagen bei Herrn Jahner und Gattin zum Abendessen eingeladen, zwei Kollegen von Florian waren ebenfalls zugegen, der eine mit, der andere ohne Gemahlin. Florian ist stolz auf seine englische Errungenschaft, das freut mich natürlich.

Was macht meine süße Perdita? Ist sie brav mit ihrem Brüderchen? Nun ist Esra ein Jahr alt und gewiss möchte Perdita mit dem Kleinen spielen. Was sagt dein Gemahl dazu?

Trotzdem ich wahrhaftig viel Neues erlebe und zu sehen bekomme,
denke ich mit Wehmut an unsere Freundschaft, die uns nur noch
über das Papier erhalten bleibt. Liebste Agatha, ich bitte Dich, wenn
Dein Esra zwei Jahre alt ist, wirst Du Deine Scheu vor dem Kanal
überwinden, und mich mit Deinen Kindern besuchen kommen. Du
könntest es so abpassen, dass Du mit meinem lieben Priesterbruder
diese Hürde nimmst, sollte er sich wieder einmal zu dieser Zeit in
unserer Heimat befinden.

Grüße bitte alle meine Lieben und natürlich Deinen Herrn Gemahl
und säume nicht lange mit einer Antwort, liebste Agatha!

Deine Celeste Hofstetter, geborene Williams

London, 2. August 1822

Liebe Celeste,

mächtig habe ich mich über Deinen Brief gefreut! Und wie bin ich
neugierig auf die Antworten auf Deine Annonce. Wenn dieser Brief
ankommt, bist Du wahrscheinlich schon die Frau Lehrerin Hofstet-
ter! Sind es freundliche und anstellige Schülerinnen?

Wirst Du sie nur in der englischen Sprache oder auch im Lautenspiel
unterrichten?

Tatsächlich möchte unsere Perdita den kleinen Esra ständig herum-
tragen, füttern und auch schon das Laufen lehren. Mit aller Geduld
versuche ich sie anzuleiten, sie ist auch sehr brav und anstellig. Jos-
hua ist, Gott sei es gedankt, meistens nicht dabei; er wird rasch ner-
vös und meint, einer von den beiden Kleinen kommt zu Schaden. Du
musst wissen, er ist ein gebranntes Kind. Gut, dass es Deinen lieben
Stiefvater, Herrn Avestone gibt, der meinen Gemahl sanft auf die
Wirklichkeit hinweist.

Wenn Du Dich erinnern magst, Frau Emilia Stablebury verlor doch
vor zwei Jahren ihren Gatten, den Kaufmann Herrn Henry

Stablebury. Und Du hast auch Herrn Jefferson aus der Kanzlei kennengelernt. – Du wirst es kaum glauben, dieser junge Herr bemüht sich um Emilia und sie scheint ihn zu erhören. Er ist so lustig! Ein wahrer Komödiant! Mein Gemahl war von dieser Verbindung anfangs gar nicht angetan, mittlerweile konnte man (in der Hauptsache Herr Avestone) ihn überzeugen, dass er für das Leben dieser Dame nicht verantwortlich ist.

Ja, Du hast recht, es gibt so vieles zu berichten und mit Dir zu bedenken, dass Briefe nicht ausreichen. So werde ich bereits heute zum Abendessen beginnen, meinen Gemahl von einer Reise seiner teuren Gemahlin nach Dresden zu überzeugen. Vielleicht werde ich schon in einem Jahr an Deiner Türe läuten …

Liebste Celeste, ich soll Dich herzlich von Deinem Vater grüßen und von meinem lieben Joshua.

Sei innig gedrückt von Deiner Freundin Agatha

P. S. Das bunte Bildchen hat Perdita für ihre Tante Celeste gemalt.

Dresden, 8. August 1822

Liebe Mama,

seit zwei Wochen darf ich Fräulein Ella-Luise von Heringsdorf in englischer Sprache unterrichten. Viermal die Woche bin ich zu je zwei Stunden in dem achtbaren Hause, welches in der Pirnaischen Vorstadt liegt. Herr Jahner vermittelte diese freundliche Familie. Das Ehepaar von Heringsdorf nennt zwei Töchter und zwei Söhne ihr Eigen, der Älteste lebt nicht mehr im Hause. Ihm folgt Cäcilia, sie ist nur wenig jünger als ich, und sehr aufmerksam mir gegenüber. Zwischen Cäcilia und Ella-Luise, die mit vierzehn die Jüngste in der Geschwisterreihe ist, gibt es noch einen fünfzehnjährigen Sohn, der irgendeine militärische Schule besucht.

Am letzten Sonntag waren wir in deren Hause zum Kaffee eingeladen. Eine deutsche Kaffeegesellschaft unterscheidet sich bemerkenswert von einer englischen Teegesellschaft. Um es kurz zu charakterisieren: Die eine ist laut und rücksichtslos, die andere vornehm und entgegenkommend. Ich seufze tief, an diese Nonchalance muss ich mich noch gewöhnen. Anfangs erkundigt man sich artig gegenseitig, doch in Kürze verfallen die Herren in ein lautes Gespräch über ihre Vorlieben und nachdem die Damen für fünf Minuten bewundert gelauscht haben, beginnen sie selbst mit ihren Plaudereien untereinander. Nach einer halben Stunde lautem Durcheinander, ziehen sich die Herren in den Garten zu einer Rauchpartie zurück. Nun gut den letzten Teil kennen wir ebenso – doch der erste ist gewöhnungsbedürftig und war mir bereits im Hause Jahner in der ersten Woche begegnet.

Aber sei beruhigt, Florian ist ein aufmerksamer Gemahl, der mich beharrlich durch diese neue Welt führt. Manchmal bemerke ich seinen nachdenklichen Blick, als ob er befürchte, mir könne die deutsche Art nicht gefallen Hab keine Angst, Mamachen, ich halte mich mit meinem Urteil zurück. Denn es gibt so vieles, was man einfach nur bewundern und bestaunen kann. Allein diese Betriebsamkeit! Auf den Straßen und in den Läden ist unentwegt ein emsiges Streben und Treiben, doch so geordnet und ohne Hinterhalt, so scheint es mir. Über die Sauberkeit und Ordnung an allen Orten kann ich nur staunen.

Wenn möglich, besuche ich alle Tage am Morgen eine stille Messe in der Hofkirche. Sonntags begleitet mich Florian in das Hochamt, er kann nicht jedes Mal teilnehmen, da sein Bureau auch an manchem Sonntag Besprechungen abhält. Florian ist in seinem Ingenieursbureau sehr beschäftigt, darum bin ich froh, tatsächlich diese Anstellung gefunden zu haben. Sonst wäre ich recht einsam und mein Heimweh würde stetig stärker brennen.

Aber nun verbringe ich vergnügliche englische Stunden mit der lustigen Ella-Luise. In meinen Lektionen muss sie sich sehr anstrengen – beinahe bin ich so streng, wie Florian mit mir. Nur dass sie bei mir nicht auf taube Ohren stößt, spricht sie mich in der deutschen Sprache an.

Wie geht es Vater? Bekommt er weitere Unterstützung in der Kanzlei oder können sie die Arbeit zu viert bewältigen?

Agatha schrieb mir, dass der lustige Herr Jefferson die verehrte Emilia Stablebury umwirbt – ist das tatsächlich wahr? Es wäre umwerfend! Ist er nicht mindestens zehn Jahre jünger?!

Wie geht es meinen süßen Mädchen? Eleonora schrieb mir einen wundervollen Brief, sie legte mehrere federleichte Zeichnungen dazu. Ich bin so gerührt und musste vor Heimweh einige Tränen vergießen, als ich ihre zärtlichen Worte las. Becky scheint es in Cardiff überaus gut zu gehen, sie schrieb mir noch kein einziges Mal. Wie geht es Paul in Oxford? Von ihm werde ich wohl keine Zeile bekommen, jede Minute nutzt er, um klüger zu werden. Wahrscheinlich ist er bereits nach den drei Monaten der herausragendste Student in seinem Fach …

Ich liebe Euch so sehr, Mama, Du kannst Dir nicht vorstellen, wie Ihr mir fehlt. Gib Max und meiner kleinen Lene einen dicken Kuss – sie wird mich nicht mehr kennen, wenn wir uns das nächste Mal wiedersehen.

O Mama, ich liebe Dich – bete für mich!

Bitte Vater, dass er an mich denkt, wie auch immer.

Deine kleine Celeste

Chelsea, 22. August 1822

Geliebte Tochter

Dein Brief klingt nicht so zuversichtlich, wie es sich eine Mutter von ihrer frischvermählten Tochter wünscht. Schreib mir, was Dich bedrückt! Meine große lebenslustige Tochter erwähnt mir zu oft Heimweh. Ich bitte Dich, verschweige mir Deinen Kummer nicht!

Deine Anstellung bei der Familie Heringsdorf freut mich überaus, über sie wirst Du Deinen Bekanntenkreis stetig vergrößern können und irgendwann wird Dresden Deine Heimat werden, weil Du mehr Freundschaften in Sachsen pflegst, als in Deinem Vaterland.

In der Kanzlei geht die Arbeit ohne unangenehme Störungen voran, so dass es zurzeit keiner neuen Kraft bedarf. Es ist wahr, Herr Jefferson ist ein eifriger Bewerber, Vater berichtete mir kürzlich von einem geplatzten Rendezvous, Herr Jefferson war beinahe untröstlich, doch stellte sich heraus, dass es nur ein Missverständnis war. Frau Stablebury ist unerhebliche neun Jahre älter als der gute Anwalt.

*Du brauchst nicht zu denken, dass Deine Magdalena Dich vergisst, immer spricht sie von **ihrer** Celli, die jetzt so weit weg wohnt, aber schon bald würde sie Dich besuchen kommen. Dann sage ich ihr, dass ich auf jeden Fall mitkomme, denn **ihre** Celli wäre auch **meine** Celli! Dann lacht sie und ist ganz zufrieden, dass die Mama sie begleiten möchte.*

Schreib mir, sobald ich kommen soll, Vater befürwortet meine Reise voll und ganz, er möchte nicht, dass seine Stieftochter leidet.

Becky fühlt sich in Cardiff wie ein Fisch im Wasser, Nori schreibt mir hin und wieder, dass sie lieber zuhause wäre, doch schlimmes Heimweh würde sie nicht bedrücken …

Gott behüte Dich, Deine Mama

Dresden, 21. September 1822

Liebe Mama

mach Dir keine Sorgen, Deine Celli wird das Heimweh besiegen!
Über Cäcilia v. Heringsdorf habe ich eine weitere liebenswürdige Fa-
milie kennengelernt. Familie Ziegler hat drei Töchter; Marianne,
zweiundzwanzig Jahre alt, das ist die Freundin von Cäcilia und in-
zwischen auch meine Freundin; Anna-Sophie, siebzehn Jahre alt und
etwas frühreif (ungefähr so wie ich in diesem Alter) und schließlich
Edeltraut, sie ist vierzehn – und das Beste kommt jetzt – ich darf die
Jüngste im Lautenspiel unterrichten! Ich bin so glücklich darüber,
liebste Mama, Du kannst es Dir nicht vorstellen! Edeltraut ist sehr
still, aber überaus gelehrig, ein wenig erinnert sie mich an Nori. Ma-
rianne ist ein wahrhafter Schatz! Sie ist sehr liebevoll und umsichtig;
Cäcilia entpuppt sich als etwas unberechenbar, doch scheint das die,
um einiges ältere Marianne nicht zu stören, und ihr Herz ist so weit,
dass sie gerne noch eine weitere Freundin darin einschließt. Sie hat
einen Verlobten, der ist ein wahrer Prachtkerl, Franz Brookmann,
gemeinsam sind sie ein fantastisches Paar. Alle zwei Wochen richtet
die Familie Ziegler einen Hausmusikabend aus, nächstes Mal darf
ich etwas dazu beitragen – ich schwebe auf Wolken. Nun wird Deine
Celli glücklich werden, Mama, ich verspreche es Dir! Mit Marianne
kann mich nichts mehr bedrücken, sie ist ein Engel!

Ella-Luise ist übrigens ein pfiffiges Kind, sie parliert bereits recht
fließend in meiner Muttersprache; die Eltern sprachen mir bereits ein
großes Lob aus, darüber bin ich ein wenig stolz – Herr von Herings-
dorf ist ein ausgesprochen gestrenger und vernehmlicher Herr, seine
Gemahlin ist etwas scheu und unscheinbar. Zweimal die Woche bin
ich am Vormittag und zweimal am Nachmittag in ihrem Hause, um
die Jüngste zu unterrichten, die beiden Stunden am Nachmittag wer-
den jedes Mal von einem Tee bzw. Kaffee unterbrochen. Dann sitzt
die gesamte Familie steif am Tisch und wir betreiben Konversation

über belanglose Dinge – Du kannst Dir vorstellen, dass das Deinem forschen Himmelsgeschenk recht schwerfällt. Aber als Gemahlin des Herrn Ingenieur Hofstetter habe ich dazugelernt.

Grüße alle meine geliebten Geschwister von mir!

Deine Dich unendlich liebende Celeste

Dresden, 16. November 1822

Geliebte Mama,

wie gerne wäre ich zur Adventszeit und zu Weihnachten in England! Ich gebe es zu, mich hat das Heimweh heftig ergriffen, ich kann nur schwer von dem Gedanken lassen, meine Siebensachen zu packen und abzureisen, damit ich rechtzeitig zuhause bin. Doch die Musikabende und die gemeinsamen Ausflüge mit Marianne Ziegler und Franz Brookmann sind herrlich, sie können mir so viel von dem sagenhaften Dresden zeigen und berichten und sind so warmherzig und zugewandt, dass ich kein Weh mehr spüre, sobald ich in ihre Nähe komme.

Über Weihnachten werden ich drei Wochen Ella-Luises Englischlektionen unterbrechen müssen. Zieglers hingegen boten mir an, Edeltraut auch während der Ferien zu unterrichten. Familie Ziegler ist so liebenswürdig! Sie sind mir ein liebevoller Ersatz für meine wahre Familie!

Inzwischen ist es bitterkalt geworden, der Winter auf dem Kontinent ist ein anderer. Es gab schon Schnee! Einiges mehr als in unserem milden Königreich. Wahrscheinlich wird die Elbe sogar zufrieren, so dass ich mit meinen Freunden Schlittschuh laufen werde. Das muss ein wunderbares Vergnügen sein – Marianne und Cäcilia freuen sich schon seit Oktober darauf und machen mich gehörig neugierig!

Am Sonntag vor zwei Wochen hatte das junge Ehepaar Hofstetter Gäste; Marianne Ziegler und Franz Brookmann erschienen zum

Kaffee in unserer eleganten Wohnung. Ich habe gehofft, Florian freundet sich mit Herrn Brookmann an, doch ist er in die Planung der neuen Hamburger Elbbrücke dermaßen vertieft, dass es ihm unmöglich scheint, an andere Dinge einen Gedanken zu verschwenden. Es ist ein unsagbar großes und schwieriges Projekt, dass er nicht nur erstellt, sondern auch leiten wird. Voraussichtlich werden wir nächstes Jahr im August nach Hamburg umsiedeln und dort leben, bis die Arbeiten dieser Eisenbrücke abgeschlossen sind – das kann zwei Jahre dauern. Dieser Gedanke bedrückt mich, denn nun habe ich so nette Freunde in Dresden gefunden und kenne mich mittlerweile in dieser großen und schönen Stadt recht gut aus.

Vor Weihnachten werde ich auf jeden Fall nochmals schreiben, liebste Mama, vergiss Deine Celli nicht! Schreib mir sofort zurück – ganz ausführlich, alles will ich wissen! Bitte Vater für mich, um einen Brief von ihm – ich brauche seine klugen Worte.

Deine Dich überaus liebende Celeste

Chelsea, 1. Dezember 1822

Meine liebe Celeste!

Ich sorge mich um Dich! Warum schreibst Du mir nicht offen, was Dein Kummer ist?!

Dein Gemahl ist sehr beschäftigt, wie mir scheint. Sprich mit dem hiesigen Pfarrer über Deine Sorgen – es ist nicht gut, wenn ein Mann seine Frau vernachlässigt! Sie verdorrt wie eine ungegossene Blume. Mir scheint er allzu sehr mit seinem Brückenbau befasst zu sein. Ist es dann ein Wunder, wenn Du Heimweh hast?! Vielleicht erlaubt er Dir, über Weihnachten in die Heimat zu reisen – womöglich könnt Ihr sogar gemeinsam kommen, das wäre für uns alle eine große Freude! Ich werde Euch eine offizielle Einladung mitschicken.

Deine gedrückte Stimmung versetzt Vater in Nachdenklichkeit, er kann es ebenso wenig ertragen, wenn Du leidest. Ich lasse ihn selbst zu Wort kommen:

Liebe Celeste,
erleichtere Dein Herz und schreibe wenigstens Deiner Mutter, was Dich bedrückt. Du weißt, Gott hält immer einen Ausweg bereit, allein Du musst Dich mitteilen. Nichts wäre mir lieber, Dir zu Deinem Glück zu verhelfen! Deine Mutter klärte mich vor wenigen Jahren über die hierarchisch gegliederte Zuwendung innerhalb der katholischen Familie auf: An erster Stelle steht der Ehegatte, an zweiter Stelle stehen die Kinder und an dritter Stelle der Beruf bzw. der Verdienst. Wende Dich mit diesem Wissen an Deinen zuständigen Hirten und berichte Deiner Mutter (auch gerne mir) von dieser Aussprache. In steter Zuneigung, Dein Vater

Die Berichte über Deine Freunde trösten mich ein wenig, dann weiß ich, dass Du nicht einsam bist. Zu gerne würde Ich die freundliche Familie Ziegler kennenlernen – vielleicht ist mir eines Tages das Glück hold, und Du erlaubst mir, zu Dir nach Dresden zu reisen.
Zu Weihnachten bekommst Du noch ein großes Paket mit heimatlichen Delikatessen und lauter nützlichen Dingen, und Deine Geschwister schreiben Dir bereits emsig ausführliche Berichte über ihre Erlebnisse in den letzten Monaten.
Geliebtes Kind, zögere nicht!
Der liebe Herrgott segne Dich und die liebe Muttergottes begleite Dich auf all Deinen Wegen!
Voller Liebe denkt an Dich Deine Mama!

Liebe Mama,

von Herzen danke ich Euch für die wundervolle Weihnachtspost! Was für herrliche Dinge hast Du mir eingepackt! Ganz besonders gefällt mir der warme Wollmantel, ich kann ihn wirklich gut gebrauchen, der sächsische Winter ist eisig! Die Süßigkeiten werden bis zum nächsten Winter reichen! – Ich werde sie an meine lieben Freunde verteilen.

Gestern war das junge Ehepaar Hofstetter bei Zieglers zum Mittagessen und Kaffee eingeladen. Franz Brookmann war auch zugegen, damit noch ein junger Mann mit am Tisch sitzt und nicht nur eine große Weiberschar mit dem Familienoberhaupt – Zieglers sind sehr zartfühlend. Wir haben viel gelacht und Edeltraut und ich gaben ein kleines Weihnachtsstück zum Besten. Marianne bot uns eine zauberhafte Sonate von Joseph Hayden auf ihrer Violine dar. Nur ging der Tag viel zu rasch zu Ende, doch ab dem zweiten Januar werde ich Ella-Luise wieder unterrichten dürfen, da werden wir wieder viel zu lachen haben! Aber glaube mir, es wird nur Englisch gesprochen! Den Silvesterabend werde ich bei Zieglers verbringen, Florian ist für mehrere Tage über Neujahr verreist.

Mein nächster Brief folgt sicherlich bald.

In ewiger Liebe, Deine Celeste

P. S. Der Pfarrer ist ein seltsamer Priester, er erinnerte mich mehr an Konstanze, als an einen katholischen Hirten – es war nicht erquicklich und ich werde mich hüten, ihn nochmals zu Umständen der Ehe zu befragen.

ACHTES KAPITEL

Am Tage ihres ersten Unterrichts nach den Weihnachtsferien saß ein ihr, bis anhin unbekannter junger Herr am Kaffeetisch der ehrenwerten Familie. Von zarter Statur, mit weichen Zügen und nachlässiger Kleidung nahm er den Platz still ihr gegenüber ein. Zurückhaltend stellte er sich als der älteste Sohn vor, der für zwei Wochen aus Greifswald angereist sei. Sogleich erkannte sie, dass der Stammhalter des Hauses von Heringsdorf auf unangenehm deutliche Weise Distanz zu ihr bewahren suchte. Wie verwunderte es sie, als er sie unerwartet freundlich nach ihrem Befinden erkundigte; seit wann sie in Dresden weile und ob sie sich als Engländerin bereits eingelebt habe. Dass sie in nahezu fließendem Deutsch antwortete, beeindruckte ihn offensichtlich auf das Höchste, besonders nach ihrer Angabe der Dauer ihres Aufenthaltes. „Sie scheinen sehr begabt zu sein, verehrtes Fräulein; man behauptet, die deutsche Sprache sei ausnehmend schwierig zu erlernen."

Trotz seiner freundlichen Art und den anerkennenden Worten, bemerkte Celeste verwirrt, dass der Eindruck der Abstandswahrung immer noch andauerte. Es musste daran liegen, dass er ihr noch kein einziges Mal geradewegs in die Augen geschaut hatte.

„Gewöhnlich bin ich eine träge Schülerin, genießt man jedoch einen so unbeirrbaren Lehrer wie ich, lernt selbst das dümmste Schaf diese Sprache rasch", erwiderte sie nach seinem ermutigenden Lob offen.

Der Hausherr räusperte sich und schaltete sich richtungsweisend ein. „Sagen Sie, Frau Hofstetter, was machen die

Geschäfte Ihres Herrn Gemahl? Wie weit sind die Zeichnungen der Elbbrücke gediehen?"

Der Sohn, höchstwahrscheinlich die magischen fünfundzwanzig bereits überschritten, entschuldigte sich sofort für seine Fehleinschätzung, bevor Celeste auf des Hausherrn Frage antworten konnte. „Verzeihen Sie, meine Dame, ich wähnte mich in der irrigen Annahme, Sie verbringen als englisches Edelfräulein einen Bildungsaufenthalt in Dresden." Sein Gesicht war sanftmütig und die Stimme freundlich und humorvoll, keineswegs ängstlich, wie man nach dem deutlichen Eingriff des gewissermaßen allmächtig waltenden Vaters hätte vermuten können.

„Oh, mein verehrter Herr Gemahl ist überaus eifrig in der Elbbrückenplanung! Er ist so eifrig, dass ich beinahe vermute, er brachte bereits zwei Stahlkonstruktionen für die Hamburger Elbe zu Papier!", kam eine in diesem Hause selten gegebene frische Antwort.

Freundlich hatte der junge Herr zugehört und schmunzelte schließlich über ihren Scherz. „Dann vermute ich beinahe, dass der Lehrer Ihrer deutschen Sprachkenntnisse Ihr werter Herr Gemahl selbst ist."

Diese wohlwollende Schlussfolgerung erweckte in ihr den übermächtigen Drang, die Wahrheit auszusprechen. „Das haben Sie messerscharf erfasst, verehrter Herr: Seit er mir den Ring an den Finger steckte, spricht er kein einziges Wort mehr in meiner Muttersprache, und seit ich die Stadtgrenze Dresdens überschritten habe, sind seine Ohren für jedes englische Wort taub." Diese Offenbarung sprudelte nur so aus ihr heraus, alle Hemmungen schienen gewichen. „Glauben Sie mir, kennt man keine Menschenseele in dieser großen Stadt, lernt man auf diese Art unvermutet rasch das zungenbrecherische

Deutsch. Ob man es angenehm findet oder nicht." Für das Ehepaar von Heringsdorf lachte sie erschreckend freizügig, doch lag für einen aufmerksamen Zuhörer eine schmerzliche Tönung darin.

„Ihr Herr Gemahl ist der Ingenieur Hofstetter, der eine Stellung bei Jahner und Sohn innehat?", versicherte sich nun der junge Herr von Heringsdorf.

„Er ist nicht allein Ingenieur, zudem ist er auch Heiratsschwindler!", riss es sie hinfort.

Empört streckte der Hausherr seine Schultern und holte tief Luft, Frau von Heringsdorf riss entsetzt die Augen auf und die beiden Mädchen lauschten begierig.

„Wie soll man solch eine Anschuldigung verstehen, die Sie in einem offenkundig leichtfertigen Ton hervorbringen, verehrte Frau Hofstetter?", fragte Heinrich wachsam. Dennoch schwang in seiner Frage keine Verurteilung ihrer Unbeherrschtheit mit und sein Gesicht zeigte dieselbe Sanftmut wie zuvor.

Bereitwillig gab sie ihm Antwort. „Heimtückisch verschwieg er mir, dass er bereits mit *Jahner & Sohn* verheiratet war." Ergeben hob sie die Schultern. „So kann es einem Menschen ergehen, der übereifrig an seiner Zukunft plant."

„Ich denke, es ist jetzt Zeit für den weiteren Unterricht, Ella-Luise!", mahnte Frau von Heringsdorf ihre jüngste Tochter und ängstlich neigte sie sich der jungen Lehrerin zu. „Nicht wahr, Frau Hofstetter?"

In dem plötzlichen Bewusstsein, die Regeln einer zumutbaren Konversation überschritten zu haben, erhob diese sich rasch.

„Selbstverständlich, Frau von Heringsdorf!" Mit einem demütigen Knicks und zugeschnürter Kehle verließ sie mit ihrer Schülerin das Zimmer. Verlockt durch die freundliche Neugier dieses jungen Herrn, war ihr die Demut abhandengekommen und sogleich öffnete sie die Tür zu einem peinlich gehüteten Geheimnis – zu ihrem Verdruss im Kreise der würdigen Familie von Heringsdorf, die eine Unterhaltung dieser Art keinesfalls schätzen konnte.

Nach dem Unterricht begleitete Ella-Luise ihre verehrte Lehrerin zur Tür. Frau von Heringsdorf trat den beiden in den Weg und bat Celeste in das Wohnzimmer, die jüngste Tochter musste sich verabschieden.

„Frau Hofstetter, ich möchte Ihnen diese beiden Stunden als Ihre letzten auszahlen. Ella-Luise benötigt nun keinen Unterricht mehr, sie durfte gut und genügend bei Ihnen lernen."

In Celeste brach ein Sturm los, ihre Befürchtung fanden die Bestätigung. „Frau von Heringsdorf, verzeihen Sie mir gnädigst! Meine leichtfertigen Bekenntnisse am Tisch tun mir aufrichtig leid! – Ich bitte Sie, kündigen Sie mir nicht!"

Verstört musterte die Dame die junge Frau, die seltsam aufgelöst vor ihr stand. „Ich kann mir kaum vorstellen, dass Sie tatsächlich auf das Geld angewiesen sind, welches Sie mit dem Unterrichten verdienen. – Doch gebe ich Ihnen den Rat, in Gesellschaft niemals so unbedacht über den eigenen Gemahl zu urteilen – das zieht unweigerlich Folgen nach sich."

„Nie wieder soll es vorkommen, Frau von Heringsdorf! Ganz bestimmt nicht! Lassen Sie mich meinen guten Willen beweisen!", flehte Celeste mit Tränen in den Augen.

„Es tut mir wahrhaftig leid, ich kann nichts für Sie tun … Ich wünsche Ihnen für die Zukunft alles Gute, Frau Hofstetter." Eine Dienstmagd begleitete die verstummte Lehrerin zur Tür.

„Sie sieht bedrückt aus", bemerkte Heinrich, der hinter seiner Schwester Cäcilia am Fenster stand und mit ihr der entschwindenden jungen Dame nachsah.

„Ihr wurde soeben die Kündigung ausgesprochen", wusste Cäcilia.

„War sie zu offen und ist nun kein Umgang mehr für die Heranwachsenden des Hauses von Heringsdorf?", fragte er.

„So ist es. Vater empörte sich über die ungebührliche Rede Frau Hofstetters und fällte sogleich eine Entscheidung."

„Selbstverständlich", bestätigte Heinrich sinnend.

Es klopfte an ihrer Tür. Augenblicklich begann ihr Herz vor Angst zu rasen, sie verließ ihr Bett, drehte den Schlüssel im Schloss und ließ ihn ein. Seine Zuwendung war nicht nur schmerzhaft, sondern mindestens ebenso demütigend und so war es in der Drangsal eine Erleichterung, dass er sie nicht allzu oft darum bemühte. Bevor er das Zimmer verließ, wendete er sich in der Tür zu ihr um. „Morgen werden wir gemeinsam Frühstücken." Zitternd nickte sie. Da er kein Laut von ihr vernommen hatte, hakte er ohne jede Aufregung nach. „Hast du mich verstanden?"

„Ja", flüsterte sie gehorsam. Als seine Schritte nicht mehr zu vernehmen waren, verriegelte sie die Tür, nahm ihren Rosenkranz von dem Nachttisch, um ihn während der Nacht an ihre Brust zu drücken. „Hilf mir, liebste Mutter! Hilf mir aus dieser Bedrängnis!", schluchzte sie und weinte sich in den Schlaf.

Der Morgen nach seinen eiligen nächtlichen Besuchen war besonders beschämend. Stets erschien er frisch rasiert, elegant gekleidet und von Wohlgeruch umhüllt im Esszimmer, setzte sich ihr gegenüber und betrachtete zufrieden lächelnd die Speisen. Dann plauderte er von seinen Aufgaben des kommenden Tages und erkundigte sich schließlich nach ihren Plänen. Mühsam versuchte sie, ihm etwas zu berichten, wobei er ihr kaum zuhörte und dabei jeweils einen Blick auf seine kostbare Taschenuhr warf. „Die Arbeit ruft! Ich wünsche dir einen angenehmen Tag, Liebes!" Er erhob sich.

„Heute ist bei Zieglers Hausmusikabend … möchtest du nicht auch einmal kommen?", wagte sie, ihn an diesem Morgen aufzuhalten.

Mitleidig lächelte er. „Für diesen neckischen Zeitvertreib habe ich wahrhaftig keine Minute übrig. Wenn die Konstruktion auf dem Papier abgeschlossen ist, werde ich mich vielleicht einmal aufraffen können."

Für gewöhnlich kam er gegen zwanzig Uhr aus seinem Bureau, um während einer halben Stunde mit ihr gemeinsam zu Abend zu essen. Anschließend verschloss er sich in seinem Arbeitszimmer.

Befangen sah die junge Frau Hofstetter in dem geräumigen Zieglerschen Wohnzimmer umher. Sie wurde von der ältesten Tochter entdeckt und entgegenkommend begrüßt. Verschiedene Personen, die die letzten Male nicht zugegen und ihr deshalb noch unbekannt waren, wurden ihr vorgestellt.

„Meine liebe Freundin, wie kann ich Sie nur aufmuntern?" Fräulein Marianne Ziegler lächelte ihr anteilnehmend zu. „Ich bin zuversichtlich: Sobald Ihre Finger über die Saiten gleiten, wird Ihr Ausdruck wieder fröhlich, und weil wir anschließend noch ein wenig zusammensitzen, wird die freundliche Stimmung wenigstens für diesen Abend gehoben bleiben!"

„Wir sitzen noch ein wenig zusammen?!" In Celeste wuchs Hoffnung. „Wer wird alles mit von der Partie sein? Herr Brookmann? Cäcilia?"

Marianne lachte. „Auf jeden Fall Franz und meine Wenigkeit, ob Cäcilia noch bleiben darf, ist offen. Bis jetzt ist sie noch nicht eingetroffen." Ihre Züge wurden ernst und ein wenig senkte sie die Stimme. „Sie erzählte mir von Ihrer Kündigung und verschwieg auch den Grund nicht."

Celestes Hände begannen zu zittern. „Marianne! Ich weiß, dass es nicht recht war ...". Ängstlich glitt ihr Blick über Mariannes Gesicht. „... vor einigen Tagen sprach ich im Kreise der Familie von Heringsdorf unziemlich ...".

Unwillkürlich legte Marianne ihren Arm um die Schulter der schreckhaften jungen Frau. Erst in diesem Jahr wurde ihre neue Freundin zwanzig und war ihrer Heimat so fern – tiefes Mitgefühl hegte sie für die Engländerin, die nur nach längerem traulichem Beisammensein aus sich herauskam und dann überraschend lebendig und humorvoll von der Heimat und ihrer Familie erzählen konnte. Es dauerte sie, dass es offenbar nicht gelang, Frau Hofstetter mit ihrer neuen Umgebung anzufreunden. Womöglich lag es tatsächlich an der fortwährenden Abwesenheit des Herrn Gemahls – zuvorkommend war er, davon konnten Franz und sie sich vor einiger Zeit überzeugen. „Ich kann Sie beruhigen, liebe Celeste, die von Heringsdorf sind etwas spezielle Herrschaften, man kann es ihnen nicht leicht recht machen. – Ich bin überzeugt, dass Sie, Celeste, nicht bös gesprochen haben."

Unerwartet durchfuhr ein Schluchzen die mageren Schultern ihrer Freundin. Marianne führte sie in den kleinen Salon nach nebenan, obwohl die Gäste sich bereits nach Plätzen umschauten und Herr Ziegler ein Papier aus seinem Rock zog, um die

Stücke für den heutigen Musikabend kundzutun. Sie setzte sich mit dem weinenden Mädchen auf die Couch und nahm sie behutsam in die Arme. Das Schluchzen wurde tiefer und erschütterte ihren ganzen Leib. „Ich habe solches Heimweh! ... Ich möchte nachhause! ... Oh, Marianne, ich werde sterben müssen, darf ich nicht zurück zu meinen Lieben ...!"

Marianne traten selbst die Tränen in die Augen, so schmerzte sie das undurchschaubare Leid. „Ihr Gemahl wird Ihnen gewiss erlauben, demnächst eine Reise nach England zu unternehmen. – Er wird es nicht zulassen, dass seine junge Gattin krank vor Heimweh ist."

Celeste zog ein Schnupftuch hervor und trocknete ihr Gesicht. Tapfer lächelte sie Marianne an. „Wir müssen hinüber gehen, Edeltraut wird auf mich warten."

Prüfend sah Marianne Ziegler in das verweinte Gesicht ihrer Freundin. „Wenn Sie meinen", bemerkte sie zweifelnd. Doch dann stellte sie munter fest: „Die Klänge Ihres Instrumentes werden nicht nur die Gäste, sondern auch Sie aufheitern."

Tatsächlich versank Celeste Hofstetter in zwei herrliche Arien von Johann Adolf Hasse, die durch einen unbekannten Meister für Laute umgeschrieben worden waren. Zuvor hatte sie gemeinsam mit Edeltraut etwas Leichteres dargeboten, doch nun entschwand sie in dem bewegenden Saitenklang. Wie viel hatte es ihr vor nicht allzu langer Zeit bedeutet, vor Publikum zu spielen, bewundert und beklatscht zu werden – war es nicht überhaupt ihr ursprünglicher Antrieb gewesen, dieses schwierige Instrument zu erlernen? Mittlerweile war ihr ein Publikum nahezu unerträglich und rasch flüchtete sie in die herrlich jauchzende und aufregende Musik, schloss die Anwesenden um sich herum aus, vergaß sie ganz und gar, um in den Tiefen der Melodien zu versinken. Das Stück sollte nicht enden! Es war ihr eine Qual, die Augen zu öffnen und in die Gesichter zu sehen … die ihr hässliche Worte zuriefen und sie mit Unrat bewerfen wollten – weil sie schmutzig war …

Applaus und freundliche Worte drangen an ihr Ohr. Mit stockendem Atem zwang sie sich, die Augen zu öffnen, erhob sich, ohne in das Publikum zu sehen, sank ein wenig in die Knie und verschwand, beinahe strauchelnd vor Hast, mit ihrer Laute in den kleinen Salon. Wie elend war ihr zumute! Heimlich wollte sie sich aus der anderen Tür des Salons stehlen und auf die Straße hinauslaufen. Wo sollte sie hin? Ihr bliebe allein, in die Friedrichsallee zurückzukehren … Florian würde noch nicht in der Wohnung sein.

Marianne trat in den Salon. „Es war bezaubernd, Celeste! Die Gäste sind beeindruckt. – Kommen Sie, man möchte Ihnen großes Lob aussprechen." Sie hielt ihrer Freundin ermutigend die Hand entgegen. Lachend durchbrach sie deren Zögern. „Ich habe einmal gehört, die Engländer sind ein sehr vornehmes und auf Etikette bedachtes Volk – also, fassen Sie meine Hand und begleiten Sie mich zurück in den Konzertsaal!"

Die Gäste hatten sich nach und nach verabschiedet und als alle gegangen waren, führte Marianne ihren Verlobten und ihre scheue Freundin in den kleinen Salon. Der Tisch war bereits für vier Personen eingedeckt, um dort ein kleines Abendessen einzunehmen.

„Kommt Fräulein Cäcilia doch?", fragte Celeste verwundert. „Ich meinte, sie hätte sich verabschiedet."

„Ja, leider musste sie schon gehen. Ihr Bruder begleitet sie nachhause und wird jeden Moment zurückkehren. Er wollte sich uns heute anschließen. Vielleicht lernten Sie ihn bei Ihrem letzten Besuch im Hause Heringsdorf kennen. Er ist Franzens langjähriger Freund. Immer wenn er nach Dresden kommt, besucht er uns." Marianne bemerkte Celestes plötzlich verängstigtes Gesicht. „Was sind Sie für ein Angstkätzchen seit der Kündigung im Heringsdorfschen Haus! – Heinrich ist ein überaus freundlicher Herr, er tut keiner Fliege etwas zuleide …".

Franz Brookmann lachte laut auf. „Im Gegenteil, eine Fliege könnte eher ihm etwas zuleide tun!"

Franz Brookmann war so liebenswürdig und laut wie ihr Vater – wenn er das sagte, musste es wahr sein. Und so versuchte sie, dem Eintreffen des weiteren Gastes ruhig entgegenzusehen.

„Er bat darum, bereits zu beginnen, da es unter Umständen länger dauert, bis er wieder zurück ist", erklärte Marianne schmunzelnd. Sie sah ihren Verlobten an und zog, offensichtlich wissend um die Schwierigkeiten im Hause von Heringsdorf, vielsagend eine Braue hoch.

Franz tätschelte ihre Hand. „Hauptsache, er kommt zurück, gleich zu welcher Zeit", beruhigte er sie lachend.

Sie saßen bereits seit einer halben Stunde zusammen, hatten erst vor wenigen Minuten mit dem Essen begonnen, und zwar sehr bedächtig, als Franzens langjähriger Freund atemlos in den Salon stürmte.

„Bitte vielmals um Verzeihung, die Herrschaften!", rief Heinrich von Heringsdorf fröhlich und machte gegen jede Dame einen Bückling.

Franz erhob sich. „Frau Hofstetter, darf ich Ihnen meinen lieben Freund Heinrich von Heringsdorf vorstellen? Seines Zeichens Kandidat der Theologie, in Wahrheit Aspirant der bildenden Künste an der Greifswalder Universität."

Celeste lächelte verwirrt und hielt ihm verhalten ihre Hand entgegen.

Ungeschickt nahm er sie in die seine und schüttelte sie ein wenig auf und nieder. „Gänzlich unbekannt ist mir Frau Hofstetter nicht; an diesem Abend lauschte ich ihrem vorzüglichen Lautenspiel." Bewundernd verneigte er sich ein wenig. „Außerdem begegneten wir uns vor vier Tagen im Hause meiner Eltern bei einem vergnüglichen Gespräch am Kaffeetisch."

„Ich denke, diese Angelegenheit sollten wir am heutigen Abend nicht zur Sprache bringen, Heinrich; Frau Hofstetter leidet unter der Kündigung genug", wandte Marianne rasch ein.

Lächelnd wandte sich Heinrich an die Engländerin. „Das ist mir nahezu unverständlich, verehrtes Fräulein, aus dem Hause Heringsdorf entlassen zu werden, kann nur ein Gewinn sein."

„Du bist und bleibst ein elender Schwärmer, Heinrich!", lachte Franz Brookmann belustigt.

Düster wandte sich Heinrich in die Richtung seines Gegenübers. „Es ist schändlich von dir, dass du dich vor anderen über mich erhebst, mein Freund", klagte er weinerlich.

Franz lachte schallend. „Ich erhebe mich nicht, ich bewundere dich, mein Verehrtester!"

Endlich setzte sich der späte Gast und Marianne tat ihm von den Speisen auf. „Wie köstlich es duftet!", seufzte er und hielt inhalierend seine Nase über den Teller.

Gebannt beobachtete Celeste diesen sonderbaren Menschen. Sein Verhalten, seine Herkunft und sein Berufsstand schienen ihr so seltsam und widersprüchlich; überhaupt sah er so anders aus, als es die betuchte Dresdner Gesellschaft forderte. Kurzerhand hatte er sich seines abgetragenen Rockes entledigt und ihn auf das Sofa geworfen, nun saß er in reich gefälteltem Leinenhemd am Tisch, das sich ohne die übliche Weste

ungeregelt um seine hagere Gestalt bauschte, eine burgunder-
farbene Seidenbinde war nachlässig um den Hals gewickelt
und die Enden steckten nur zum Teil in dem seltsam zuge-
schnürten Ausschnitt; die braunen Haare etwas zu lang, als die
derzeitige Mode es den jungen Leuten erlaubte, doch ein kurzer gepflegter Backenbart zierte das sanftmütige, um nicht zu
sagen, unmännliche Gesicht. Unentwegt blinzelte er, als wolle
er – im Gegensatz zum Heringsdorfschen Kaffeetisch – die Anwesenden deutlicher sehen. Und wie zum Beweis zog er
schließlich eine Brille aus dem Ärmel, die er sich mittels Me-
tallbügel hinter den Ohren befestigte. Nun sah er ruhig und
ohne Blinzelei in die kleine Runde und blieb mit seinem
freundlichen Blick an ihrer Person hängen. „So ähnlich habe
ich Sie mir vorgestellt, edles Fräulein aus dem britischen Königreich. – Sie sind sehr zart und blass, Sie sollten etwas mehr
essen, wenn Sie in dem turbulenten Dresden überleben wollen", bemerkte er mit tiefernstem Ausdruck, was seinem Äußeren drollig entgegenstand. Celeste gluckste unwillkürlich
auf. „Deutsche Frauen scheinen mir etwas kräftiger als Sie,
junge Dame. Das hat schon seine Bewandtnis …". Unterstützung fordernd, warf er einen Blick zu Marianne.

„Unbedingt, Heinrich! – Doch ist es so, dass Frau Hofstetter,
als wir sie kennenlernten, tatsächlich pausbäckiger war, nur
wird sie von Woche zu Woche weniger. Der Grund scheint ihr
unaufhörliches Heimweh zu sein und obwohl wir sie herzlich
lieben, will es sich nicht beruhigen."

Ungläubig schüttelte Heinrich den Kopf.

„Nein, nein!", wehrte Celeste beschämt ab. „Es sind die ungewohnten Speisen! In England essen wir morgens kräftig, mit-
tags wenig und am Abend noch einmal ordentlich …".

„Und zum Tee gibt es ein Gurkentoast oder ein kleines süßes Brötchen mit Erdbeermarmelade, ist es nicht so, Verehrteste?", nickte Heinrich mit betulichem Lächeln.

Celeste strahlte. „So ist es, werter Herr! – Haben Sie den Kontinent schon einmal verlassen und die herrliche britische Insel bereist?"

Vergnügt lachte Heinrich vor sich hin. „Goldig, diese Sichtweise; bis anhin hatte ich sie für einen Scherz gehalten." Schließlich streckte er seine schmächtigen Schultern. „Ja, edles Fräulein", antwortete er mit marinierter Handbewegung und gespitzten Lippen. „Ich bereiste Ihr glorreiches Land schon mehrmals – mit dem Finger auf der Landkarte."

Celeste prustete; Franz und Marianne konnten nur staunen. Doch wurde sie unvermittelt ernst. „Studieren Sie katholische oder protestantische Theologie?"

„Verehrteste, ich studiere gar keine Theologie. Ich bin ein armer Schlucker, der leidenschaftlich gerne zeichnet; doch Öl und Aquarell liegen mir ebenfalls." Neckisch verneigte er sich.

„Aber Herr Brookmann stellte Sie als Kandidat der Theologie vor!", getraute sie sich zu rechtfertigen.

„Hätten Sie die Lauscherchen gespitzt, Verehrteste, hätten Sie gehört, dass er mich als Aspirant der bildenden Künste vorgestellt hat. – Doch halte ich Ihnen zugute, dass Ihre Muttersprache nicht die unsrige ist." Er seufzte bedauernd, lächelte aber sogleich wieder fröhlich. „Doch haben Sie all meine Späßchen verstanden, das soll etwas heißen!"

In solch einem ungewohnt vergnüglichen Geplauder eilte der Abend unbeschwert dahin, bis Celeste erschrocken bemerkte, dass sie dringend nachhause müsse.

„Werden Sie abgeholt, holde Dame, oder darf meine Unterwürfigkeit Sie begleiten?"

Celeste schien verwirrt wie bei seiner Ankunft. „Nein, ich benötige keine Begleitung. Ich finde mich allein zurecht!"

„Das möchte ich Ihnen keinesfalls absprechen, edles Fräulein. Nur ist es bei uns in Sachsen Sitte, dass die Dame zu später Stunde begleitet wird. – Ich weiß selbstverständlich nicht, wie die Gegebenheiten auf dem königlichen Inselchen sind. Womöglich führen private Tunnel von Palast zu Palast, die mit eingefangenem Sonnenlicht durchflutet werden, und somit keinem Strolch Gelegenheit bieten, sein Unwesen zu treiben ...".

Gewiss hätte Heinrich noch viel mehr aufbieten können, um die plötzlich verängstigte Frau Hofstetter wieder zum Lachen zu bringen, doch unterbrach ihn die Gastgeberin. „Es wäre uns sehr lieb, Sie würden das Angebot Herrn von Heringsdorf annehmen, Celeste. Dann wüssten wir, dass Sie unbeschadet nachhause kommen."

Nur zögernd willigte sie ein.

„Wo ist Ihr Zuhause, gnädiges Fräulein?", fragte Heinrich, als man sie verabschiedet hatte.

„In der Friedrichsallee siebzehn", antwortete sie, während er ihr stumm seine Ellenbeuge anbot, die sie jedoch kopfschüttelnd ablehnte.

„Was für eine Straße! Was für eine Hausnummer!", rief er laut aus und begann vorsichtig auszuschreiten. „Ich bin beeindruckt!"

„Kennen Sie diese Straße?"

„Ich meine mich zu entsinnen, dass vor wenigen Jahren dort neue Häuser gebaut wurden. Häuser mit edlen Wohnungen für betuchtere Herrschaften. Ist es nicht so, Gnädigste?" Am Ende ließ er seine Stimme in angelsächsischer Weise hochfahren.

Celeste schmunzelte. „Ja, so ist es, verehrter Herr."

„Da es nicht allzu weit ist, werden wir diesen Weg zu Fuß vornehmen – ausgenommen Ihre englischen Füßchen sind Gänge von ein paar wenigen Metern nicht gewohnt, weil das königliche Inselchen nur eine halbe Meile im Quadrat misst!"

Um zu dieser späten Stunde die Anwohner nicht mit lautem Lachen zu stören, drückte Celeste ihren Schal vor den Mund. Nachdem sie sich beruhigt hatte, empörte sie sich. „Sie sind einer edlen englischen Dame recht ungebührlich gegenüber, verehrter Herr!"

„Ich betreibe freundliche Konversation, Durchlauchtigste."

Celeste besann sich. „Was zeichnen Sie, Herr von Heringsdorf?"

„Ich porträtiere gerne, doch ebenso liebe ich Landschaftsbilder und auch in Allegorien übe ich mich, eine ergreifende aber schwierige Kunst. – Darum lebe ich übrigens in Greifswald."

In ihrem derzeitigen Zustand empfand sie es als zu schwierig, sich die Bedeutung einer Allegorie in seinem Sinne auseinandersetzen zu lassen. „Wo liegt Greifswald?", fragte sie stattdessen.

„Es ist eine verträumte Stadt an der milden weiten Ostsee inmitten einer herrlichen Wald- und Dünenlandschaft. – Es ist wunderschön! Sie wären nicht mehr so betrübt, würden Sie einmal Greifswald besuchen", erklärte er ernst. „Es belebt und erfreut die Sinne."

„Warum sind Sie dann nach Dresden gekommen?"

„Ich habe einen kleinen Auftrag zu erfüllen und hin und wieder statte ich meinen Ernährern einen Bittbesuch ab."

„Meinen Sie damit Ihre Eltern?"

„So darf man es deuten."

„Verdienen Sie mit Ihren Bildern kein Geld?"

„Hin und wieder, doch wenn ich mehrere Tage nichts zu beißen habe, muss ich mich wohl oder übel auf den Weg in die sächsische Metropole machen."

„Es ist bedauerlich, wenn Ihre Bilder nicht gekauft werden. Vielleicht könnten Sie mir einmal eines zeigen? Und wenn es mir gefällt, werde ich es erstehen."

Heinrich lachte. „Sie gute Seele! – Ich würde es Ihnen selbstverständlich nur zu einem unverschämt hohen Preis überlassen, denn der Herr Ingenieur Hofstetter erhält gewiss ein ansehnliches Salär."

Scheu blickte sie ihre neue Bekanntschaft an. „Kennen Sie meinen Gemahl?"

„Nur flüchtig, nicht der Rede wert. – Schauen Sie, da sind wir schon!"

„Ja, da sind wir." Sie hielt ihrem Begleiter die Hand zum Abschied entgegen.

Er drückte sie kurz und fest. „Essen Sie etwas mehr, dann werden Sie mutiger, Verehrteste!" Er machte eine knappe Verbeugung. „Ich empfehle mich und wünsche Ihnen eine geruhsame Nacht. – In glücklicher Vorsehung werden sich unsere Wege womöglich nochmals kreuzen." Er wartete, bis sie in dem dunklen Haus verschwand.

In Gedanken über diesen außergewöhnlich heiteren Abend versunken, stieg Celeste die Treppen des nachtstillen Hauses empor. Versonnen öffnete sie die Wohnungstür und trat in den schwach beleuchteten Empfang, der sich großzügig in der gesamten Wohnungslänge als Salon ausdehnte. Bevor sie im vergangenen Juni das neue Heim bezogen, hatte Florian ihn bereits geschmackvoll eingerichtet. An der rückseitigen Wand befand sich vor hohen Fenstern ein großes schweres Sofa mit einem niedrigen Tisch und zwei dazugehörigen Sesseln; an der linken Längsseite gingen die Türen zu Küche und Wirtschaftsräumen ab, dazwischen standen zierliche Vitrinen, die sich nach und nach mit hübschen Dingen hätten füllen sollen. Die vordere Hälfte des Salons beherrschte ein großer ovaler Nussbaumtisch mit sechs graziösen Stühlen, entsprechend dem Stil der Vitrinen. Zur Rechten des Eingangs erstreckte sich im rechten Winkel zum Salon ein Flur, von dem die Schlafzimmer und das Arbeitszimmer zu betreten waren. Zur Linken lagen zwei Bedienstetenkammern.

„Du kommst spät, Celeste." Sie fuhr zusammen. Am erwähnten kostbaren Nussbaumtisch, der gleichsam der Blickfang des gesamten Ensembles war, saß Herr Ingenieur Hofstetter und erwartete augenscheinlich seine junge Gemahlin. In dem schwachen Licht nur einer brennenden Kerze war er kaum wahrzunehmen gewesen, und sie hatte ihn auch nicht erwartet. „Hattest du einen amüsanten Abend?"

Entschlossen versuchte sie, die aufkommende Furcht zu beherrschen. „Ja, es war ein schöner Abend …".

„Warum hast du Angst? Habe ich dir etwas angetan?"

„Nein", versicherte sie rasch.

„Dann solltest du dich freuen, dass ich dich wenigstens an diesem Abend einmal erwarte. Denn das beklagst du ja, oder nicht? – Die seltenen Stunden, die wir gemeinsam verbringen." Verzagt nickte sie. „Dann setzt dich zu mir und erzähle mir, was du heute Hübsches erlebt hast."

Ungelenk zog sie einen Stuhl hervor und setzte sich, ohne den Mantel abgelegt zu haben. „Es war ein schöner Hausmusikabend … Marianne Ziegler lud mich noch zu einem Abendessen ein."

„Das ist erfreulich. – Durfte man dich auch musizieren hören?"

„Ja. Zwei Stücke von Adolf Friedrich Hasse … freundlicherweise lobte man mich dafür …", fügte sie stockend an.

„Das hört man gerne." Unbestimmt lächelte er. „Immerhin wollte ich nicht umsonst ein kleines Juwel aus dem stolzen britischen Imperium mitbringen. – Wer war unter dem Publikum?"

„Die meisten Gäste sind mir unbekannt …".

Vielsagend nickte er. „Gewiss war auch der ein oder andere aus der Familie von Heringsdorf anwesend."

Ihr Herz klopfte heftig. „Ja. Cäcilia und ihr älterer Bruder …".

„Ach, schau an! Ist der in der Stadt?"

„Ja."

Ein kurzes überhebliches Lachen erschütterte ihn. „Der arme Herr von Heringsdorf! Besonders stolz ist er nicht auf seinen missratenen Sohn."

„Ist er missraten?"

„Ich dachte, du bist ihm begegnet?"

„Dadurch habe ich nicht erfahren können, ob er missraten ist", war ihre mutige Antwort.

„Ja, schau ihn dir doch an!" Den abfälligen Blick nach innen gerichtet fuhr er fort. „Allein das Äußere beweist sein Versagen."

„Ich kenne ihn nicht", bemerkte sie leise.

„Das ist auch empfehlenswert."

Sie schwiegen, während sein Blick auf ihr lag, ohne sie zu sehen.

„Florian …?"

Seine Augen erfassten sie nun streng. „Ja, bitte!"

„Ich habe die Anstellung bei Familie von Heringsdorf verloren", gelang ihr das Geständnis.

„Es ist mir bereits zu Ohren gekommen."

Betroffen senkte sie den Blick. Nun konnte sie sich diesen abendlichen Empfang halbwegs erklären. Denn war es nicht das, was sie unvorsichtigerweise am Kaffeetisch zum Besten gegeben hatte? Die mangelnde Zuwendung? – Dabei war sie seit Monaten dankbar, wenn sie ihm nicht begegnete.

„Und?", flüsterte sie.

„Was heißt ‚und'?", fragte er barsch.

„Bist du enttäuscht?", wisperte sie verstört.

Er lachte kurz auf. „So junge Mädchen müssen sich eben noch zügeln lernen. Das weiß auch Herr von Heringsdorf."

„Hat er dich aufgesucht?"

„Er war in meinem Bureau."

„Warum?!", entfuhr es ihr. „Deswegen?"

Er schüttelte den Kopf. „Du bist viel zu neugierig, Fräulein!" Mit einem sportlichen Satz erhob er sich. „Ich muss noch arbeiten."

Dresden, 8. Januar 1823

Liebste Mama,

vor zwei Tagen erlebte ich einen unfassbar vergnüglichen Abend. Marianne und Herr Brookmann hatten nach dem Hausmusikabend ihre Freunde zum Essen geladen. Franz Brookmanns enger Busenfreund war ebenfalls zugegen. Er ist ein Original! Nicht nur von seinem Äußeren ist er absonderlich, ebenso von seinem Wesen, seinem Humor und seiner Profession. Ich vermute beinahe, ich habe in meinem ganzen Leben noch nie so viel gelacht, wie an diesem Abend. Es war ein unverhoffter Trost in einer etwas unangenehmen Sache; zu meinem Unglück verlor ich die Stelle bei Familie Heringsdorf. Du kennst mich, Mamachen, nur ein kleines dummes Stichwort oder eine alberne Geste und ich schlage über die Stränge. Man war sich

128

wohl einig, dass ich in diesem Fall keinen guten Einfluss auf die Töchter ausübe. Natürlich war ich überaus niedergeschlagen, um nicht zu sagen am Boden zerstört. Doch wie du siehst, der liebe Gott hat mich herrlich wieder zum Lachen gebracht. Marianne Ziegler versicherte mir, dass die von Heringsdorf spezielle Leute sind und ich die ganze Angelegenheit nicht tragisch nehmen soll. Eben dies gab mir auch Brookmanns Freund zu verstehen, der nämlich der älteste Sohn der von Heringsdorf ist.

Vielleicht vermittelt mir Familie Ziegler eine neue Schülerin, ich würde mich freuen, denn hin und wieder in der Muttersprache zu plaudern, ist eine feine Sache …

Eine Woche nach diesem wechselvollen Abend begegnete sie dem jungen Herrn von Heringsdorf unerwartet in dem kleinen Park an der Augusta Straße.

Sie konnte nicht verhehlen, dass sie sich über dieses Wiedersehen freute, also schloss er sich ihr gesprächig an. Nach wenigen Minuten des gemeinsamen Weges fragte sie ihn mitten in sein erfreuliches Erzählen hinein: „Woher kennen Sie meinen Gemahl?"

Überrascht hielt er inne und besann sich einen Augenblick.

„Vor vier oder fünf Jahre übernahm ich einen Auftrag von *Jahner & Sohn*. Ein Kunde des viel gerühmten Baumeisters wollte eine anschauliche Darstellung seines Bauvorhabens zur Unterbreitung der Geldgeber." Mit bescheidenem Stolz lächelte er.

„Was war es für ein Bauwerk?"

„Es war eine Brücke über einen großen Fluss – es war wohl der Main."

„Der Main …", echote sie sinnend.

„Kennen sie den Main?"

„Mein Gemahl stammt aus Würzburg …".

„Ach ja, darum dieser bajuwarische Name: *Hofstetter*."

„Wenn es eine Brücke war, arbeitete womöglich mein Gemahl mit an diesem Auftrag?"

„Wenn ich mich recht entsinne, war es genau so."

„Dann haben Sie ihn näher kennengelernt?", fragte sie vorsichtig.

„Ein äußerst begabter junger Herr von imposanter Gestalt und blendendem Aussehen." Celeste senkte ausdruckslos den Blick und nickte. „Sind Sie nicht stolz auf Ihren Gemahl nach solch einer auszeichnenden Beschreibung?"

„O, doch", versicherte sie rasch. Schweigend setzten sie ihre Runde um den zugefrorenen Ententeich fort. „Haben Sie damals nicht viel mit ihm gesprochen?", wagte sie einen weiteren Vorstoß.

„Nicht genug, um sein Wesen beurteilen zu können." Humorvoll lachte er. „Ich vermute, Sie kennen ihn in jedem Fall besser."

„Gewiss", bestätigte sie leise.

Herr von Heringsdorf blieb stehen. „Sie haben sehr rote Wangen; mir scheint, Sie sind durchgefroren." Unbekümmert hielt er ihr seine Hände hin. „Reichen Sie mir Ihre Eishändchen, ich werde sie wärmen!"

Abwehrend schüttelte sie den Kopf. „O, nein! Das ist nicht nötig, mir ist nicht kalt."

Sofort zog er seine Hände zurück. „Trotzdem Sie allein aus Freude zittern, werde ich Ihnen ein hübsches Kaffeehaus zeigen und Ihnen eine köstliche heiße Schokolade spendieren! – Kommen Sie!" Er schob seine Hand unter Ihren Arm, um sie in eine andere Richtung zu führen.

Erstarrt blieb sie stehen. „Herr von Heringsdorf, das dürfen Sie nicht! Wenn mich jemand sieht!"

Freundlich sah er sie an. „Befürchten Sie nichts. Ich bin ein Sohn des allbekannten und ehrenwerten Hauses von Heringsdorf, tue keiner Fliege etwas zu Leide und bin zudem als Herzensbrecher bekanntermaßen völlig ungeeignet. – Das flüstert man sich tatsächlich allerorts in die Ohren."

„Wie kann ein Mann so humorvoll sein, wie Sie, verehrter Herr von Heringsdorf!", gluckste sie vergnügt.

„Das legte mir der liebe Gott in die Wiege." Schalkhaft lächelte er. „Vertrauen Sie mir jetzt?"

„Es wäre sehr unangenehm, sollte mich jemand mit einem fremden Herrn sehen."

„Offenbar kennen Sie die meisten Bewohner dieses winzigen Städtchens und Ihr Herr Gemahl scheint ein äußerst eifersüchtiger Mensch zu sein."

Sie lachte. „Nein, wenn ich es mir recht überlege, kenne ich nur Familie Ziegler und Ihre Familie."

„Na, sehen Sie, das ist ja bereits halb Dresden!"

„… und die Mitarbeiter meines Gemahls."

„Von *Jahner & Sohn* sind wir wahrhaftig genügend entfernt", versicherte er.

„Dann lass ich mich ausführen!", entschied sie endlich und schritt tapfer neben ihm drein.

Sie traten in einen weiten Saal, der trotz seiner Höhe behaglich ausgestattet war. An beinahe allen Tischen saßen Gäste und plauderten angeregt, dass es wie in einem Bienenkorb summte.

„Sehen Sie, hier können wir ganz unbemerkt ein erwärmendes und kurzweiliges Dasein fristen." Er nahm ihr den Mantel ab und zog für sie einen Stuhl zurück.

„Ich vermute, Sie haben ein sehr aufregendes Leben, Herr von Heringsdorf", wagte sie den Beginn eines Gesprächs, als er ihr den Platz gegenüber eingenommen hatte.

„Würden Sie mich bitte Heinrich nennen, Frau Hofstetter? Auch wenn Ihnen das zu vertraulich erscheint, wäre es mir wirklich lieber. Ich mag meinen Vornamen – Kaiser Heinrich war ein edler Recke – und davon träum ich zu gerne. Zudem stößt mich mein Zuname ab, ich muss es gestehen, nicht der Heringe wegen, ich liebe Heringssalat, wie Sie vielleicht schon bei Zieglers bemerkten, sondern des Geschlechtes wegen."

Erfreut hatte Celeste ihm gelauscht, seine Erklärung war so hinreißend einmalig, dass sie dieses Angebot kaum abschlagen konnte. „Es macht mich verlegen, Herr … von Heringsdorf. Mir deucht, es schickt sich nicht."

„Was für eine Ausdrucksweise! – Edles englisches Fräulein, Sie beherrschen die deutsche Sprache so formvollendet, dass ich nur bewundernd schweigen kann!" Laut gluckste sie auf. Ihr Gesicht glühte nicht nur von der Wärme des Saales. Doch jäh verdunkelte sich ihr Blick, sie wandte sich ab und zog fahrig ein Taschentuch aus ihrem Ärmel.

Verwundert beugte er sich vor. „Habe ich Sie verletzt, Frau Hofstetter?! Sagen Sie mir es sogleich, ich würde mich darüber grämen. – Das ist die Wahrheit."

Sie schüttelte den Kopf und wandte sich ihm nach einigen Augenblicken wieder zu. „Ich bezweifle, dass Sie jemanden verletzen können, Herr Heinrich", erwiderte sie mit brüchiger Stimme.

„Ist es das Heimweh?" Sie nickte und unterdrückte ein Schluchzen. „Sie armes Waisenkind! – Im Grunde sind Sie das doch: verlassen von Vater und Mutter, in eine fremde düstere und kalte Stadt geworfen, umgeben von feindlich gesinnten Halsabschneidern und – der Elbe."

Trotz der Tränen musste sie lachen. Nachdem sie die Augen getrocknet, sich das Glucksen beruhigt und er sie dabei gerührt beobachtet hatte, fragte sie: „Warum wollen Sie mich stets zum Lachen bringen?"

„Warum wollen?! Ich tue es doch, oder nicht?"

„O, Herr Heinrich! Ja Sie tun es!", musste sie bestätigen. „Sind Sie immer so lustig oder nur, weil Sie mich mit Dresden befreunden wollen?"

„Nein, keinesfalls bin ich immer so lustig; oftmals bin ich überaus schwermütig. Dann ziehe ich mich in mein Kämmerlein zurück und grüble darüber nach, ob ich mir einen Strick nehme oder mich vom Rügener Kreidefelsen stürzen soll. Da ich mich aber jeweils nicht entscheiden kann, schiebe ich die verzweifelte Tat stets auf."

Nachdem sie sich über diese vergnügliche Antwort wieder beruhigt hatte, kam sie auf ihre eigentliche Frage zurück. „Also sind Sie mir zuliebe so freundlich?"

„Wenn Sie möchten, dass ich lüge, gebe ich zu, dass ich eine Art Samariter bin und mir all diese Späße zuvor reiflich überlegt habe, um Sie zu erheitern und mir dadurch einen Platz im Himmel zu sichern."

Dieses Mal hielt sie sich das Taschentuch vor das Gesicht, um ihr Entzücken zu verbergen. „Es muss die Mutter Gottes sein, die mir Sie geschickt hat!", seufzte sie schließlich froh.

Er ging er in sich und wiegte nachdenklich den Kopf. „Nein. Ich kann mich nicht entsinnen, ihr in der letzten Zeit begegnet zu sein."

„Täglich bitte ich sie, mir Trost zu senden", bekannte sie.

„Sie sind sehr offenherzig, Verehrteste."

Beschämt senkte sie den Blick. „Es war albern von mir, Herr von Heringsdorf."

„Verstehen Sie mich nicht falsch, edles Fräulein! Ich bewundere es."

„Ich glaube, ich muss jetzt nach Hause …". Hastig erhob sie sich.

„Wir haben noch gar nichts bestellt!"

„Das macht nichts. Es war freundlich von Ihnen, mich auszuführen, Herr … Heinrich, doch muss ich jetzt wirklich gehen …".

„Selbstverständlich!" Er half ihr in den Mantel. „Ich wollte Ihnen nicht zu nahetreten, Frau Hofstetter."

„Das sind Sie nicht … zumindest nicht meines Wissens …", gab sie verunsichert zur Antwort.

„Ich begleite Sie in die Friedrichsallee."

„Nein! Es ist mir lieber, wenn man mich nicht in Begleitung sieht."

„Wie es Ihr Wunsch ist, edles Fräulein." Sie verabschiedeten sich vor dem Kaffeehaus.

NEUNTES KAPITEL

Am folgenden Hausmusikabend suchte ihr Blick verstohlen Herrn Heinrich. Seine Schwester erschien allein und begrüßte sie zurückhaltend. Man musste sich setzen; Herr Ziegler begann mit seiner traditionellen Ansprache. Sie spürte, wie sich ihr Hals ganz gegen ihren Willen zuschnürte und alles um sie herum verschwamm. An diesem Abend wollte Edeltraut es wagen, ohne ihre Begleitung ein Stück zu präsentieren, deren Auftritt war an zweiter Stelle vorgesehen, drei weitere Stücke verschiedener Darbietenden sollten folgen und schließlich sollte sie mit zwei Stücken aufwarten, um den Zuhörern einen gelungenen Abschluss zu kredenzen. Als Edeltraut den Platz neben ihr in der vorderen Reihe verließ, näherte sich alsbald ein junger Herr von der Seite, der bislang keinen Stuhl gefunden hatte. Im gleichen Augenblick kam von der Türe her plötzliche Unruhe im Zieglerschen Wohnzimmer auf. Stühle wurden gerückt und empörtes Gemurmel wurde laut. „Verzeihung! Verzeihung!", hörte sie eine liebgewonnene Stimme in jede Richtung leise verlauten. Freudig klopfte ihr Herz und bevor der erwähnte junge Herr den Stuhl neben ihr erreichen konnte, ließ sich Heinrich von Heringsdorf atemlos darauf fallen. „Verzeihung, Verehrteste!", stieß er freundlich nickend hervor. „Verzeihung!", japste er ebenso in die Richtung des ärgerlichen jungen Mannes, dem zwei Ellen vor seinem Ziel der Rang abgelaufen worden war.

„Herr Heinrich!", flüsterte sie beglückt.

Er neigte sich ihr zu. „Die Vorstellung, Ihr Lautenspiel zu versäumen, warf mich in eine tiefe Melancholie, also zog ich meine Siebenmeilenstiefel an und sputete mich!", raunte er leise.

Selig hörte sie den Darbietenden zu, bis sie schließlich selbst nach vorne trat, die Laute nahm und sich auf den vorgesehenen Stuhl niederließ. Mutig sah sie zu Herrn von Heringsdorf, der ausnahmsweise seine Brille aufgesetzt hatte. Einladend hob er seine Brauen, unwillkürlich verzogen sich ihre Lippen zu einem verlegenen Lächeln. Sie spielte die ersten Töne und versank in den Klängen. An diesem Abend freute sie sich auf das Erwachen; ein ihr offensichtlich wohlgesonnener Mensch, der auf geheimnisvolle Weise im Handumdrehen ihr Vertrauen gewonnen hatte, saß in der vorderen Reihe und wollte ihr Spiel genießen.

Längst waren die Töne verklungen und die letzten Gäste verabschiedet, als Marianne und Franz bemerkten, dass zwei ihrer Gäste den Abschied hartnäckig hinauszögerten. „Also, dann lasst uns noch ein Glas Wein zusammen trinken!", gab sich Marianne geschlagen. „Dann dürfen wir euch bereits heute eine freudige Mitteilung machen." Die beiden Verlobten hatten ihre Trauung mit einem anschließenden Ball für Mitte Mai festgelegt.

„Du bist von Herzen eingeladen, Heinrich! Nur musst du rechtzeitig aus deiner Greifswalder Versenkung kriechen und pünktlich da sein; so ein Spektakel wie heute, werden wir keinesfalls zulassen! Die Türen der Kirche und die zum Festsaal werden zu einem festgesetzten Zeitpunkt mit schweren Ketten und Schlössern verriegelt!"

Die humorige Ansprache an Herrn von Heringsdorf belustigte Celeste. Nicht nur deshalb strahlte sie glücklich, wie in Dresden nie zuvor gesehen. Da wandte sich Franz Brookmann mit erhobenem Zeigefinger an sie. „Keinesfalls möchte ich Ihnen zu nahetreten, verehrte Frau Hofstetter, doch muss ich Sie darauf hinweisen, dass Ihr Entzücken über das Erscheinen unseres romantischen Schwärmers etwas zu offenkundig ist." Die Bestürzung stand Celeste ins Gesicht geschrieben, unweigerlich begann sie zu beben. „Immer langsam mit de jungen Perdkens, Frau Hofstetter! In Anbetracht Ihres andauernden Heimwehs gönne ich Ihnen allemal diese Zerstreuung. Doch wenn Sie Gerede vermeiden möchten, müssen Sie Ihren Eifer dringend zügeln."

„Es ist meine Schuld, Franz! Ich bin einfach ein Possenreißer! Und da Frau Hofstetter eine leicht zu erheiternde Dame ist, habe ich dieses Entgegenkommen selbstgefällig ausgenutzt, ohne an irgendwelche Folgen für die arme Frau Ingenieur zu denken!"

Celeste starrte auf ihr Glas. Sie schluckte hart. Gab es kein Entkommen? Abrupt erhob sie sich. „Ich muss gehen! Mein Gemahl erwartet mich bereits." Ihr Gehör ertaubte, halb blind fand sie ihre Laute, stellte sie fahrig an ihren Platz zurück, erreichte die Garderobe, irgendjemand sprach zu ihr, während man ihr in den Mantel half, sie knickste gegen etwaige Gastgeber und strebte zur Haustür hinaus. Auf der Straße fasste jemand ihren Arm. Panisch wandte sie sich um, überzeugt, in Florians kaltes Lächeln zu blicken.

„Verehrtestes edles Fräulein! Ich wollte Sie nicht brüskieren! Ich bitte Sie hunderttausend Mal um Verzeihung!".

„Herr von Heringsdorf!", stieß sie erschrocken hervor.

„Beruhigen Sie sich, gnädigste Frau Hofstetter! Ich möchte Sie wahrhaftig nicht ein weiteres Mal in Bedrängnis bringen, ich möchte Sie allein in die Friedrichsallee siebzehn begleiten, damit Sie von keinem behelligt werden."

„Also haben Sie nicht gelogen, als Sie mir gestanden, Opfer für den Himmel zu bringen", zog sie ernüchtert den Schluss.

„Wovon sprechen Sie, Verehrteste?"

„In dem Kaffeehaus wollten Sie mir glauben machen, Sie würden mich aus Neigung zum Lachen bringen wollen."

„Aber das will ich ja auch!"

„Herrn Brookmann gegenüber behaupteten Sie, ich wäre ein williges Objekt Ihrer Erheiterungen und Sie würden aus selbstsüchtigen Gründen handeln."

„Das ist ebenfalls richtig, Verehrteste! Denn ich wäre ja ein vollkommener Dummkopf, würde ich versäumen, Ihr freundliches Wesen für mich zu gewinnen." Erschrocken blieb er stehen und hielt die plötzlich bebende Dame fest. „O, nein! Was habe ich angerichtet! Habe ich wieder Ihr Heimweh heraufbeschworen?" Schluchzend nickte sie. „Es tut mir so leid! Es tut mir so abgrundtief leid, Frau Hofstetter!" Er kramte ein Schnupftuch aus seiner Manteltasche und reichte es ihr. „Es ist frisch; wenigstens in diesem Punkt dürfen Sie mir vertrauen." Sie nahm es und trocknete ihre Tränen. „Kommen Sie, wir gehen voran, sonst wird Ihr Herr Gemahl noch ungeduldig."

„Werden wir uns wiedersehen?" In ihrer Stimme lag Verzweiflung.

„Gewiss werden wir uns eines Tages wiedersehen."

„Sie sagen das so, als ob es erst in einem Jahr sein wird …". Erneut unterdrückte sie ein Schluchzen.

Mitleidig seufzte er, nahm ihre Hände und drückte sie. „Frau Hofstetter. Ihre Zuneigung ehrt mich zutiefst … doch sind Sie eine verheiratete junge Dame … Betonung auf *verheiratet*."

Sie dachte an Ihre tapfere Mama und bezwang ihren brennenden Schmerz. „Verzeihen Sie, ich bin völlig aus der Ordnung geraten. – Lassen Sie uns weiter gehen."

Eine Weile gingen sie still nebeneinander her. „Lesen Sie gern, Frau Hofstetter?", unterbrach er das Schweigen.

„Sehr sogar."

„Was halten Sie davon, wenn ich Sie übermorgen im Japanischen Palais durch die Bibliothek führe?"

„Sie würden mich über alle Maße glücklich machen!", frohlockte sie.

„Sie sind sehr bescheiden."

Bevor die jungen Leute in die Friedrichsallee einbogen, hielt Celeste ihren Begleiter zurück. „Mein Gemahl darf nicht erfahren, dass wir eine Bekanntschaft pflegen." Ihre Lippen zitterten. „Er ist mit Ihrem Herrn Vater gut bekannt ... Wenn Sie ehrliche Freundschaft zu mir empfinden, müssen Sie unsere Bekanntschaft dringend geheim halten."

„Armes heimwehgeplagtes Kind. Befürchten Sie nichts."

Ungeduldig hatte sie den besagten Tag erwartet. Die Haushälterin hatte ihr ein kleines Picknick zurechtgemacht und nun stürmte sie die Treppen hinab, eilte bis an das Ende der Friedrichsallee und bog rechts in die See-Gasse ab. Im gleichen Augenblick kam ihr Heinrich von Heringsdorf entgegen.

„Die Sonne geht auf!", rief er ihr fröhlich zu. „Was tragen Sie in dem Körbchen mit sich? Ist es ein Behältnis für Bücher?"

Freudig lächelte sie. „Es ist ein Picknick für Sie und mich. Sie behaupteten, ich müsste mehr essen, um mutiger zu werden. Aber Ihnen würden ein paar Pfund mehr ebenfalls nicht schaden!"

„Um Gottes willen, Verehrteste! Ein Künstler muss mager sein, das ist sozusagen sein Aushängeschild. Einen wohlbeleibten Künstler gibt es nicht, oder nur heimlich. Mit dieser Auszehrung zeigt er seinen Eifer für hohe Ideale, für noch höhere geistige Sphären und für die, in diesem Berufe unerlässliche Askese. – Zeigen Sie mir einen beleibten Künstler!"

„Ich kenne keinen anderen, außer Ihnen. Und ich habe noch nie ein Werk von Ihnen gesehen."

„Doch, haben Sie!"

„Hängt eines in Ihrem Elternhaus?"

„Gott bewahre! Beschämen Sie meinen Vater nicht! – Haben Sie Ihren Gemahl bei *Jahner & Sohn* noch nicht besucht?"

„Zweimal war ich dort."

„In der Halle hängt ein Bildnis von dem mittlerweile verstorbenen Vater und dem heutig amtierenden Sohn. – Haben Sie es gesehen?"

Bewundernd öffneten sich Augen und Mund. „Das haben Sie gemalt?!", flüsterte sie ungläubig.

Argwöhnisch musterte er sie. „Sprechen wir von demselben Gemälde?" Sie musste über seine Miene herzlich lachen. „Ein Ölgemälde in Braun- und Grüntönen?", fragte er genauso zweifelnd weiter.

„Jaa!", bestätigte sie freudig.

Niedergeschlagen schüttelte er den Kopf. „Das ist es nicht."

„O, Herr Heinrich! Das tut mir so leid, an ein anderes kann ich mich beim besten Willen nicht entsinnen!"

„Es gibt auch kein anderes. – Das ist es."

„Ein wenig eitel sind Sie doch", stellte sie vergnügt fest.

„O selbstverständlich! Würde ich sonst so einen Wirbel machen, wo ich auch hinkomme?"

„Es ist aber ein seltsamer Wirbel ...", gab sie zögernd zu.

Verschlagen lachte er. „Frau Hofstetter. Ein alltäglicher Wirbel dürfte es doch auch nicht sein, oder hätten Sie mir dann je Beachtung geschenkt?"

Dankbar seufzte sie. „Sie sind herzerquickend."

Ehrfürchtig folgte sie Heinrich von Heringsdorf durch die barocken Säle der Staatsbibliothek. Am nächsten lagen ihm die prachtvollen Wandmalereien, also setzte er sich mit ihr auf eine der lederbezogenen Bänke und erklärte ihr die Maltechniken, die verschiedenen Farbzusammenstellungen und Herstellung derselben und schließlich das Dargestellte. Es war höchster Genuss seinen klugen und humorvollen Erörterungen zu folgen; niemals war er ungeduldig, wenn sie ihn unterbrach, weil ihr etwas nicht deutlich war. Er hatte auch nichts dagegen, wenn sie ein englisches Wort gebrauchte, weil sie das deutsche für diesen Gegenstand oder die Angelegenheit noch nicht kennengelernt hatte.

„Wann und wo werden wir das Picknick verzehren, Herr Heinrich?", fragte sie schließlich, als die Kirchenuhr längst zwei Uhr am Mittag geschlagen hatte.

Ratlos sah er sich um. „Keinesfalls dürfen wir in diesen kostbaren Sälen speisen …". Er sah aus einem Fenster in den Park. „Nein, draußen ist es eindeutig zu kalt. – Gehen wir hinunter in den Empfang und fragen einen Bediensteten." In der einen Hand hielt er den Korb, mit der anderen ergriff er die ihre und führte sie die Treppen wieder hinab in den Empfangssaal. „Verzeihen Sie, mein Herr! Wo kann man hier sein Imbiss verspeisen?" Auch Celeste lächelte den Diener allerliebst an.

Der schüttelte den Kopf, brummte etwas von „Das kann man hier nicht" und gab schließlich doch eine entgegenkommende

Antwort. „Gehen Sie die linke Treppe hinab, am hinteren Ende ist die Gesindestube. Da können sie Ihr Mittagsbrot speisen."

Kein anderer befand sich in der Gesindestube. Sogleich holte Celeste mehrere Wachspapierpakete aus dem Korb und eine Flasche Wasser. Mit gespielt vollendeten Bewegungen wickelte sie die belegten Brote aus, strich das Papier liebevoll glatt und schob ihm den größeren Stapel mit einem Knicks entgegen. „Ihr Lohn für die erhellende Doziererei!", sprach sie würdevoll.

„Ich bin Ihnen zu tiefstem Dank verpflichtet, edles Fräulein aus dem fernen Engelland! So viel Lohn habe ich niemals verdient – trotzdem nehme ich ihn dankend an." Hungrig biss er in eines der Brote. Zufrieden schaute sie ihm zu. „Essen auch Sie, Verehrteste!", forderte er sie kauend auf. Freudig nahm sie ein Brot und aß es mit zuvor nie dagewesenem Appetit. Er hielt ihr die Flasche entgegen. „Nehmen Sie, Erlauchteste! Bei so viel Pökelfleisch braucht man Flüssigkeit, sonst wird man auf dem Heimweg vertrocknen."

„Wie könnte ich aus dieser Flasche trinken, verehrter Professor? Meine Mutter hat es mich nie gelehrt!"

Heinrich sah sich um und entdeckte in einer Nische mit Holzfächern einen Zinnbecher. Gründlich rieb er ihn mit einem sauberen Schnupftuch aus und goss den Becher voll. „Trinken Sie, Teuerste! Wir haben einen weiten Weg vor uns."

In einem Zug trank sie den Becher leer. „Es ist das köstlichste Getränk, was ich je vorgesetzt bekommen habe!", lobte sie atemlos.

Begierig nahm er ihr den Becher aus der Hand. „Geben Sie her, Allgewaltigste, dann muss auch ich von diesem edlen Nass kosten!" Celeste schüttelte sich vor Lachen. „Wie können Sie so niederträchtig sein und Ihren treuesten Diener auslachen, Unerhörteste?!"

„Halten Sie ein, Herr Heinrich!" Sie rang nach Luft. „Ich kann kein Atem mehr schöpfen …!"

„Sie müssen sich auf der Stelle beruhigen, Hochwürdigste! Wie sollte ich Ihrem Herrn Gemahl Ihr plötzliches Ableben erklären?"

Sie wurde still und sah sinnend ins Leere. Nach einer Weile, in der er sie verstohlen beobachtet hatte, eröffnete sie ihm ihre Gedanken. „Wie wunderbar wäre es, man könnte vorspielen, ich sei plötzlich und unerwartet verstorben! Sie würden mich nach England begleiten, lieber Herr Heinrich, und …". Nachdenklich hielt sie inne.

„Ja, und? – Sprechen Sie weiter, Geplagteste!"

Sie sah zu Boden. „Ich weiß es nicht …". Sie strich das Papier glatt, faltete es und schob es in den Korb zurück. „Lassen Sie uns wieder so fröhlich sein, Herr Heinrich!"

„Nichts lieber als das, Allerhübscheste!"

Betroffen hielt sie inne. „Das dürfen Sie nicht sagen!", flüsterte sie.

„Warum darf ich das nicht sagen?"

„Weil ich verheiratet bin."

„Trotz alledem sind Sie für mich die Allerhübscheste", beharrte er.

„Aber Sie dürfen es mir nicht sagen!"

„Wenn Sie es nicht wollen, werde ich es vorerst nicht mehr erwähnen." Er fasste in seinen Rock und holte eine zerdrückte Papierrolle hervor. „Ich habe Ihnen ebenfalls etwas mitgebracht."

Vorsichtig entrollte sie das Papier und erkannte staunend ihr eigenes Bildnis in der Bleistiftskizze. „Wann haben Sie das gezeichnet?!"

„Während des Musikabends."

„Ich habe den Eindruck, Sie haben mich gut getroffen", gestand sie bewundernd.

Zufrieden schmunzelte er. „Eines Tages werde ich Sie in aller Ruhe und mit Ihrem Wissen zeichnen. Es wird an einem wunderschönen Frühlingstag sein … ich bin mir gewiss."

Verlegen lachte sie. „Das ehrt mich, Herr Heinrich." Sie zeigte auf die Zeichnung. „Darf ich sie meinen Eltern schicken?"

„Das dürfen Sie, Verehrteste."

Dresden, Februar 1823

Liebste Mama,

schau nur, was ich für eine treffende Skizze von einem begabten Künstler erhalten habe. Er hat mich während des Hausmusikabends eingefangen …

Einige Wochen waren ins Land gegangen, da lag sie seufzend unter ihrer Decke und dachte an Heinrich von Heringsdorf. Erneut musste sie über seine Erklärung lachen, warum sie ihn beim Taufnamen nennen sollte … Seit sie ihm begegnet war, war sie nahezu wieder glücklich. Er war so liebenswürdig, so unaufdringlich zuvorkommend und so umwerfend lustig … wie konnte es nur solch einen unvergleichlichen Menschen geben!? – Ja! In ihren Augen war er unvergleichlich. Selbst seinen außergewöhnlichen Kleidungsstil bewunderte sie mittlerweile … seine sanften Züge …

Flink nahm sie ihren Rosenkranz in die Hand. „Hast du ihn mir nicht geschickt, liebste Mutter? – Nein! Ich will mich nicht rechtfertigen … du weißt, wie es in meinem Leben aussieht … du weißt es viel besser als ich … ganz andere Dinge wurden mich in Cardiff durch die Priester gelehrt, als das, was man mich hier glauben machen will. Du weißt, was er mir antut, wie er mich beschämt … nein! – Ich möchte nur an Heinrich denken. Niemals, niemals würde es ihm in den Sinn kommen, mich als Blendwerk zu benutzen … Was für eine Wonne, wenn ich ihm etwas vorlese und er andächtig lauscht … was für ein hübsches Aquarell, das er mir gestern zum Geburtstag überreicht hat …!"

Plötzlich klopfte es hart an ihrer Tür. Unwillkürlich begann sie zu zittern und presste die Perlenkette an ihr Herz. „Steh mir bei!", flehte sie lautlos. „Lass diesen Kelch an mir vorübergehen!"

„Celeste!" Ungehalten klopfte er ein weiteres Mal. „Mach sofort die Tür auf!", befahl Florian.

„Muss ich ihm gehorchen? Obwohl er mich wieder grob behandeln wird?", flüsterte sie.

„Mach auf oder es wird unangenehme Folgen haben!"

‚Was könnten das für Folgen sein', überlegte sie fieberhaft. ‚O mein Gott, was nur, was …!'

Sie sprang aus dem Bett und entriegelte die Tür. Mit einem Leuchter in der Hand stand er vollkommen bekleidet vor ihr und musterte sie mit kaltem Blick. Schließlich schob er sie zur Seite und ging geradewegs auf ihren kleinen Schreibtisch zu. Mit seiner Kerze beleuchtete er alle Papiere, die darauf lagen. Schließlich zündete er ein weiteres Licht an, zog die obere Schublade auf und wühlte darin herum. „Leer sie auf den Boden aus!"

„Was suchst du?"

„Leer sie aus!" Zitternd vor Kälte und Angst kehrte sie die Lade um, dass alles auf den Teppich fiel. „Die anderen auch!"

Sie tat, wie er befohlen. Er ging in die Knie und wühlte in ihren Briefen und Aufzeichnungen, in den Notenblättern und Notizzetteln. „Du hast ein Bild geschenkt bekommen, wo ist es?", fragte er drohend.

„Es ist bei Marianne Ziegler."

„Du lügst, du Schlange!"

„Ich lüge nicht, Florian! Glaub es mir!"

„Ich glaube dir nichts mehr, du freches Stück!"

„Du kannst überall nachschauen! Es ist nicht hier."

„Du hast es bei ihr gelassen, weil du wusstest, dass es unrecht ist, was du tust!"

Ihr blieb die Luft weg. „Was tu ich?"

„Herr Breuninger hat dich gestern mit einem Mann im Kaffeehaus am Augusta Park gesehen. Dieser Schwerenöter hat dir ein Bild überreicht."

„Das war Heinrich von Heringsdorf! Er hat mich zu einem Kaffee eingeladen, weil er von seiner Schwester dazu beauftragt war, mir ein Bild zum Geburtstag zu überreichen."

Argwöhnisch musterte er seine junge Gattin. „Warum überreichte er es dir, warum tat es nicht die Schwester?"

„Weil ich keinen Zutritt mehr zum Hause von Heringsdorf habe! Er hat es im Auftrag getan und es ist bei Marianne Ziegler, weil sie es rahmen lassen möchte! Der Rahmen ist ihr Geschenk an mich!" Hastig und unter Tränen hatte sie diese Erklärung hervorgebracht.

„Ich traue dir nicht, hinterhältiges Biest", warnte er leise.

Sie bezwang ihre Tränen und sprach ruhig. „Warum sprichst du so böse mit mir, Florian? Was habe ich dir je angetan?"

Gekränkt lachte er auf. „Meine Gattin hintergeht mich und fragt mich scheinheilig, warum ich ihr böse bin! – Ich vermute stark, dass mein Handeln in dieser Angelegenheit angemessen ist!"

„Es ist aber nicht nur heute. Seit wir verheiratet sind, bist du hart gegen mich!", klagte sie mutig.

Mit unbewegtem Gesicht verschränkte er die Arme vor der Brust. „Was nennst du hart? – Dass ich dir eine teure Wohnung bezahle? Dass ich für dich eine Haushälterin und eine Bedienstete unterhalte? Dass ich dir alle Freiheiten lasse, die ein Frauenzimmer sich nur wünschen kann? Dass du durch meinen Verdienst teure Speisen zu dir nehmen und dich in Samt und Seide kleiden kannst? – Nennst du das hart oder böse?!", fragte er drohend.

Verwirrt begann sie erneut zu weinen und wusste erst nichts zu erwidern, während er sie kühl beobachtete. „Du liebst mich nicht …", flüsterte sie schließlich, „… du benutzt mich …".

„Ach, so willst du mir jetzt kommen! – Woran erkennst du denn, dass ich dich nicht liebe?", fragte er herausfordernd.

„Nie bist du zärtlich …", gelang es ihr, verschämt auszusprechen.

„Was willst du von mir?" Spöttisch sah er auf sie herab. „Nicht alle sind so vollkommen wie deine ehrenwerte Familie! – Selbst meiner ehelichen Pflicht komme ich nach! Du hast also nicht einen Grund, dich zu beklagen!", rief er hinlänglich gereizt.

„Du tust mir dabei weh!", bekannte sie beherzt.

Verächtlich lachte er. „Ist dein fehlendes Entgegenkommen mein Versäumnis!?"

Aufgewühlt, und in ihrer Verzweiflung jedem Nachspiel ihres Geständnisses gleichgültig gegenüber, rief sie endlich: „Würdest du mich liebkosen, meine Lippen berühren …".

Hochfahrend unterbrach er sie. „Glaubst du, es ist vergnüglich, solch einem hysterischen Frauenzimmer, wie du es bist, so nahezukommen!"

„Das ist es doch gar nicht!", schluchzte sie laut auf. „Mir ist nicht verborgen geblieben, dass du allein deine rasche Befriedigung suchst, ohne mich berühren zu wollen … weil du dabei …".

Der gewaltige Hieb, der ihr Gesicht traf, schleuderte sie auf das Bett.

„Du wagst es, du Luder!", donnerte er, fasste sie am Arm und riss sie wieder hoch. „Ich warne dich! Noch ein Wort in dieser Sache und du wirst es bitter bereuen!" Er stieß sie zurück und verließ eilig das Zimmer. Wenige Sekunden später öffnete sich die Türe erneut und er trat an ihr Bett. „Sollte die verdiente Züchtigung sichtbare Folgen außer das Nasenbluten haben, bist du gestürzt. – Hast du mich verstanden?" Sein Ton war unmissverständlich. Bebend nickte sie.

Lange rührte sie sich nicht von der Stelle, obwohl sie das warme Blut, über Lippen und Kinn rinnen spürte. Fort! Nur fort! Sie wollte sogleich ihren Koffer packen und morgen die Postkutsche nach Leipzig nehmen …

Sie wankte zum Waschbecken, goss Wasser ein und begann das Blut von ihrem Gesicht und Hals zu waschen. Schließlich bemerkte sie, dass ihr Nachthemd mittlerweile von Blut getränkt war. Sie trat vor den großen Wandspiegel. Die linke Seite ihres Gesichtes war bereits angeschwollen, selbst das Auge und die Lippen waren in Mitleidenschaft gezogen. Was hatte sie nur getan!? Sie hatte Florian eines schlimmen

Vergehens beschuldigen wollen! Um Gottes willen! Wie konnte sie so rücksichtlos allein an solch vernichtende Anschuldigung nur denken? Hatte er sie nicht zu Recht geschlagen?

Still weinend zog sie sich um, verkroch sich unter ihre Decken und wollte sterben. Wer konnte ihr helfen? Ihre gesamte Zukunft war hoffnungslos. Auf Gedeih und Verderb musste sie die Gemahlin dieses kalten Mannes bleiben – war sie doch eine treue Katholikin.

Zaghaft klopfte es an ihrer Tür. Unwillkürlich begann ihr Herz wieder zu galoppieren. Alles schrie vor Pein in ihr auf, ihr Gesicht schmerzte, ebenso ihr Arm, an dem er sie hochgerissen hatte.

Es klopfte erneut. „Gnädigste! Ihr Frühstück ist bereitet! Darf ich Ihnen behilflich sein?", hörte sie die Stimme der Haushälterin.

Warum klopfte sie und nicht das Dienstmädchen? Oh, nein! Wie sollte sie ihren Zustand mit einem lächerlichen Sturz erklären? Doch konnte sie sich ebenso wenig tagelang in ihr Zimmer verschließen, bis das Gesicht wieder verheilt war.

Sie zog ihren Morgenmantel über und öffnete die Tür. Das Gesicht wandte sie so, dass Frau Patzek allein auf die unversehrte Seite sehen konnte. „Nur einen Tee ans Bett, bitte", flüsterte sie.

„Sehr wohl, Gnädigste!"

Frau Patzek war in der Nacht von lauten Stimmen und Schluchzen erwacht. Und weil der gnädige Herr immer lauter wurde und die Stimme seiner Gemahlin immer verzweifelter, schlich sie auf leisen Sohlen in den Salon, um den Disput zu durchschauen. Diese Ehe war ihr ziemlich rasch zum Rätsel geworden; die junge und fröhliche Frau Hofstetter war nach zwei Monaten nur noch ein Schatten ihrer selbst, der gnädige Herr blieb strahlend schön, wie eh und je. So ging es wenigstens ein halbes Jahr, bis Frau Hofstetter erst vor wenigen Wochen wieder Farbe ins Gesicht bekommen hatte und etwas Fleisch auf die Rippen.

Als sie schließlich mit Entsetzen diesen fürchterlichen Schlag vernahm, der ihr übrigens immer noch im Ohr zu schallen schien, stahl sie sich sofort in ihre Kammer zurück. Doch ließ sie die Tür nur angelehnt, um dem weiteren Verlauf folgen zu können. Die Gnädigste war ja nur die Hälfte von dem Herrn Ingenieur – mit Leichtigkeit könnte er sie … um Gottes Willen, genau darum hatte sie weiter gehorcht, um gegebenenfalls die Gendarmerie zu alarmieren. Sie hatte nicht geglaubt, dass dieser freundliche und aufrechte Herr gewalttätig werden konnte. Um sich zu vergewissern, dass Frau Hofstetter noch lebte, wartete sie, bis sie sichergehen konnte, dass der Herr sich in sein Schlafzimmer zurückgezogen hatte. Dann schlich sie zur Türe des armen Mädchens und lauschte. Als sie Wasser plätschern hörte, war sie beruhigt.

Hing sein Zorn mit dem Wiederaufblühen der Gnädigsten zusammen? Sie selbst war ja nicht mehr die Jüngste und konnte eins und eins zusammenzählen.

Die Tür ihres Schlafzimmers öffnete sich und die Haushälterin trug ein Tablett ans Bett. Sie konnte ihr Gesicht nicht mehr verbergen, denn Frau Patzek musste an die verdächtige Bettseite treten, um sie zu bedienen. Beschämt versuchte sie mit einem Schnupftuch die schlimmste Verunstaltung zu verdecken.

„Gnädigste, ich werde Ihnen das Gesicht kühlen. Außerdem habe ich eine wirksame Kräutersalbe, die wird den Schmerz lindern."

Misstrauisch nahm sie Frau Plazeks Wissen um ihre Unpässlichkeit wahr. Hatte Florian sie unterrichtet und sie gebeten, nach ihr zu sehen? „Hat mein Gatte etwas gesagt?", flüsterte sie kaum verständlich. Ihre Wange und die Lippen waren derart verschwollen und schmerzhaft, dass sie kaum einen ordentlichen Laut formen konnte.

Frau Patzek stutzte und schüttelte den Kopf. „Nein. Der gnädige Herr ist heute sehr früh aus dem Haus gegangen. Ich habe ihn nur gehört, bin ihm jedoch nicht begegnet."

„Sie sind nicht überrascht?"

„Verzeihen Sie, Gnädigste, ich habe einen leichten Schlaf."

Nun verbarg Celeste ihr Gesicht gedemütigt in Gänze. Es gelang ihr nicht mehr, die tiefe Hoffnungslosigkeit in der Angelegenheit ihrer Ehe zu verbergen. Frau Patzek zog einen Stuhl an das Bett heran und setzte sich. „Verehrteste Frau Hofstetter, aller Anfang ist schwer. Weinen Sie nicht; wir werden Sie gründlich verarzten, Sie werden ausschließlich ruhen und in einer Woche sieht man nichts mehr von Ihrer Malässe, glauben Sie mir."

„Ich bin gestürzt."

„Gewiss, etwas anderes habe ich auch nicht angenommen."

Zu der Schwellung und den Schmerzen gesellten sich im Laufe des Tages Fieber. Celeste schlief viel und wenn sie wach war, flößte ihr Frau Patzek geduldig kalten Kräutertee ein, kühlte das Gesicht mit nassen Tüchern und half ihr behutsam bei allen sonstigen notwendigen Verrichtungen. Herr Ingenieur kam erst in der Nacht nach Hause, ohne dass ihn irgendjemand zu Gesicht bekam. Am nächsten Tag ließ er seiner Gemahlin am Mittag durch einen Boten Blumen in die Wohnung bringen. Glücklich ordnete Frau Patzek das Gebinde von teuren Treibhausrosen in einer Vase und brachte es feierlich in das Zimmer der Leidenden.

„Von Ihrem Gemahl, Gnädigste!"

Noch immer fiebernd, sah Celeste mit einem Schauer auf die Rosen. Einige Wochen hatte sie benötigt, um endlich zu begreifen, dass er sie nur zur Vorspiegelung eines blendenden Ehelebens geködert hatte. Wie geschickt er vorgegangen war; den vollkommenen Bewerber hatte er gemimt, selbst ihre klugen Eltern ließen sich täuschen. Dass sie als Backfisch mit Leichtigkeit darauf hereingefallen war, war nur zu gut erklärlich – unsterblich war sie in den überaus schönen ausländischen Ingenieur verliebt gewesen ...

Am selben Tag empfing sie noch ein Brieflein.

17. März 1823

Liebste Celeste,

Dein Platz am Teetisch blieb gestern leer. Ich vermisse Dich! Bist Du erkrankt? An Deinem Geburtstag sahst Du noch hübscher aus als im letzten August, als ich Dich kennenlernte. So scheint es mir, dass Dich etwas anderes verhindert, als ein kleiner Schnupfen.

In Liebe, Deine Marianne

Celeste dachte an die rührende Freundschaft dieser jungen Dame. Wie bemühte sich Marianne seit ihrer ersten Begegnung um sie! Niemals hatte diese Aufmerksamkeit nachgelassen – sie war die treueste Seele, der sie je begegnet war. Zu ihren englischen Freunden, ja selbst zur Familie hatte sie die Bindung nach und nach gelöst, obwohl ihre geliebte Mama regelmäßig schrieb und an ihrer Ehrlichkeit und Vernunft appellierte ...

Erst jetzt gelang es ihr, sich selbst gegenüber, den wahren Grund einzugestehen; skrupellos benutzt zu werden, demütigte sie so tief, dass sie sich als unwürdig empfand, noch irgendeine Freundschaft zu pflegen. Sich selbst einzugestehen, dass man nur ein Schaustück war, welches hin und wieder unter peinigenden Umständen benutzt wurde, war dermaßen erniedrigend, dass sie sich nicht mehr unter Menschen wagte. Nur die regelmäßigen Englischlektionen bei von Heringsdorf und die Musikstunden bei Zieglers hatten ihr noch ein wenig Selbstachtung eingebracht. Hätte sie nach der Kündigung im Hause Heringsdorf und der herzlosen Belehrung durch den hiesigen Priester nicht die Liebe der rührenden Marianne gespürt, wäre sie geflohen und womöglich unter die Sittenlosen gefallen. Denn nach Hause getraute sie sich niemals mehr. – Doch war nicht jetzt der geeignete Zeitpunkt, nach Hause zu reisen?! Hatte sie nicht die liebste Mama und den klügsten Stiefvater auf Erden? – Der Gedanke an diese reinen und guten Menschen stach ihr in das beschmutzte Herz ... bislang konnte sie ihnen die Wahrheit nicht schreiben; sie wollte ihnen die Beschämung ersparen, dass sie sich in Herrn Ingenieur Hofstetter gründlich getäuscht hatten.

Wie hatte der Priester sie ausgescholten! Sie müsse ihrem Gemahl vollkommen zu Diensten sein und ihn in all seinen Anliegen und Bestrebungen fördern. Alles müsse sie annehmen, was dieser welterfahrene Ingenieur ihr, der jungen und dummen Frau entgegenbrachte. Sie müsse sich in seinen Händen formen lassen wie Wachs ... nach dieser Unterredung wäre sie am liebsten in die Elbe gesprungen.

Und dann war da Herr Heinrich ... ihr Lebensquell. Betrog sie ihren Gatten? Sie stöhnte auf. War Heinrich nicht ihr bester Freund, ohne dass sie an zärtliche Vertrautheit dachte? Er war wie ihr jüngerer Bruder Paul, voller Humor und grundehrlich. Ohne ihn wäre ihr Dresdner Dasein nur grau und demütigend. ‚O, mein Gott, habe ich das Sakrament der Ehe durch die Freundschaft zu Heinrich bereits gebrochen?!' Sie nahm den Rosenkranz vom Nachttisch und presste ihn an ihr Herz. ‚O Maria hilf! Zeig mir den Weg!'

Ihre Wange durchlief alle Farben des Herbstes, obwohl der kontinentale Frühling mit all seiner Schönheit den Winter vertrieb, nach dem dritten Tag nahm die entstellende Schwellung endlich allmählich ab. Doch für Celeste war es eine nicht enden wollende Zeit der Angst. Wie war sie froh, dass Florian früh aus dem Haus ging und erst so spät heimkehrte, dass sie sich nicht begegneten. Ihre Angst vor ihm hatte bedenkliche Ausmaße angenommen, obwohl sie vernunftmäßig meinte zu erkennen, dass er sich solch ein Fehlverhalten nicht noch einmal erlauben würde. Denn war die Gefahr nicht zu groß, dass es allein durch das Personal nach außen dringen könnte? Das würde seinem hohen Ansehen unweigerlich Schaden zufügen – und genau das war es doch, was ihm das Teuerste war. Mit diesen Erörterungen gelang es ihr, das aufgepeitschte Gemüt halbwegs wieder zu beruhigen, sobald die Erinnerung an sein letztes hasssprühendes Auftreten erwachte.

ZEHNTES KAPITEL

Am fünften Tag läutete es an der Tür. Frau Patzek kündigte Fräulein Ziegler an. Celeste rang mit sich; zu gerne würde sie ihre Freundin empfangen, doch was würde sie über ihre Entstellung denken? Florian hatte einen Sturz als Erklärung befohlen … Ihre Sehnsucht nach Trost siegte über die Angst.

„Lassen Sie Fräulein Ziegler ein und brühen Sie uns bitte einen Tee, Frau Patzek!"

„Sehr wohl, Gnädigste!"

Celeste trat in den großen Salon, in dem ihr Gast am Nussbaumtisch Platz genommen hatte. Marianne sprang auf und kam ihr entgegen. „Celeste, liebe Freundin! Wir haben uns Sorgen gemacht! Keine Nachricht von dir, dein Ausbleiben – nicht nur zu unserer Verabredung; am Hausmusikabend hast du gefehlt, Edeltraut hat sehnsüchtig auf dich …". Erschrocken hielt sie in ihrer Aufzählung inne. „Um Gottes willen! Was ist dir geschehen? Hattest du einen Unfall? – Sprich, meine Liebe!" Sie nahm Celeste an den Händen und wollte sie zu den großen Fenstern führen, um das Ausmaß der Verletzung besser beurteilen zu können.

Celeste sträubte sich. „Nicht, Marianne! Lass uns an den Tisch setzen!" Marianne musterte ihre Freundin mitleidig. „Frau Patzek bringt uns einen Tee", sagte Celeste mit gesenktem Blick.

„Du hast uns allen gefehlt! Mein Vater drängte mich, endlich einen Krankenbesuch bei Hofstetters zu unternehmen … nun erzähl, was geschehen ist!"

„Ich bin unglücklich gestürzt."

„Wo und wie bist du gestürzt? Am selben Tag deines Geburtstages? Etwa auf dem Weg nachhause? – Du hättest eben doch die Begleitung annehmen müssen!"

„Das hätte nichts genützt, ich bin im Treppenhaus gestrauchelt und…". Sie verstummte; sie konnte diese Lüge nicht ausmalen.

Mitfühlend nahm Marianne Celestes Hand in die eine und mit der anderen Hand strich sie ihr behutsam über die gesunde Wange. Frau Patzek brachte den Tee und feines Gebäck. „Er hat dich vermisst", flüsterte sie, als die Haushälterin wieder in der entfernt liegenden Küche verschwunden war. Celeste neigte das Gesicht. Obwohl Marianne die enge Freundschaft zwischen ihr und Heinrich mit Gewissheit kein Geheimnis geblieben sein konnte, beschämte sie die in Worte gefasste Tatsache. „Er bat mich, nach dir zu schauen", flüsterte sie weiter.

Celeste sah auf. „Erst wenn mein Gesicht vollständig abgeheilt ist, kann ich wieder an Gesellschaften teilnehmen", sprach sie laut.

„War ein Arzt bei dir?"

„Nein, Frau Patzek ist eine geübte Pflegerin."

„Und dein Gemahl?"

„Selbstverständlich kümmert er sich auch – doch ist er sehr beschäftigt."

„Konnte er sich nicht ein paar freie Tage nehmen?"

„Nein, die Konstruktionszeichnung muss zu einem bestimmten Termin vollendet sein. Im August soll mit dem Bau begonnen werden."

„Also wirst du uns tatsächlich im August verlassen?"

„Wir haben erst März, Marianne!" Celeste gelang ein zuversichtliches Lächeln. „Bis dahin werden wir noch eine schöne

Zeit zusammen verbringen, viele Musikabende, eure Hochzeit – das wird wundervoll!"

„Wir werden gemeinsame Ruderpartien auf der Elbe unternehmen, Celeste! Das hast du noch nicht erlebt – vieles hast du hier in Dresden noch nicht erlebt, weil es dein erster Frühling an diesem Ort sein wird!"

„Ich freue mich!" Sie senkte das Gesicht und flüsterte: „Wann werde ich ihn wiedersehen?"

Marianne nahm ein Brieflein aus ihrem Beutelchen und reichte ihn ihr.

Verehrteste und Geplagteste,
werden Sie am nächsten Hausmusikabend, am 2. April erscheinen?
Wenn es Ihnen behagt, wäre die Führung durch das Grüne Gewölbe bereits am 25. März fällig. Fräulein Marianne würde Ihnen Näheres erklären.
Mit den besten Genesungswünschen, Ihr Stadtführer Erich

Celeste lachte leise und sann eine Weile nach. „Das ist in fünf Tagen. Wann soll ich da sein?"

Marianne hielt ihr die geöffnete Hand hin. „Ich nehme es wieder mit, damit es keine Missverständnisse gibt." Sorgfältig verstaute sie das Briefchen wieder im Beutelchen. „Um 15 Uhr am Haupttor."

„Finde ich das?"

„Ich werde dich abholen."

„Du wirst mich abholen?", fragte Celeste ungläubig.

„Warum nicht?"

„Danke", haucht Celeste berührt.

Wie versprochen holte Marianne ihre Freundin am bestimmten Tag in einem kleinen geschlossenen Wagen ab, begleitete sie zum Haupttor und ließ sie aussteigen, um selbst sogleich wieder zurück in das Zieglersche Haus zu fahren.

„Heinrich!" Eilends lief sie ihrem treuen Freund entgegen, als sie ihn erspäht hatte.

„Edles Fräulein! Sie müssen es sein, trotz Ihres verschleierten Antlitzes erkenne ich Sie." Er verneigte sich vor ihr. „Es stimmt mich glücklich, Sie noch in Dresden zu wissen! Mit einem lachenden und einem weinenden Auge befürchtete ich bereits, Sie seien ohne Verabschiedung heim ins Königreich entflohen!"

„Das hätten Sie mir zugetraut? Nach all unseren schönen Erlebnissen? – Nie und nimmer wäre ich abgereist!", bekannte sie voller Inbrunst.

„Sie wirken belebend, Verehrteste!"

Munter hakte sie sich bei ihm unter. „Sie auch!"

„Haben Sie sehr gelitten?"

„Ja", bekannte sie unumwunden.

„Ich weiß, dass Sie leiden müssen."

„Anders ist ihre aufopfernde Zuwendung auch nicht zu begreifen, trotzdem genieße ich jede Sekunde davon."

In den teilweise schwach beleuchteten Ausstellungsräumen getraute sie sich, den Schleier auf die Hutkrempe zu heben, um die Kostbarkeiten betrachten zu können. Nur dem aufmerksamen Beobachter würde in der Dämmerung die quittegelben Flecken auf dem Wangenknochen auffallen. Heinrich führte sie an all den herrlichen Schätzen August des Starken und dessen Nachfolger vorbei und wusste vieles darüber zu berichten. An einem besonders kostbaren und in allen Tönen funkelnden Juwelenensemble blieb er lange stehen, um sich an dem

Farbenspiel zu erfreuen. „Dieses Geschmeide würde Sie ausgezeichnet kleiden, Allergeschätzteste. – Wären Sie meine Angetraute, würde ich es für Sie erstehen."

„Ich würde es gar nicht haben wollen."

„Wie bitte?" Enttäuscht musterte er sie.

„Ich würde sogar alles, was ich besitze, hergeben, dürfte ich Ihre Angetraute sein."

„Sollten wir uns besser nicht mehr begegnen?"

Gefasst sah sie in an und antwortete ruhig, „Wenn es Ihnen lieber ist."

„Nein. Es würde mir das Herz brechen", bekannte er ebenso bestimmt.

Sie unterdrückte die überwältigende Regung, ergriff seine Hand, um ihn zum nächsten Ausstellungsstück zu ziehen. „Können Sie mir etwas über dieses silberne Service erzählen?"

„Das werde ich gerne tun. – Erzählen Sie mir, was der Grund für die Züchtigung war." Sie sah ihn verwirrt an. „Hat es etwas mit unserer Freundschaft zu tun?"

Sie schüttelte den Kopf. „Nur entfernt."

„Sagen Sie es mir, Celeste!"

„Ich wurde mit Ihnen gesehen … als Sie mir im Kaffeehaus das Aquarell überreichten … doch war das nicht der wahre Grund, denn ich konnte ihm glaubhaft erklären, dass es eine belanglose Begegnung war und nur im Namen Ihrer Schwester geschehen war."

„Warum hat er sie geschlagen?"

Sie haderte gequält. „Ich möchte es Ihnen nicht erzählen."

„Wird er es wiederholen?"

„Obwohl ich Angst davor habe … ist sie wahrhaft unbegründet. Er wird es nicht wieder tun, er würde allein seinem guten Ruf schaden. – Eine junge Frau stürzt sehr selten bis nie."

Heinrich runzelte seine kindlich runde Stirn. „Wer hat uns zusammen gesehen?"

„Ein Bureauangestellter von *Jahner & Sohn*."

„Welcher denn? Vielleicht kenne ich ihn."

„Herr Breuninger." Heinrich nickte nur. „Kennen Sie ihn? Ist er ein Spitzel?", fragte sie ängstlich.

Verwundert sah er auf. „Ein Spitzel? – Kleine Gefälligkeiten fördern ein gutes Arbeitsverhältnis. Doch schätze ich Ihren Gemahl nicht so ein, dass er eines Spitzels bedarf …".

„Sie wissen, dass er nicht aus Eifersucht handelte, nicht wahr?", fragte sie mit klopfenden Herzen.

Belanglos hob er die Schultern. „Ich weiß, dass Herr Breuninger viel an einer guten Zusammenarbeit liegt."

Dresden, 2. April 1823

Liebste Mama,

war einige Zeit unpässlich, bin aber wieder wohlauf. Habe einen herrlichen Ausflug in das Grüne Gewölbe unternommen. Es ist unglaublich, was es da alles für Schätze und Kostbarkeiten zu sehen gibt. Das erholsamste war jedoch die herrliche Führung durch einen grandios spaßigen Herrn. Vielleicht erwähnte ich ihn schon einmal, er ist Künstler und versteht es, jeden Menschen zu erheitern, ganz gleich, auf welcher Ebene der Niedergeschlagenheit dieser sich befindet. Hernach hat er mich in die Hofkirche begleitet, damit ich ein Kerzlein für meine Lieben anzünden kann…

Nach zwei Wochen Schonzeit bestand Florian auf die übliche Begegnung beim Abendessen. Bereits während des ersten gemeinsamen Speisens kündigte er eine Einladung zu einem Mittagessen mit anschließendem Kaffeetrinken bei Familie von Heringsdorf am kommenden Sonntag an.

„Warum laden sie uns ein?", wagte sie zu fragen.

„Weil wir mit Ihnen befreundet sind."

„Mein Besuch ist nicht erwünscht. Cäcilia sehe ich nur noch an den Hausmusikabenden", erklärte sie fahrig.

„Herr von Heringsdorf ist von großzügiger Natur, der das überspannte Benehmen einer jungen Dame nicht ewig nachträgt. – Solange es nur einmalig vorkommt", setzte er bestimmend nach.

„Also billigen sie mein Kommen eindeutig?", wollte sie sich nochmals vergewissern.

Befremdet musterte er sie. „Möchtest du die Einladung ablehnen?"

„Nein. Selbstverständlich nicht! Nur ist Herr von Heringsdorf ein gestrenger Herr und ich habe bedenken, dass allein seine Gemahlin ...".

„Wie kommst du darauf, dass Herr von Heringsdorf ein gestrenger Herr ist?", unterbrach er sie.

Hilflos sah sie vor sich her und suchte nach einer geeigneten Erklärung, denn soeben war ihr ins Bewusstsein gedrungen, dass Florian im Grunde genommen viel strenger mit ihr war, als je ein anderer Mensch zuvor. „Ich ... ich weiß gar nicht ... er macht immer so einen gestrengen Eindruck ...".

„Du hast nicht viel gegen ihn vorzubringen", bemerkte er nachsichtig lächelnd.

„Er kann es nicht dulden, wenn das Gespräch eine Richtung einnimmt, die er nicht vorgesehen hat; er benötigt unbedingte Geistesordnung an seiner Tafel."

Überheblich stieß der Ingenieur Luft aus seiner ebenmäßig geraden Nase, um ihr zu bedeuten, dass sie eine vollkommen einfältige Begründung angeführt hatte. „Möchtest du an deiner Tafel geistige Unordnung?"

„Das möchte ich nicht, doch fürchte ich mich nicht davor, wenn ich weiß, dass ich zivilisierte Menschen an meiner Tafel sitzen habe. Es ist eine gewisse Entmündigung, die er vornimmt."

Florians Augen waren schmal geworden und sein Kiefer mahlte. „Was redest du für krudes Zeug? Was weißt du von Entmündigung?"

Celeste blieb tapfer. Die Freundschaft zu Heinrich und dessen unzweideutige Zuneigungserklärung im Grünen Gewölbe hatte ihr ein Stück Selbstbewusstsein zurückgegeben. Auch die Tat Florians zeigte ihr rückblickend, dass er nicht so unantastbar war, wie sie bisher geglaubt hatte, sondern eine beachtliche Schwäche verbarg. Obgleich sie sich auch einigermaßen bewusst darüber war, dass diese Schwäche höchst gefährlich war.

„Entmündigung in dem Sinne, dass dem Gegenüber eine gewisse moralische Urteilsfähigkeit abgesprochen wird, ohne dass es einen echten Anhaltspunkt dafür gäbe."

Er schüttelte den Kopf. „Zermartre dir nicht dein Köpfchen mit solch unerquicklichen geistigen Überschlägen!", wies er sie spöttisch an. „Unterhältst du dich mit Fräulein Marianne über solchen Unsinn?"

„Gewiss. Doch glaubte ich, du hättest mich in England kennengelernt und behauptetest sogar, meine Betrachtungen zu schätzen?"

Überrascht über ihren Wagemut weiteten sich für einen winzigen Augenblick seine Augen, doch fing er sich sogleich. „Was sagt man nicht alles in seinem Freudentaumel. – Grundsätzlich halte ich nichts von solchem philosophischen Geplänkel, und schon gar nicht bei meiner Gattin." Er erhob sich. „Gute Nacht, ich muss arbeiten."

Allein in ihrem Zimmer, dachte sie über diese unerwartete Einladung nach; aus verschiedenen Gründen war ihr nicht wohl zumute. Die Freundschaft Florians zur Familie von Heringsdorf schien ihr undurchsichtig, beängstigte sie sogar. Sie spürte, dass auch Heinrich etwas wusste, was auch immer es sein mochte. Dass er selbst darin verquickt war, musste sie bezweifeln. Durch Franz Brookmann hatte sie erfahren, dass Heinrich die meiste Zeit seines Aufenthaltes in Dresden bei einem Künstlerkollegen wohnte und nicht bei seiner Familie. Nie sprachen sie über ihre Familien, unausgesprochen war es zwischen ihnen wie ausgemacht. In der Hauptsache unterhielten sie sich über Literatur, Malerei und Gott ... er war immer noch in Dresden, obwohl er ihr bei der ersten Begegnung am Kaffeetisch der Familie erzählte, nur zwei Wochen bleiben zu wollen – und das war am sechsten Januartag, nun zeigte das Kalenderblatt den 6. April an. Manchmal hoffte sie, er wäre wegen ihr noch in Dresden ... doch konnte das nicht sein; er war ein gefragter Zeichner, der Aufträge aller Art an verschiedenen Orten erhielt, obwohl er sich stets als unbekannter hungerleidender Künstler darstellte. Eines Tages würde er ihr sagen, dass er abreisen müsse ... doch, Celli! Eines Tages würde diese Ankündigung kommen! In ihrer Kehle wuchs ein dicker Kloß ... zu beiden Seiten liefen Rinnsale durch das Haar in ihr Kissen. Was sollte sie dann tun? Sie wollte nicht daran denken, besser sie dachte noch über diese seltsame Einladung bei Familie von Heringsdorf nach. Ob er davon erfahren würde und ebenfalls zugegen war? Dann würde sie ihn bereits in drei Tagen wiedersehen ... nein! Grausam, das war unmöglich! Entsetzlich! Sie konnte nicht mit Heinrich an einem Tisch sitzen, wenn ihr Gatte weltmännisch lächelnd neben ihr den Platz innehatte. – Plötzlich spürte sie übermächtig, dass sie Heinrich liebte … War es nicht erklärlich? „Lieber Gott, du weißt alles, du schaust in mein Herz und du siehst in die Herzen der anderen. Wie soll ich meine Empfindungen abtöten, wenn der eine mich quält und der andere mir allein Wohlwollen entgegenbringt? Wäre ich nicht geistig verwirrt, würde ich mich für die Qual entscheiden?!", flüsterte sie in die Dunkelheit. Besser, Heinrich käme nicht zu dieser Einladung.

Heinrich kam. Nein, Gott sei es gedankt, er war bereits da und begrüßte die eintretenden Gäste freundlich. Offensichtlich hatte er sich Mühe gegeben, dem geschmacklichen Stil der Anwesenden entgegenzukommen, und war entsprechend ordentlich und unauffällig gekleidet. Die Haare hübsch frisiert und der Bart frisch getrimmt. Celeste hielt ihm nicht die Hand entgegen, sondern ging mit einer Kopfneigung ein wenig in die Knie. Genauso begrüßte sie den Hausherrn, der sie nach seinem Bückling beinahe mahnend ansah, zumindest schien es ihr so. Frau von Heringsdorf war über ihr Erscheinen aufrichtig erfreut, was Celeste im selben Augenblick mit ihr aussöhnte. Cäcilia war seltsam steif, hingegen Ella-Luise ihr beinahe um den Hals fiel. Sie hatte ihrer ehemaligen Schülerin eine Kleinigkeit mitgebracht, was diese beglückt entgegennahm. Als sie mit ihr in Englisch zu plaudern begann, antwortete das Mädchen fröhlich zwitschernd in derselben. Der Ingenieur warf seiner Gemahlin einen strafenden Blick zu.
Erstmalig war der mittlere Spross aus der Militärakademie aus Königsberg angereist. Celeste neigte ein wenig den Kopf, so wie sie es von ihrer Mutter gelernt hatte, der sechzehnjährige Bursche verneigte sich zackig, wie es sich für einen preußischen Offizier gehörte.

Während man den Platz an der Tafel des gediegenen Speisezimmers einnahm, neigte Celeste sich ihrem Gatten zu. „Weil sie meine Sprachschülerin war, wollte ich zu ihrer Freude in ...", versuchte sie, sich leise zu rechtfertigten, doch wandte er sich von ihr ab und richtete eine Frage an den Gastgeber.

„Ergab sich mittlerweile etwas mit dem Kanalisierungsvorhaben in Königsberg, Herr von Heringsdorf?"

„Mein verehrter Herr Hofstetter, ich vermute ganz, die Herrschaften haben angebissen!" Herr von Heringsdorf lachte zufrieden, unterdessen Bedienstete eintraten und die dampfenden Schüsseln auf den Tisch setzten.

Diese Unruhe nutzte Celeste, senkte das Angesicht, faltete die Hände in ihrem Schoß und sprach innerlich ein kurzes Tischgebet. Abschließend fasste sie an das kleine Medaillon, das auf ihrer Brust lag, während sie mit dem Daumen ein winziges Kreuz darunter zeichnete. Verstohlen blickte sie auf, in der Befürchtung, dass man sie beobachtet hatte und Anstoß nahm. Ihr Blick traf auf Heinrichs milden Blick, der ihr quer gegenüber, an der Linken seines Vaters saß und sie anscheinend beobachtet hatte. Freundlich nickte er ihr zu. In der Befürchtung, Florian könnte diese Zwiesprache bemerken, senkte sie rasch die Augen. Die Bediensteten taten die Speisen auf, unterdessen die Herren fachsimpelten.

„Liebe Frau Hofstetter, Ella-Luise lernte so hervorragend bei Ihnen Englisch, dass der nachfolgende Lehrer, welchen wir einstellten, ihr nichts mehr beibringen kann – wir zweifeln nicht an seiner Kapazität, doch verließ er niemals die Heimat, also fehlen ihm sicherlich gewisse Ausdrucksweisen und Wendungen ...", ergriff Frau von Heringsdorf das Wort und lachte verlegen. „Wenn es Ihnen nicht zu beschwerlich ist, würden wir Sie gerne nochmals engagieren. Diesmal nur für sechs Stunden. Wir denken, Ella-Luise ist nun so weit in ihren Kenntnissen, dass es ausreichen sollte. – Außerdem wollen wir Sie, Verehrteste, nicht übermäßig strapazieren …".

„Es würde mir sehr viel Freude bereiten, Frau von Heringsdorf! Ella-Luise ist eine aufmerksame und gelehrige Schülerin; nichts schätzt ein Lehrer mehr."

Überraschend meldete sich Cäcilia zu Wort, die zwischen Heinrich und Ella-Luise, Herrn Hofstetter gegenübersaß.

„Mutter, dürfte ich nicht auch noch ein bisschen Englischunterricht durch Frau Hofstetter erhalten? Mein Lehrer brachte mir nur Kinderreime bei, damit kann man sich nicht unterhalten", begründete sie ihren Wunsch.

Frau von Heringsdorfs Wangen röteten sich. „Es freut mich, dass du so eifrig bist, Zezi, nur hat Frau Hofstetter gewiss noch andere Verpflichtungen, als der Familie Heringsdorf Englisch beizubringen." Cäcilia sah schmollend zum Vater, der jedoch seinem Gast eifrig die Umstände und Winkelzüge seiner Verhandlungen mit den Königsberger Behörden darlegte und somit keinem anderen Einfluss zugänglich war.

Mit der Aussicht, den Wänden der Friedrichsallee einmal mehr zu entkommen, antwortete sie rasch. „Gerne wäre ich bereit, auch Cäcilia Unterricht zu erteilen, Frau von Heringsdorf. Da mein Gemahl im Bureau kaum abkömmlich ist, freue ich mich über jede Beschäftigung. Immerhin ist die Unterrichtung junger Mädchen meine Profession."

Triumphierend sah Cäcilia zur Mutter.

„Das ist zu freundlich von Ihnen, Frau Hofstetter! Ich werde den Ratsherrn fragen und Ihnen Bescheid geben."

Während Cäcilia mit ihrer Mutter über den vergangenen Sprachunterricht disputierte, wagte Celeste einen Blick zu Heinrich. Der komponierte soeben ein Stillleben auf seinem

Teller. Um das braune Bratenstück arrangierte er die zerteilten hellgrauen Klöße und umrandete das Ganze mit dem tiefvioletten Kohl, fand in der dicken Sauce noch ein Stück leuchtende Möhre, welches er abschließend auf dem dunklen Fleisch platzierte. Hin und wieder nickte er beifällig, um den anderen Herren seine Teilnahme an dem überaus unterhaltsamen Gespräch zu bekunden. Seine Brille, die er anfangs getragen hatte, um die Gäste nicht zu verfehlen, hatte er mittlerweile abgenommen, um sich ganz dem seltenen Genuss eines Festtagsbratens widmen zu können. Schon manches Mal durfte sie über seine Dickfelligkeit in gewissen Angelegenheiten staunen; nie schien ihn Angst vor herablassenden Worten oder missfälligen Blicken über seine sonderbare Eigenwilligkeit zu plagen. Womöglich gehörte das eine zum anderen; besäße er nicht diesen Eigenwillen, hätte er auch nicht die Dickfelligkeit oder anders herum ... so war sie in Gedanken verloren, als Florian sie ansprach.

„Ist es nicht so, Liebes?"

Einen kurzen Augenblick sah sie aufgeschreckt in die Runde. Wovon war die Rede!? „Ganz bestimmt!", gab sie rasch zur Antwort, das schien ihr am geeignetsten.

„Das ist erfreulich, Frau Hofstetter, dass Sie so reiselustig sind. Dann steht einer Umsiedlung von Hamburg nach Königsberg wahrhaftig nichts im Wege!" Zufrieden lachte Herr von Heringsdorf in sich hinein.

Heinrich setzte seine Brille auf und sah zu ihr hinüber. Sein Blick war ungeniert forschend. „Das liegt gewiss an Ihrer Herkunft, gnädige Frau. Als Inselbewohner und die daraus hervorgehende Seefahrernatur ist man sozusagen traditionsgemäß zur Reiselust berufen."

Bestätigend neigte sich Ingenieur Hofstetter vor. „Ganz gewiss, Herr von Heringsdorf, meine Gemahlin sogar in besonderem Maße, denn ihr werter Herr Vater war Kapitän der Kriegsmarine", verriet er, dem ältesten Sohn zugewandt.

„Was Sie nicht sagen, Herr Hofstetter! Erwähnten Sie nicht eine Anwaltskanzlei?", wunderte sich Othmar von Heringsdorf.

„Die Kanzlei unterhält der Stiefvater meiner Gemahlin. Ihr leiblicher Vater – wann ist er verstorben, Liebes?", unterbrach Florian seine liebenswürdige Redseligkeit.

Celestes Gedanken wirbelten durcheinander, sie fing sich und antwortete ruhig. „Er verstarb 1815, ich war zwölf Jahre alt."

„Ach ja, so war es. Herr Kapitän Williams war ein angesehener Offizier, der sich viele Orden verdiente und auf allen Weltmeeren segelte." Florian lachte. „Darum wird mir meine liebe Gemahlin mit Freuden überall hin folgen! – Ist es nicht so, Celeste? Du hast es sozusagen im Blut."

Sie lächelte freundlich „Selbstverständlich."

„Sie hing sehr an ihrem leiblichen Vater – obwohl man meinen könnte, so ein Militärmann kennt keine Zärtlichkeit. Doch war dem offenbar anders."

„Sie sagen es, Sie sagen es, werter Herr Hofstetter!", bestätigte Othmar seinen guten Freund laut.

„Verzeihen Sie, Frau Hofstetter, kämpfte Ihr Herr Vater gegen Napoleon?", hörte man das erste Mal die Stimme des jüngeren Sohnes.

„Ja, das tat er", antwortete Celeste auflebend und nicht ohne Stolz. „Kapitän Alexander Henry Williams war ein außergewöhnlich furchtloser Offizier und genoss darum höchstes Ansehen. Als er aus der Kriegsmarine ausgeschlossen wurde, erstand er mit Erspartem und von Gönnern unterstützt eine eigene Fregatte, um weiterhin für unser Vaterland zu kämpfen und damit ganz Europa einen großen Dienst zu erweisen."

Mit offenem Mund hatten Vater und jüngerer Sohn von Heringsdorf gelauscht, Ingenieur Hofstetter war während dieser Offenbarung etwas unruhig geworden. Der älteste Spross hatte sich schmunzelnd zurückgelehnt. Bevor Othmar von Heringsdorf nachfassen konnte, ergriff Heinrich das Wort. „Es ist immer wieder erstaunlich zu erfahren, dass es Männer gibt, die Rückgrat besitzen und sich um nichtige Widrigkeiten, die sich ihrem gerechten Streben entgegenstellen, nicht scheren." Anerkennend hob er sein Weinglas. „Meine Hochachtung!" Die anderen folgten seinem Beispiel und man trank auf den heldenhaften Kapitän Williams.

Als man die Gläser absetzte, griff Othmar von Heringsdorf diese Angelegenheit nochmals auf. „Selbstverständlich kann man diesen Heldenmut nicht genug hervorheben ... wie mein Ältester bereits richtig erkannte", gab er zögernd zu. „Doch, Gnädigste, wenn Sie die Frage erlauben, warum war Ihr Herr Vater aus der Kriegsmarine ausgeschlossen worden?"

Ungeachtet ihres Gatten Regung gab Celeste sogleich bereitwillig Antwort. „Es war eine Frage der Religion; mein Vater ist zum katholischen Glauben übergetreten. Das wiederum verträgt sich nicht mit dem Dienst der königlichen Kriegsmarine ...". Herr Hofstetter starrte mit angestrengtem Lächeln auf sein Glas. „...und als man ihn zum Admiral erheben wollte, musste er aufgrund des katholikenfeindlichen Eides ablehnen ...".

Diese Antwort forderte eine tumultartige Unruhe in der vergleichsweise kleinen Runde heraus, allein Heinrich schwieg breit lächelnd.

Nachdem verschiedene Ansichten erörtert worden waren und die Runde wieder zur Ruhe kam, fragte Othmar von Heringsdorf seinen Gast nach dem gegenwärtigen Fortschreiten der Hamburger Elbbrücke. Die restlichen Speisen wurden abgetragen, Herr Otmar von Heringsdorf zog sich mit seinem Gast zu einem Rauchwerk in den Garten zurück und die Damen bezogen den kleinen Salon nebenan. Felix setzte sich gelangweilt in das Wohnzimmer, man hatte ihm die Teilnahme im Garten verwehrt. Heinrich genierte es nicht, sich zu den Damen zu gesellen.

„Darf ich die Damen während des Likörs eine wenig skizzieren?", fragte er beschwingt.

„Heinrich!", seufzte die Mutter liebevoll. „Muss das sein?"

„Ja, Mütterlein. Du darfst mir nicht die Gelegenheit nehmen, drei bezaubernde Damen auf einem Haufen zuzüglich eines drolligen Mädchens auf meinem Papier einzufangen!" Verschworen zwinkerte er Ella-Luise zu.

„Wenn Frau Hofstetter nichts dagegen hat, dann tu es in Gottes Namen."

„Das werde ich tun, Mutter." Mit Zeichenblock und Stift zog er sich in eine Ecke an der Fensterseite zurück, von der er eine vorteilhafte Sicht auf die gefällige Damenszene genoss. „Ich habe meine Ohren verschlossen, bitte plaudert ungeniert!", forderte er noch auf, bevor er in seine Arbeit versank.

„Sie tragen ein so wunderschönes Kleid, Frau Hofstetter!" Frau von Heringsdorf beugte sich ein wenig vor und griff eine Falte des Rockes, um die Qualität des Stoffes zu fühlen. „Ist es englische Ware?"

Über diese vertrauliche Geste wunderte sich Celeste. Lag Frau von Heringsdorfs Unbefangenheit daran, dass sie unter sich waren? Es konnte jedoch auch an dem deutschen Wesen liegen, sie war sich nicht ganz sicher. „Ja, es ist englischer Seidenstoff aus Whitchurch. Das Kleid selbst nähte meine Mutter, kurz bevor …". Unwillkürlich warf sie einen raschen Blick auf Heinrich, der jedoch mit hochgeschobener Brille versunken zeichnete. „… ich mich vermählte."

„Ihre Mutter näht?", fragte Frau von Heringsdorf verwundert. „Verzeihen Sie, wenn ich so ungläubig frage, doch meinte ich, gehört zu haben, dass Ihre Frau Mutter aus sehr vornehmem Hause stammt."

„Aus vornehmen Hause stammt?", wiederholte Celeste erstaunt. Niemals hatte es Gelegenheit gegeben, etwas Persönliches zu erzählen und wenn, hätte sie gewiss nicht über die Herkunft ihrer geliebten Mutter berichtet, außer es wäre der ausdrückliche Wunsch gewesen.

Frau von Heringsdorf wandte sich an ihre ältere Tochter. „Zezi, du weißt es doch auch. Es hieß, die Frau Mutter sei Baronin – ich irre mich doch nicht, Zezi?"

„Du irrst dich nicht, Mutter. Erst letzte Woche berichtete uns Herr Hofstetter davon." Sie bemerkte die Beunruhigung ihrer Freundin und erklärte entschuldigend: „Als Sie bedauerlicherweise unpässlich daniederlagen, Celeste, hatte Ihr Gemahl eine Unterredung mit Vater und blieb noch zum Kaffee." Verwirrt sah Celeste abermals zu Heinrich, senkte jedoch rasch den Blick, als er ihr durch seine Augengläser freundlich zulächelte.

Celeste sammelte ihre Sinne auf das unter diesen Umständen Wesentliche. „Meine Mutter ist keine Baronin. Mein Großvater ist Baron. In England wird der Titel nur an den männlichen Erben weitergegeben und auch nur an den Erstgeborenen. Insofern konnte sich allein meine früh verstorbene Großmutter Baronin nennen lassen, weil sie die Gemahlin des Barons Sir

Richard Graham von Coopleridge Hall war." Sie sah in die erstaunten Gesichter der Damen von Heringsdorf. „Abgesehen davon, heiratete meine Mutter – geurteilt nach deutscher Sitte – unter ihrem Stand. Mein Vater war Sohn eines Pfarrers und einfacher Marineoffizier." Ihrer ursprünglichen Natur nach, lächelte sie schalkhaft. „Ihre Töchter und Söhne, liebe Frau von Heringsdorf, müssen sich gewiss einmal vornehm verehelichen, denn alle tragen ja ein ‚von' im Zunamen."

Nun blickten die Damen noch erstaunter drein und wussten nichts zu antworten, Heinrich hingegen war durch ihre herzliche Freundschaft bereits in den Genuss Celestes manchmal hervorbrechenden Vorwitz gekommen. „Das ist richtig, allerdurchlauchtigste Frau Hofstetter", hob er mit einer Erläuterung an. „Cäcilia ist Herrn Theodor von Birnbaum zur Ehe versprochen, für Ella-Luise ist man noch auf der Suche, Felix wird die kleine schielende Christina von Lehnsdorf in zehn Jahren sein Eigen nennen dürfen und ich armer Tropf werde mein Leben lang ohne Ehegespons bleiben müssen, denn als Bastard fällt man sozusagen zwischen die …".

„Heinrich …!", stieß Frau Gabriele von Heringsdorf erschüttert aus. „Untersteh dich!", flehte sie.

Sofort neigte sich die beiden Töchter zur Mutter; Cäcilia tätschelte ihr beruhigend die Hände, Ella-Luise legte den Arm zärtlich um die Schultern ihrer Mutter und flüsterte besänftigend: „Mutter, du kennst ihn doch! Er meint es nicht bös!"

Die Mutter seufzte tief, erhob sich schließlich bebend und verließ im Gefolge Cäcilias, die sich entschuldigend vor Celeste verneigte, und ihrer Jüngsten den Salon.

Nach einer langen Stille ergriff Celeste das Wort. „Es war nicht recht, Herr Heinrich. Sie haben Ihre Mutter verletzt – keine Frau möchte, dass man sie der Ehrlosigkeit anklagt."

„Ich habe meine Mutter nicht der Ehrlosigkeit angeklagt."

„Sie haben vor einer Fremden ein peinliches Geheimnis gelüftet – das kommt dem gleich."

„Sie sind mir nicht fremd, Verehrteste."

„Ihrer Mutter bin ich fremd. – Wollten Sie es mir unbedingt mitteilen, hätten Sie es mir unter vier Augen anvertrauen können."

Geschlagen lächelte er seine Freundin an. „Sie sehen, manchmal schieße ich über das Ziel hinaus – und habe noch nicht einmal ein schlechtes Gewissen darüber."

„Aber Sie lieben Ihre Mutter."

„Von Herzen."

„Wie wollen Sie den Schaden wieder gut machen? – Sie haben sie bitter enttäuscht."

„Habe ich das?"

„Ja. Sie liebt Sie innig. Ich habe es gespürt. Anders als Ihr … Stiefvater. – Er ist doch Ihr Stiefvater?"

„Ja."

Traurig schüttelte Celeste den Kopf. „Ich weiß nicht, was für seltsame Verwicklungen in Ihrer Familie herrschen und ich weiß auch nicht, was mein Gemahl mit Ihrem Herrn Vater zu schaffen hat …", drängte es sie plötzlich, ihre Zweifel zu offenbaren. „Ich weiß auch nicht, was Sie über meinen Gemahl wissen und überhaupt … vertraute ich Ihnen …". Zitternd hielt sie inne. „Doch jetzt … scheint alles verwirrender als je zuvor …".

Heinrich erhob sich und setzte sich auf den Platz, der Celeste am nächsten war. Er fasste ihre Hand. „Celeste. Ich wollte Sie nicht verwirren, ganz bestimmt nicht! Dafür ist mir die Freundschaft zu Ihnen viel zu kostbar." Bittend sah er sie an. „Es ist mein unverschämter Charakter. Bereits mein Stiefvater versuchte, ihn mir abzugewöhnen – offenbar bewirkte er das Gegenteil."

„Sie dürfen Ihre Mutter nicht kränken ...", erklärte Celeste mit bebender Stimme.

Er ging vor ihr in die Knie. „Celeste! Ich will es nie wieder tun! Ich werde meine Mutter um Verzeihung bitten!" Still nickte sie. „Ist es wieder das Heimweh?"

Sie sah auf und lächelte ihn mit tränenschimmernden Augen an. „Ja", flüsterte sie.

Vorsichtig wischte er ihr eine Träne von der Wange, sehnsüchtig legte sie Ihr Gesicht in seine offene Hand. „Man sieht nichts mehr von Ihrer Blessur", flüsterte er, während er mit dem Daumen über ihre zarte Haut strich.

Männerstimmen wurden vor der Tür laut. Heinrich drückte kurz ihre Hand, kam in die Höhe und zog seinen Rock zurecht.

„Ich werde nach meiner Mutter schauen, Frau Hofstetter."

„Tun Sie das, Herr Heinrich."

Zur Erleichterung Celestes kamen die Männer nicht in den Salon, sondern hatten sogleich das Speisezimmer zu Kaffee und Kuchen anvisiert.

ELFTES KAPITEL

„Erzählen Sie mir von sich, Heinrich!"

„Sie wissen bereits viel mehr über mich, als ich von Ihnen weiß", stellte er lächelnd fest.

„Ich weiß nur, dass Sie drei Halbgeschwister haben, eine liebenswürdige Mutter und einen undurchschaubaren Stiefvater". Sie lachte. „Mein Stiefvater ist übrigens auch undurchschaubar, jedoch ganz anderer Art."

Erwartungsvoll rückte Heinrich sich zurecht. „Erzählen Sie, Unterhaltsamste!"

„Oho! Aber nur ein wenig, und dann sind Sie dran!"

„Wie es Ihr Wunsch ist, Seligste!"

Ihre Hand schnellte empor und legte sich auf seinen Mund. „Pst! Machen Sie sich nicht lustig!"

Behutsam löste er ihre Hand und drückte sie mit einem Kusse erneut an seine Lippen. „Ich mache mich nicht lustig; für mich sind Sie eine Seligkeit."

Verlegen zog sie die Hand aus der seinen. „Mein Stiefvater ist undurchschaubar, weil er alles offen darlegt", begann sie zerstreut mit ihrer Erklärung. „Er ist sehr genau und möchte keinen Gesichtspunkt außeracht lassen. Dabei ist er jedoch gütig und milde. Er zürnt nie und ist niemals spöttisch …".

„Also ein aufrichtiger und charakterfester Mann, der keine Scheu vor Überraschungen hegt."

Glücklich lachte sie. „Sie haben es genau erfasst, Heinrich! – Vielleicht, weil Sie ihm ähnlich sind; nur besitzen Sie unendlich viel Humor – davon hat mein Vater nicht viel." Sie besann sich. „Trotzdem ist er durch und durch liebenswürdig."

„Ich bezweifle, dass ich ihm ähnlich bin, Allerteuerste. Ich habe beachtliche Fehler – die ich Ihnen übrigens noch nicht so bald verrate, denn ein wenig möchte ich Ihre Zuneigung noch genießen …", bekannte er.

„Niemals können Sie meine Zuneigung zu Ihnen zerstören. Es sei denn …". Sie verstummte.

„Es sei denn?"

Sie schüttelte den Kopf. „Reden wir nicht über solchen Unsinn! Keinesfalls soll unsere Freundschaft durch hässliche Überlegungen getrübt werden!", bestimmte sie.

„Ganz gewiss!", bestätigte er inbrünstig und sah sie aufmerksam an.

„Worauf warten Sie?", bemerkte sie mit gespielter Empörung.

„Sie sind am Zuge!"

„An welchem Zuge?", fragte er verwundert.

„Mir von Ihnen zu erzählen!"

Die Art und Weise, in der Heinrich über seine Kinder- und Jugendjahre berichtete, gab ihr viel Gelegenheit zu lachen und zu schmunzeln, obwohl seine Geschichte genaugenommen eine bedenklich ernste war. Trotz seines bemerkenswert jugendlichen Aussehens offenbarte sich, dass er bereits achtundzwanzig Jahre alt war. Mit zarten sechzehn Jahren brachte seine Mutter ihn unehelich zur Welt. In seinem fünften Lebensjahr heiratete Gabriele von Schleiwitz den fünfundzwanzig Jahre älteren Dresdner Ratsherrn Othmar von Heringsdorf. Der nahm den kleinen Buben allein deshalb als eigenen Sohn auf, weil dessen junge Mutter eine beträchtliche Mitgift in die Ehe brachte. Heinrich rechnete es seiner Mutter hoch an, dass sie darauf bestanden habe, ihren kleinen Sohn niemals anderen zu übergeben. Lieber wollte sie ledig bleiben, als den kleinen Jungen bei der Großmutter zurückzulassen. Darin erkannte er einen wahren Beweis der Liebe. Die Großmutter war zwar eine patente und liebenswürdige Dame, doch war er überzeugt, ein Kind gehöre zur Mutter. Sein leiblicher Vater soll ein hochadliger Schwerenöter gewesen sein, der seiner jugendlichen Mutter das Blaue vom Himmel gelogen und nach vier freudenreichen Nächten das Weite gesucht habe. Das habe er nicht von ihr selbst erfahren, die sprach niemals über ihre Jugend, seine Großmutter erzählte es ihm, kurz bevor sie vor acht Jahren starb. Über seinen Stiefvater wusste er nicht viel zu erzählen.

Celeste empfand eine dunkle Ahnung, er wolle durch die Zurückhaltung in Sachen seines Stiefvaters verhindern, dass auf ihren Gatten ein fragwürdiges Licht fiel. „Kann ich Ihnen vertrauen, Heinrich?"

„Ich hoffe es, Verehrteste."

„Ich meine damit, sind Sie in seltsame Machenschaften verstrickt, die in irgendeiner Art die Arbeit meines Gatten oder ihn selbst, auf welche Weise auch immer, berühren?"

„Nein. Aufrichtig versichere ich Ihnen, dass ich keinen Anteil an irgendwelchen anrüchigen Machenschaften habe." Plötzlich zögerte er verlegen. „Vielleicht nehme ich manchmal zu viel Geld für eine Zeichnung … doch denke ich, der Auftraggeber besitzt jeweils die Freiheit, Einspruch …".

Ihr Lachen unterbrach sein Schuldbekenntnis. „Immer enden ernste Angelegenheiten bei Ihnen in einer Alberei!"

„Das ist nicht albern!", verteidigte er sich. „Ich habe mich schon oft gefragt, ob es recht ist, dass ich für eine Zeichnung, an der ich nur eine Nacht oder einen Tag sitze, zehn Taler verlange. Kann sie das wert sein?"

Sie dachte nach. „Wenn es so eine hübsche Zeichnung ist, wie die, die Sie am Musikabend von mir zeichneten, dann ist sie viel mehr wert – wer kann so lebendig zeichnen! Meine Eltern sind auf das höchste entzückt; meine liebe Mutter schrieb mir, dass diese Zeichnung beinahe das schönste Geschenk seit meiner Geburt sei!"

„Sie bringen mich in große Verlegenheit, Celeste."

„Sie habe es rahmen lassen und über ihren Schreibtisch gehängt."

Gedankenverloren sah Heinrich in den Himmel. „Wann kommt Ihre Frau Mutter Sie besuchen?", fragte er nach einer Weile.

Celeste prüfte seine Züge. „Ich weiß nicht", gab sie ausweichend zur Antwort.

„Möchte sie ihre geliebte Tochter nicht einmal wiedersehen?"

„Gewiss möchte sie das. Doch respektiert sie meinen Wunsch."

„Welcher ist das?"

„Dass sie nicht kommen möge."

„Was haben Sie vor ihr zu verbergen, Unerforschliche?"

„Darüber werde ich schweigen", gab sie ihm mit undurchdringlicher Miene Antwort.

Der Abend war gekommen, an dem Florian Hofstetter an einem der beliebten Hauskonzerte in der Kleinen Plauischen Gasse teilnahm. Unbefangen hatte Frau von Heringsdorf den Herrn Ingenieur während der Einladung zum Mittagessen darauf hingewiesen; sie selbst wolle diesmal auch dabei sein, denn Cäcilia, die sonst nur Zuhörerin wäre, würde ausnahmsweise etwas auf dem Piano forte darbieten. Und soweit sie darüber im Bilde wäre, habe er noch kein Mal an diesen Konzerten teilgenommen, obwohl seine Gemahlin so bewundernswert Laute spiele. Sogleich entschuldigte sich Herr Hofstetter für dieses Versäumnis, zu seinem größten Bedauern habe seine derzeitig aufwändige Aufgabe das nicht zugelassen.

Selbstverständlich hatte das Ehepaar Ziegler ihm den Platz neben seiner Gemahlin in der ersten Reihe reserviert. Die liebenswürdigen Herrschaften fühlten sich durch seine Anwesenheit höchst geehrt und nebenbei hatte man rasch einen Sekt zum Ausklang des Abends kaltstellen lassen.

Unscheinbar, die Brille auf der Nase, saß Heinrich von Heringsdorf in einer hinteren Reihe. Celestes Gatte war charmant gegen jeden, auch gegenüber ihr, er applaudierte begeistert – besonders nach dem Menuett der Heringsdorfschen Tochter. Nachdem die Gattin des Ingenieurs ein kurzes Stück dargeboten hatte, nahm er sie freudestrahlend in Empfang und führte sie offen bewundernd an ihren Platz zurück.

Nach dem einstündigen Konzert begrüßte das Ehepaar Ziegler den Ingenieur ein weiteres Mal und nahm die einmalige Gelegenheit wahr, diesen bemerkenswerten Baumeister stolz verschiedenen Gästen vorzustellen. Der Sekt wurde ausgeschenkt und Häppchen gereicht. Charmant plauderte Herr Hofstetter mit den Gastgebern und den dagebliebenen Musikliebenden über Celestes Begabung und ihre musikalische Familie, betörend gestand er den bewundernd Lauschenden, selbst kaum eine Note lesen zu können, geschweige denn ein Instrument zu beherrschen, außer seine Messinstrumente und den Rechenschieber. Doch sorge seine nachsichtige Gemahlin in jeder Hinsicht für den Ausgleich, fügte er mit einem zärtlichen Blick auf diese an.

Der Älteste von Heringsdorf befand sich nicht in dieser Runde, er hielt sich an der Seite seiner engen Freunde, Franz Brookmann und Marianne Ziegler, die den Gästen, die sich bereits verabschiedeten, freundliche Worte mit auf den Weg gaben.

Gegen seine Gewohnheit trug er noch immer die Brille auf der Nase und war eher in Beobachtung des beachtlichen Ingenieurs versunken, als mit Verabschiedungen befasst. Als der Letzte gegangen war, wandte sich Franz seinem lieben Künstlerfreunde zu. „Warum heute so zurückhaltend, verehrter Herr ohne jegliche Konvention?", fragte er in spaßiger Laune, wie er sie gerne zur Einleitung eines Gespräches gegenüber diesem pflegte.

Bedeutungsvoll zog Marianne ihren Verlobten am Ärmel. „Das erklär ich dir ein andermal, Franz", raunte sie ihm zu.

Der zarte Heinrich nahm die beiden jeweils am Ellenbogen und drängte sie behutsam in eine Richtung. „Lasst uns eure teuren Gäste unterhalten, ich denke, wenigstens ein Teil wäre unendlich dankbar darüber."

Kaum traten die jungen Leute auf den Kreis um die Gastgeber zu, stieß Gabriele von Heringsdorf einen erleichterten Seufzer aus. „Ach, da bist du ja, Heinrich! Hättest du die Güte, Cäcilia und deine erschöpfte Mutter nach Hause zu begleiten?"

„Selbstverständlich, Mutter. Möchtest du sofort aufbrechen?" Heinrich hatte seine Brille inzwischen in der Rocktasche verstaut, zudem bemühte er sich um größtmöglichen Abstand zu seiner Freundin und deren Gemahl.

„Es wäre mir überaus recht, sonst wird Vater sich Sorgen machen."

Herr Hofstetter sah die Gelegenheit gekommen und wandte sich an die Gastgeber. „Ja, meine Gattin und ich müssen ebenfalls aufbrechen. Morgen steht uns ein langer Tag bevor." Wohlwollend lächelte er Celeste an. „Jetzt durfte ich dich wenigstens einmal an so einem hübschen Konzert spielen hören – im Kreise deiner Freunde." Dankbar glitt sein Blick über die Gesichter der Umstehenden, während sie befangen nickte.

Der Ingenieur schlug den gleichen Weg in die Friedrichsallee ein, wie es Heinrichs Gewohnheit war, wenn er Celeste nach Hause begleitete. Nur schritt Florian rascher aus und unterhielt seine Gemahlin auch nicht mit netten Geschichten, sondern schwieg verbissen. An der Zieglerschen Haustür hatte er noch anstandshalber ihre Hand in seine Ellenbeuge gelegt, doch außerhalb der Sichtweite zum Haus war es mit seinem Entgegenkommen vorbei.

„Warum läufst du so schnell? Ich komme nicht nach, Florian", klagte Celeste.

„Ich habe noch eine Besprechung. Also beeil dich."

„Du musst heute Abend noch fort, obwohl es so spät ist?", fragte sie überrascht und getraute sich, fester an seinen Arm zu hängen, um folgen zu können.

Seine Antwort war allein ein eisiger Blick, ohne dass er seinen Schritt verlangsamte. In kürzester Zeit waren sie in der Wohnung angekommen. Er schloss die Türe auf und ließ sie ein.

„Kommst du nicht einmal mehr herein?", fragte sie verwundert.

„Nein."

„Dann hätte ich noch bei Zieglers bleiben können …", entfuhr es ihr enttäuscht.

„Warum?", fragte er mit einem höhnischen Lächeln. „Heinrich von Heringsdorf ist ebenfalls aufgebrochen."

Dresden, 2. Mai 1823

Geliebte Mama,

jetzt, wo der Frühling gewaltig ausschlägt und die Tage warm geworden sind, unternehme ich mit guten Freunden herrliche Ausflüge und verbringe viel Zeit in den Elbauen. Nun lerne ich Dresden

richtig kennen; was für viele herrschaftliche Paläste, Straßenzüge mit
vielen bunten Häusern, eine Fassade reizvoller als die andere gestal-
tet, aber auch Gässchen mit altehrwürdigen Fachwerkhäusern. Au-
ßerdem viele hübsche Kirchen und lichte Plätze …

„Wenn Ihre Mutter so vertrauenswürdig und zartfühlend ist,
frage ich mich, warum sie noch nicht gekommen ist, um ihre
Tochter zu erlösen?"

„Weil ich nichts über meine Ehe schreibe."

„Ist sie zartfühlend, sollte sie Ihr Leid aus den Zeilen herauslesen können."

„Das tut sie auch, doch besänftige ich sie jeweils."

„Warum besänftigen Sie sie?"

„Ich möchte sie nicht beschämen."

Eine Weile schwieg er. „Ich weiß, dass es schmerzlich ist, gedemütigt zu werden, Celeste. Trotzdem müssen Sie sich mitteilen, sonst werden sie zugrunde gehen."

„Nein, nicht solange ich Sie habe."

„Wie lange werden wir uns noch haben? Im August werden
Sie nach Hamburg …".

Sie legte ihre Hand an seinen Mund. „Sprechen Sie nicht davon!"

Nachdenklich lehnte er sich zurück. „Ihr Stiefvater ist Anwalt?"

„Ja."

Er seufzte. „Ach, Celeste. Dann sollte er doch Mittel und Wege
finden, diese Ehe als un…".

„Nein!", unterbrach sie ihn brüsk. „Ich bin katholisch!"

„Ich weiß", bestätigte er in besänftigendem Ton.

„Eine katholische Ehe ist ein Sakrament, das bedeutet, sie ist von Jesus Christus persönlich eingesetzt. Darum kann sie nicht gelöst werden", erklärte sie bestimmt.

„Keinesfalls möchte ich Ihren Glauben in Frage stellen, Celeste, seien Sie versichert. Doch gibt es Umstände, die dafürsprechen, dass eine Ehe ungültig sein könnte, zum Beispiel wenn sie unter Vorspiegelung falscher Tatsachen geschlossen wurde."

Niedergeschlagen musterte sie ihn. „Was sollten das für falsche Tatsachen sein? – Er kennt die Liebe nicht, warum auch immer. Sein Eifer vor unserer Ehe war anscheinend die Freude über ein für ihn wertvolles Renommee durch diese Verbindung."

„Wäre es nur das gewesen, hätten es Ihre Eltern erkannt. – Durch äußere Gegebenheiten ist er es von Anbeginn gewohnt, sich zu verstellen." Sie schien ihn nicht zu hören und sah gedankenverloren in die Wolken. „Was kennt er, was annähernd mit Liebe zu tun hat?", fragte er.

„Nichts", flüsterte sie und sah auf das angebissene Brot auf dem Wachspapier, das vor ihr lag.

Heinrich richtete sich auf. „Verschont er Sie?"

Beschämt blickte sie auf. „Er hat mich nur einmal geschlagen!", beteuerte sie rasch.

Missverstanden schüttelte den Kopf. „Verzeihung, ich meine, ist meine Vermutung richtig, dass er keinen ehelichen Umgang einfordert?"

Entsetzt sah sie ihn an und neigte schließlich hochrot den Kopf. „Warum wollen Sie das wissen?"

„Weil ich etwas weiß, was nicht dafürsprechen dürfte."

„Darüber möchte ich schweigen", flüsterte sie erstickt.

„Dann sage ich Ihnen jetzt, was ich weiß. Etwas, was auch die katholische Kirche als Grund zur Annullierung der Ehe anerkennen muss, sonst geht es nicht mit …".

„Sprechen Sie nicht darüber!", unterbrach sie ihn beschwörend.

„Sie wissen also …".

Ihr Herz raste. Erneut spürte sie den erschütternden Schlag und die darauffolgende Todesangst. Keinesfalls war es möglich, in dieser Sache Überlegungen anzustellen …

Sanft umfasste er mit einem Arm ihre Schultern. „Verehrteste Freundin", flüsterte er, sie tröstend haltend. „Wenn Sie den Mut aufbringen, darüber nachzudenken, werden Sie befreit werden können. – Vertrauen Sie mir, mein edles englisches Fräulein. Dann werden Sie frei wie ein Vogel davonfliegen dürfen; zu Ihren geliebten Eltern und Geschwistern. – Denken Sie doch nur, dann sind Sie frei!"

Ergeben lehnte sie sich an ihn. „Heinrich", hauchte sie. „Ich möchte bei Ihnen bleiben."

Der stöhnte gepeinigt auf. „Allerholdeste, warum wollen Sie mir nicht vertrauen?"

„Ich will Ihnen vertrauen … lassen Sie mir nur noch ein wenig Zeit. Ich bitte Sie", flüsterte sie.

Das Schlucken fiel ihm schwer, er rang den Schmerz in seiner Brust nieder und mit dem Handrücken wischte er sich das Nass aus dem Gesicht.

Zu später Stunde, es war der Abend vor dem Hochzeitstag Mariannes und Franz', saß Celeste noch an ihrem Schreibtisch und ordnete Briefe. Versunken in dieses Tun, fasste sie die fröhlichen, manchmal vertraulichen oder aufmunternden Zeilen nach Person und Zeitpunkt der Niederschrift mit kleinen

Seidenbändern in Bündel. Unter den vielen ihrer Mutter, ihrer Geschwister und Agathas, befanden sich auch Florians Briefe, die er ihr beinahe zwei Jahre lang aus Llangollen nach Cardiff, Chelsea und Abingdon geschrieben hatte und die durch seine unerbittliche Suche nach dem kleinen Aquarell durcheinandergeraten waren.

Ohne zuvor angeklopft zu haben, stand er plötzlich in ihrem Zimmer. „Womit bist du beschäftigt, Celeste?", fragte er ungewohnt liebenswürdig.

Sie konnte nicht verhindern, dass die Papiere in ihren Händen zitterten und sie stotterte. „Ich ... ich ordne meine Briefe. Ich ... ich wollte ...". Es war das erste Mal seit seiner Gewaltanwendung im März, dass er ihr Zimmer betrat.

„Erzähl es mir!", forderte er sie in einem sanften Ton auf.

Äußerlich gelang es ihr, halbwegs wieder zur Ruhe zu kommen. „Ich wollte meinen Schreibtisch ordnen. Als ich die Karte für das Brautpaar schrieb, ist mir die Unordnung aufgefallen."

„Damit kannst du doch an einem anderen Tag fortfahren." Gelassen setzte er sich auf ihr Bett. „Komm zu mir!"

„Warum?", fragte sie ängstlich.

„Ich will dir nichts tun. Du sollst sehen, dass dein Gatte in Wahrheit ein zärtlicher Mann ist." Einladend hielt er ihr die Hand entgegen.

„Nein, Florian ... ich kann nicht."

„Warum kannst du nicht?", fragte er verwundert.

Verwirrt schüttelte sie den Kopf. „Ich habe Angst vor dir", gestand sie bebend.

„Gerade darum sollst du zu mir kommen, mein Täubchen! Ich möchte dir diese wahrhaftig unbegründete Angst nehmen." Vorsichtig erhob er sich, nahm behutsam ihre Hand und führte sie zum Bett. „Komm!" Er zog sie auf seine Knie. „Weißt du, Schatz, ich habe die höchst aufwendige und überaus bedeutsame Konstruktionszeichnung nahezu fertiggestellt. Es ist nicht mehr viel daran zu tun. Also werde ich nicht mehr von dieser aufreibenden Angelegenheit festgehalten und darf dir in der nächsten Zeit endlich ein gerechter und liebevoller Gatte sein. So wie du es dir zu Recht gewünscht hast." In traulichem Ton sprach er so viele Worte, wie während ihres ganzen Ehejahres nicht. „Wahrscheinlich weißt du es nicht, aber ein Mann kann oft nicht so sein, wie er es eigentlich gerne sein würde. Wenn ihn ein gewichtiger Auftrag quält, kann er sehr unleidlich sein …". Er küsste ihren Nacken. „Und dieser Auftrag ist äußerst gewichtig! Herr Jahner hat ihn durch die Vermittlung Herrn von Heringsdorf bekommen können. Beide darf ich keinesfalls mit einer fehlerhaften Planung enttäuschen. Diese Planung und die Durchführung des Baus bescheren einen sagenhaften Gewinn, an dem auch wir, du und ich, beteiligt werden." Überwältigt hielt er inne. „Mein Name wird über alle Grenzen hinaus bekannt werden." Zart küsste er ihr die Wange und öffnete die Schleife ihres Morgenmantels, den sie über ihr Nachthemd gezogen hatte.

„Nein!", entfuhr es ihr, während sie seine Hand festhielt. „Ich kann es nicht, Florian!", stieß sie zitternd hervor.

Argwöhnisch neigte er sein Gesicht auf die Seite. „Warum kannst du nicht?"

„Ich bin unpässlich!"

Er stutzte. Zögernd fuhr er mit der Hand über ihren Rücken. „Ach so … wenn das so ist, nehmen wir selbstverständlich Rücksicht darauf", bedauerte er nachdenklich. Er gab ihr einen Kuss auf die Stirn und schob sie von den Knien. „Dann bleibt mir nur, dir eine erholsame Nacht zu wünschen, damit ich morgen eine ausgeruhte und strahlende Tänzerin über das

Parkett führen darf." Mit einer Verneigung verließ er ihr Gemach.

Auf dem Hochzeitsfest führte der Ingenieur seine Gemahlin unentwegt über das glänzende Parkett, wohl allein um des Anstandes Willen bedachte er die Tochter des Ratsherrn Othmar von Heringsdorf mit einem Tanz. Von Celeste trennte er sich nur unter sehnsüchtiger Pein, augenscheinlich war er ihr glücklich ergeben.

Unterdessen das Paar schließlich eine erfrischende Pause einlegte, zu der Florian seinem Augenstern ein Glas perlenden Champagner reichte, kündigte er ihr eine baldige Reise nach Hamburg an. Seine Pläne mussten den Ratsherren von Hamburg unterbreitet und diesbezüglich anfallende Fragen beantwortet werden.

„Wie lange wirst du fortbleiben?", fragte Celeste mit einem Anflug von ehrlichem Bedauern. Seine eingehende Rechtfertigung am vergangenen Abend und das innige Werben um ihre Gunst, wie seine unablässige Zugewandtheit an diesem Tage nährten eine nicht mehr erwartete aufkeimende Hoffnung. Sollte das vergangene Jahr tatsächlich allein durch seine aufzehrende Arbeit unter dieser Härte gestanden haben? Das verheißungsvolle Lächeln, das er auf ihr Bedauern hin zeigte, beflügelte ihre zaghafte Deutung.

„Du kommst mit mir, meine geliebte Celeste! Ohne dich würde ich mich in der Fremde einsam fühlen."

„Ich werde mitkommen?"

„Ja! Dann kannst du dich bereits mit dem großherzigen hanseatischen Charakter der Stadt vertraut machen und erste Bande zu den Gemahlinnen der Ratsherren anknüpfen. Immerhin werden wir im August unser Zelt in dieser illustren

Handelsstadt aufschlagen, also sollten wir uns diese Gelegenheit der ersten Fühlungnahme nicht entgehen lassen."

Er sprach so aufgeräumt und einnehmend, Celeste war gänzlich verwirrt.

Trotz der kaum zu fassenden Wendung in den vergangenen vierundzwanzig Stunden, musste er sie am späten Abend des durchtanzten Festes allein in der Wohnung zurücklassen. Eine dringende Besprechung mit den Ingenieurskollegen stand noch an. In drei Tagen sollte die Reise nach dem fernen Hamburg angetreten werden.

Am nächsten Morgen verließ er so früh die Wohnung, dass sie ihm nicht begegnete. Gegen die darüber aufkommende Enttäuschung wehrte sie sich; mit allen Mitteln wollte sie diesen zarten Hoffnungsstrahl festhalten. Kaum, dass sie gefrühstückt hatte, setzte sie sich an ihren Schreibtisch und begann, einem Brief an Agatha zu schreiben, an ihre geliebte Mama sollte einer folgen; wenigstens unterschwellig musste diese an ihrem nicht mehr erhofftem Glück teilhaftig werden. Alle grausamen Demütigungen waren wie ausgelöscht, jede Missachtung vergessen. Je länger sie schrieb, um so strahlender erschien ihr seine Zuneigung, und desto fröhlicher flossen die Worte aus ihrer Feder, bis schließlich die Tinte zur Neige ging. Zudem hatte ihr diese Mitteilsamkeit angenehm vergegenwärtigt, die Gemahlin des angesehenen und prächtigen Herrn Ingenieurs zu sein, demgemäß sie nun erhobenen Hauptes in dessen Arbeitszimmer schritt, in welchem flaschenweise die schwarze Flüssigkeit lagerte.

Während sie ihren Arm über die Arbeitsplatte reckte, um an das Tintenfässchen zu gelangen, musste sie sich vorsehen, dass die Falten ihres Kleides nichts in Unordnung brachten. Ihr Blick blieb auf der zierlichen Handschrift eines Blattes hängen, welches zum größeren Teil von einem Stoß Berechnungstabellen bedeckt wurde. Es war ein Brief, der offenbar beim Zusammenschieben der Papiere unbemerkt verrutscht war. Mit wehrenden Augen überflog sie die Worte.

Hamburg, 4. Mai 1823

Innigst geliebter Brückenbauer,

wie lange ist es bereits her, seit wir uns das letzte Mal vereinigen durften?! Schon am Tage Deiner Abreise aus Leipzig – es war der grausame zweite Januartag – bin ich vor Schmerz vergangen. Ich zähle die Tage, bald sind es nur noch Stunden, die uns von der erträumten Zweisamkeit trennen …

Den Atem verhaltend, beugte sie sich näher an das Schriftstück. Sollte sie den Brief hervorziehen, um den Namen der Verfasserin dieser Liebesschwüre aufzudecken? Sie fasste das brennende *corpus delicti* an der herausragenden Ecke, sie keuchte, der Puls hämmerte in ihren Schläfen. Nein. Ihre christliche Erziehung verbat ihr diese Tat. Um Gottes willen, es war doch *ihr* Gemahl, der dort als innigst geliebter Brückenbauer angesprochen wurde! Ihr schwindelte – sie sank zusammen. Die Ohnmacht währte jedoch nicht lange; ohne sich nochmals umzusehen, verließ sie das Zimmer.

Am Tage darauf begegneten sich Heinrich und Celeste an dem lang verabredeten Ort, um sich an den Elbwiesen von einer strahlenden Maisonne bescheinen zu lassen. Sie hatte ein Picknick mitgebracht und er für eine Decke und eine hübsche Lektüre gesorgt, außerdem befand sich in seiner geräumigen Tasche sein Zeichenblock und Farbkreide. „Heute ist der Tag,

von dem ich im März einmal sprach. – Wissen Sie es noch?",
fragte er munter.

Ungewöhnlich blass und niedergedrückt sah sie vor sich hin.

„Sie versprachen mir, eines Tages an einem sonnigen Frühlingstag ein Bild von mir zu zeichnen – mit meinem Wissen."

Seine Munterkeit konnte sie nicht aufheitern. Im Gegenteil, sie war ihr eine zusätzliche Bestätigung für ihre Eigensucht und Neigung zu Äußerlichkeiten. Während ihrer kurzfristig wieder aufgelebten Verblendung vergaß sie nicht nur des Gatten Misshandlungen, sondern sogar ihn, ihren treuen und liebevollen Heinrich. Und darum war ihr Schmerz viel tiefergehend, als allein die Aufdeckung Florians Schauspiels hätte hervorrufen können.

„Genauso war es, hochverehrtes Tausendschön!"

Nachdem sie die Brote verzehrt hatten, er ihr einige Seiten aus einem Gedichtband Clemens Brentanos vorgelesen hatte, wies er sie an, ein wenig den Kopf zur Seite zu wenden und bitteschön eine Weile so zu verharren.

„Werden Sie noch in Dresden sein, wenn ich zurückkehre?",
fragte sie nach längerem Schweigen, währendem er eifrig zeichnete.

„Wann werden Sie zurückkommen, Holdeste?"

„Er hat keine Zeit angegeben." Schuldbewusst sah sie auf ihre Hände. „Eines Tages müssen Sie ja wieder zurück nach Greifswald und jetzt ist ein guter Zeitpunkt … wir verlassen beide die Stadt …".

Er legte Farbkreiden und Papier auf die Seite. „Weinen Sie nicht, Verzagteste! – Sehen Sie sich die bunte und heitere Hafenstadt an, lernen Sie die Gattinnen der Ratsherren kennen. Bereits jetzt können Sie Freundschaftsbande für später knüpfen. Sie werden in einem feudalen Hotel logieren …

wahrscheinlich werden Sie ihn nur wenig sehen, weil er auf unglaublich wichtige Konferenzen und Versammlungen muss ...". Vorsichtig hob er ihr Kinn an. „He, mein edles englisches Fräulein. Ich warte auf Sie ... weinen Sie nicht!" Er drückte sie zart an sich. „Seit Sie Dresden mit Ihrer Anwesenheit verzaubern, kann ich diese Stadt nicht mehr verlassen – wissen Sie das nicht?"

„Sie sind meinetwegen geblieben?", flüsterte sie beschämt.

„Wenn ich wahrhaftig ehrlich bin, bin ich Ihretwegen geblieben. Ein paar Aufträge haben mir glücklicherweise einen Vorwand für diesen auf unbestimmte Zeit verlängerten Aufenthalt gegeben."

„Ich habe es mir gewünscht", gab sie leise zu, fuhr jedoch mit fester Stimme fort. „Aber jetzt ist es gewiss Zeit für Sie, Heinrich. – Doch müssen Sie wiederkommen ... eines Tages kommen Sie wieder ...".

Zweifelnd zog er eine Braue hoch. „Haben Sie da ... an den August gedacht oder welchen Zeitpunkt haben Sie für meine Rückkehr vorgesehen?"

„Ihre Scherze sind mir heute nicht lustig." Sie schnäuzte sich die Nase, ihr Blick verfinsterte sich. „Er wird doch nicht länger als eine Woche in diesem ominösen Hamburg bleiben wollen?", fragte sie vorwurfsvoll, als könnte Heinrich Einfluss nehmen.

„Das weiß ich nicht, Erhabenste. Ich bin kein Hellseher."

„Heinrich ... dort wartet eine Geliebte auf ihn", flüsterte sie bebend.

„Aha", bemerkte er unberührt.

„Wahrscheinlich hatte er diese Geliebte bereits, bevor er in meine Heimat gekommen ist." Bitterlich begann sie zu weinen. „Wissentlich hat er meine Zukunft zerstört!", rief sie aufgewühlt. Sie hielt inne und bekannte ruhiger: „Seit dem Abend vor dem Hochzeitsfest Brookmanns umschmeichelt er mich und will mir weismachen, dass er allein wegen seinem Auftrag kein liebender Ehemann sein konnte, aber jetzt würde alles anders werden!"

Aufmerksam hörte Heinrich ihrem denkwürdigen Bericht zu.

„Na dann, Celeste! Dürfen Sie sich freuen; Ihr Peiniger ist in Wirklichkeit ein verzauberter Prinz."

Betroffen musterte sie ihn. „Was wollen Sie damit sagen?"

„Ich will Ihnen sagen: Lassen Sie sich überraschen, meine Erlauchteste. – Sie wollen mir nicht vertrauen, also vertrauen Sie auf sich selbst."

„Warum vertraue ich Ihnen nicht? Würde ich mit Ihnen hier am Elbufer sitzen, wenn ich Ihnen nicht vertraute?"

„Ich weiß es nicht, Celeste. Ich weiß nicht, was Ihre wahren Wünsche sind, ich weiß nicht, was Sie über mich denken – und ich weiß nicht, wie lange ich Ihren Schmerz noch ertragen kann."

„Also sind Sie nicht mehr da, wenn ich wiederkomme." Unentschieden hob er die Schultern. „Heinrich, wollen Sie mich quälen!? Verlassen Sie mich nicht!"

Er fasste ihre Hände. „Sie müssen sich darüber im Klaren werden, was Sie wollen. – Ob katholisch oder nicht, es gibt Gründe, die einer Ehe in jedem Fall entgegenstehend sind, Celeste."

„Aber eine außereheliche Liebesbeziehung ist kein Grund für eine Auflösung!", stieß sie verzweifelt hervor. „Ein erfahrener Priester könnte es ausräumen."

„Lassen Sie uns darüber schweigen", bestimmte er ruhig. „Lesen Sie mir aus dem Büchlein vor, ich werde Sie weiter porträtieren."

Ihre Augen wanderten von Dame zu Dame. Welche würde es sein, die ihren innig geliebten Brückenbauer herbeisehnte? Es mochten fünfzehn elegante Damen sein, die von ihren mehr oder weniger alten Herren an die lange Tafel geführt wurden. Kein Herr war ohne Dame. Und selbstverständlich war keine Dame ohne Herrn.

Heinrichs ernste Ansprache hatte ihr einige schlaflose Stunden bereitet; warum sprach er in Rätseln? Kannte er sie genauer als sie sich selbst? Warum nur wollte er nicht verstehen, dass sie als gläubige Katholikin an den Ehevertrag für immer gebunden war? – Er war ein Künstler. Viele Stunden sprachen sie bereits über Gott und die Liebe. Seine Ansichten waren wahrhaftig und wunderschön – heimlich wünschte sie sich manchmal, dass er eine Grenze überschreite, und sie küsse; tiefe Sehnsucht erfüllte sie – Sehnsucht nach seiner Zärtlichkeit. Sie liebte Heinrich. Sie liebte ihn so sehr!

Die Zeilen an den Brückenbauer beschämten sie nochmal mehr. So war es keine Gefühlskälte, die ihn hinderte, sie zu lieben, was man als krankhafte Absonderlichkeit hätte deuten und somit entschuldigen können, sondern eine andere Frau. Doch warum musste er sie mit seinen lieblosen nächtlichen Besuchen quälen?

Welche mochte es sein? Sie sah sich die Jüngsten an. Alle waren bedeutend älter als sie, keine schien unter vierzig Jahre alt zu sein. Sie lachte über sich selbst; Hamburg war groß und ohne Frage lebten in dieser weltoffenen Stadt viele reizende junge Damen. Florian brillierte mit seinem servilen Wissen, unentwegt bezog er sich auf sie, seine teure und exquisite Gemahlin, die aus vornehmem britischem Hause stamme, fließend Deutsch sprach und hervorragend Laute spiele. Wie ein

Paradiesvogel war sie während des Empfangs herumgereicht worden, jeder wollte etwas aus ihrer Heimat und über ihre Familie erfahren. Insofern war sie froh, endlich still an dieser Tafel sitzen zu dürfen und für den zweigesichtigen Herrn Ingenieur nicht mehr schauspielern zu müssen.

Am Abend begann sie sich in äußerlicher Ruhe für das Bett zu richten, bat ihn sogar, ihr das Kleid zu öffnen. Mit abwesender Miene tat er das Gewünschte, verrichtete ansonsten seine Abendtoilette, ohne sie eines Blickes zu würdigen. Schließlich verkündete sie ihm, an diesem Tage für seine versprochene Zärtlichkeit bereit zu sein.

„Nein, meine Liebe, mein Kopf schmerzt von den anstrengenden Gesprächen und morgen werde ich eine Sitzung am Vormittag haben, die …". Es verschlug ihm die Sprache, als er sich in diesem Augenblick ihr zuwandte. Voll Widerwillen verzog er sein Gesicht. „Lass das Celeste! Du bist doch kein Freudenmädchen!"

Erschrocken zog sie das Nachthemd wieder hoch, welches sie absichtlich vor seinen Augen von ihren Schultern hatte gleiten lassen. „Nein, ich bin deine Ehefrau …".

„Es stößt mich ab!", bekannte er mit erzürntem Blick.

„Was stößt dich ab?", flüsterte sie zitternd.

„Wenn du dich entblößt."

„Wie willst du zärtlich sein, ohne meine Haut zu berühren?", fragte sie ungeachtet der tiefen Verletzung.

„Lass das meine Sorge sein! Lösch dein Licht und verhalte dich still. Der Diener wird morgen um sieben Uhr zum Wecken kommen."

Kaum hatte sie endlich neben ihm Schlaf gefunden – neben dem, der allein Abscheu für sie empfand – wachte sie von Geräuschen in ihrem Gemach auf. Nur ein wenig öffnete sie die

Augen und erkannte, dass Florian sich im Dunkel ankleidete. Ihr Herz zog sich zusammen; nun ging er zur Geliebten! Ihr Leib stieß ihn ab, doch eine andere, die sehnsüchtig auf ihn wartete, wollte er mit seiner Liebe übergießen. Als die Türe sich hinter ihm geschlossen hatte, atmete sie tief durch. Sei vernünftig, Celeste! Seit einem Jahr quält er dich, willst du ihm wirklich gefallen? – Nein, das war es gewiss nicht! – Es war das Wissen um ihre zerstörte Zukunft, die in ihr Herz schnitt ... Sie schrie und weinte in das Kissen. „O mein Gott! So hör mein Rufen! So hör mein Flehen! Sieh doch, wie dein Kind leidet! O mein Gott, willst du das zulassen, dass deine Celeste auf immer leiden muss?! Niemals zärtlich liebkost werden, niemals ein geliebtes Kind in den Armen wiegen?! Hör mein Rufen, o barmherziger Gott, habe Mitleid mit deiner Tochter!"

Sie erwachte, als sich Florian munter pfeifend im Toilettenzimmer das Gesicht rasierte. „Ich habe dir Frühstück für acht Uhr auf das Zimmer bestellt. Ich selbst werde heute mit Herrn Jahner und einigen Honoratioren in der Stadt frühstücken. – Lass es dir schmecken! Um zwei Uhr werden wir mit Ehepaar Jahner unten im Speisesaal dinieren." Mit einer kleinen spöttischen Verneigung verschwand er aus der Tür.

Zerschlagen und mit stechendem Kopfschmerz wälzte sie sich im Bett. Sie wollte zurück nach Dresden, sich von Heinrich verabschieden und nach England fliehen. Ohne Gatten war es hunderttausend Mal besser zu leben, als neben einem Mann, der allein Abneigung und Gewalt für sie übrig hatte.

„Sie sind heute sehr schweigsam, verehrte Frau Hofstetter? Konnten Sie in der ungewohnten Umgebung nicht ruhen?"

Sekundenlang starrte Celeste in das Gesicht der Dame und suchte nach einer demütigen Antwort.

„Meine empfindliche Gemahlin muss sich stets an eine neue Umgebung gewöhnen." Ingenieur Hofstetter betrachtete sie gönnerhaft. „Aber nach zwei, drei Tagen lässt das nach, nicht wahr, Schatz?" Er tätschelte ihre Hand.

Herr Jahner lachte. „Na, dann bleiben Ihnen ja noch vier erholsamere Tage, Verehrteste!" Vieldeutig lächelte der Baumeister seinen Paradeingenieur an.

Celestes Miene blieb bleich und ausdruckslos. An diesem Tag wollte ihr das Schauspiel nicht mehr gelingen. Sie brachte auch kein Bissen herunter, im Gegenteil, noch während des Speisens musste sie zum nächsten Austritt eilen, um sich zu übergeben.

Einmütig drängte das Ehepaar Jahner den Ingenieur, sein blasses Frauchen nach oben zu begleiten und in das Bett zu komplimentieren.

„Was machst du für ein Theater, du dämliches Weibsstück! Ist es so schwer, zuvorkommend und niedlich mit unseren Brotgebern zu speisen?" Stumm sah sie ihn an. „Los, leg dich hin und kurier deine Kotzerei aus!" Ohne noch ein Wort verschwand er aus der Tür.

Ganz offensichtlich war Celeste für die nächsten Tage krank. Sie bewegte sich zwischen Bett und Austritt; Speisen jedweder Art lehnte sie ab. Ein Dienstmädchen kümmerte sich um Getränke und half ihr mehrmals, das verschmutzte Nachthemd zu wechseln. In diesem Fall war es nur verständlich, dass der Herr Ingenieur Hofstetter noch am selben Tag ein zweites Zimmer mietete und bezog, um die wichtigen Sitzungen nicht durch eigene Unpässlichkeit zu versäumen.

In der Nacht zum vierten Tag erbrach Celeste große Mengen Blut. Darüber erschrak sie solchermaßen, dass sie auf den Gang hinaustrat, von Tür zu Tür wankte und ängstlich nach Florian rief. Es dauerte nicht lange und eine Zimmertüre wurde aufgerissen, jemand packte ihren Arm, zog sie in ein Zimmer und schloss schleunigst die Tür. „Was machst du, du verrückte Gans!", zischte Florian ungehalten. „Bist du jetzt auch noch dem Wahnsinn verfallen!?"

Trotz ihres erbärmlichen Zustandes hatte sie den Schatten wahrgenommen, der bei ihrem Eintritt rasch in ein angrenzendes Zimmer gehuscht war. Jäh vergaß sie das erbrochene Blut, ihr Kopf war nur noch mit bohrender Schmach ausgefüllt. „Ist sie das?", heulte sie erschüttert auf. „Hast du sie hier? Ist sie wirklich hier?"

„Was redest du für wirres Zeug. Du bist ja im Delirium!" Sie riss sich los und stürzte zur besagten Tür. „Keinen Schritt weiter, oder ich schlag dich tot!", drohte er unmissverständlich.

Doch war die Tür bereits aufgestoßen. Ein Lichtstreif fiel in die Kammer und beleuchtete schwach eine zusammengekauerte Gestalt, die zitternd und unbekleidet auf dem Boden hockte. Das verstörte Gesicht wandte sich Celeste zu. Ihr schwanden die Sinne.

Sie erwachte am Vormittag in ihrem gemeinsamen Zimmer. Ein fremder Herr mit Zwicker stand vor dem Bett und hielt ihr Handgelenk in seiner großen Pranke. Neben diesem stand Florian und eine Dienstmagd.

„Sehr bedenklich, Herr Ingenieur." Bedächtig wiegte der Mann den Kopf. „Ihre Gemahlin braucht Ruhe, absolute Ruhe. Der hysterische Anfall in der Nacht unterstützt meine Diagnose eines schweren Magenleidens. Sobald sie wieder etwas zu sich nehmen kann, sollte sie in eine, ihr vertraute Umgebung gebracht werden. – Sie scheint mir recht jung – sind ihre Eltern in der Nähe, oder Verwandtschaft?"

„Nein. Sie ist Engländerin."

„Aha. – Sie leben in Dresden? Dann sollte sie dort zu guten Freunden kommen." Nachdenklich betrachtete er die vor sich hindämmernde Kranke. „Sehr bedenklich", wiederholte er nahezu zum zehnten Male. „Absolute Ruhe und fürsorgliche Pflege. Da ist bereits viel Blut in die Elbe geflossen", mahnte er. Er musterte die Dienstmagd. „Können Sie die Pflege übernehmen, mein Fräulein? Der gnädige Herr wird Ihnen gewiss gern ein paar Kreuzer mehr für die Gesundheit seiner teuren Gemahlin geben." Die Dienstmagd machte einen Knicks und bejahte die Anfrage.

Im Zimmer war es still geworden. Celeste öffnete die Augen. Florian saß an ihrem Bett und starrte auf das gegenüberliegende Fenster. Doch hatte er ihre Regung wahrgenommen. „Celeste?" Sie richtete ihren Blick auf ihn. „Es war ein böser Traum." Reglos sah sie ihn an. „Hast du mich verstanden?" Sie nickte. „Sobald du einigermaßen zu dir gekommen bist, reisen wir zurück."

Sie schloss die Augen.

Drei Tage später saß Herr Ingenieur Hofstetter mit seiner jungen Gemahlin in einem gut gefederten Wagen auf der Rückreise nach Dresden. Celeste glich einem Gespenst, dass zudem seit besagter Schreckensnacht die Stimme verloren hatte. Meistens hielt sie die Augen geschlossen oder sah aus dem Fenster auf die blühenden Auen und lichtgrünen Wälder. Doch nahm sie kaum etwas von dieser gewaltigen Pracht wahr; unentwegt kreisten ihre Gedanken um ein Entkommen.

In Leipzig übernachteten sie ein letztes Mal auf ihrer Reise. Sogleich legte sie sich zu Bett, wie alle Reisetage zuvor. Florian kam in ihr Zimmer und setzte sich für einige Minuten auf einen Stuhl neben ihr Lager – wie an jedem Abend. „Es war ein böser Traum, Celeste, hörst du?" Unbestimmt nickte sie. „Und keinem Menschen wirst du von diesem Traum erzählen. – Es gibt Träume, über die spricht man nicht. Hast du mich verstanden?" Sie regte sich nicht. „Du wirst keiner Menschenseele von diesem Traum erzählen." Mit großen Augen sah sie an ihm vorbei, ohne ihm eine Bestätigung zu geben. Er schob seine Hand unter ihren Kopf und griff in ihr Haar. „Versprich mir, dass du keiner Menschenseele von diesem hässlichen Traum erzählst!" Sie bebte und schwieg. „Du kleines katholisches Luder! Ich warne dich! Ich werde dich einsperren und verbreiten lassen, dass du ein außereheliches Verhältnis zu Herrn Heinrich von Heringsdorf pflegst. – Das tust du doch, oder nicht?!" Allein Celestes Beben nahm zu, doch bejahte sie nicht und gab auch keine Einwilligung in seine Forderung. Seine Hand griff fester in ihr Haar. „Ich werde dich zu Klump schlagen, solltest du meiner Anordnung zuwiderhandeln." Er erhob sich und verließ das Zimmer.

„O, mein Gott, kann es schlimmer kommen? – Führe mich heraus!"

ZWÖLFTES KAPITEL

Die ersten Tage in Dresden verbrachte sie im Bett. Wie der Doktor aus Hamburg empfohlen hatte, ließ Florian einen Arzt kommen. Der verordnete verschiedene Pülverchen und strikte Ruhe mit freundlichen Zerstreuungen, wollte man eine Heilung des aufzehrenden Geschwürs anstreben.

Florian verbrachte die erste Woche in der Friedrichsallee siebzehn, ohne nur einmal das Haus zu verlassen. Er ließ sich von Herrn Palow verschiedene Tabellen aus dem Bureau bringen, um gewisse Details seines Planes am eigenen Schreibtisch zu präzisieren. Am dritten Tage bat Celeste um die Erlaubnis eines Besuches von Marianne Brookmann.

„Du kennst die Bedingung!", warnte er. Sie nickte.

Schon am nächsten Tag eilte Marianne in die Friedrichsallee. „Celeste! Meine geliebte Freundin! Dein Gemahl schrieb mir von deinem Zusammenbruch!" Sie war außer sich, als sie das dürre Gespenst in den Kissen erblickte. Mitleidig ergriff sie die Hände Celestes und wollte sie nicht mehr loslassen. „Was machst du für Sachen, meine naseweise Freundin?" Tränen standen ihr in den Augen.

„Sie ist sehr unvorsichtig, verehrte Frau Brookmann. Trotz den Ermahnungen des Arztes schonte sie sich nicht, also war ihr Zusammenbruch unausweichlich", erklärte Herr Hofstetter, der an der Zimmertür stehen geblieben war, nachdem er den Gast in das Gemach seiner Gattin geführt hatte.

„Celeste, so unvorsichtig warst du? – Oh, ab jetzt werden wir dafür sorgen, dass du artig den Anweisungen des Arztes folgst!" Fröhlich lächelte sie ihre Freundin nun an und wandte sich an den Herrn Ingenieur. „Nicht wahr, Herr Hofstetter?

Wir werden Ihre geliebte Lautenspielerin wieder zu Leben erwecken!"

„Mit Freuden, Frau Brookmann!" Er verneigte sich. „Ich ziehe mich zurück. Sollte etwas sein, ich bin in meinem Arbeitszimmer eine Tür weiter."

Marianne strich Celeste liebevoll die Haare aus dem Gesicht und tupfte behutsam deren Tränen ab.

„Ist er abgereist?", fragte Celeste leise.

Marianne musste sich sortieren, begriff jedoch nach einigen Augenblicken. „Er ist in Dresden."

„Hat er auf mich gewartet?"

Marianne nickte und zog ein Schnupftuch aus ihrem Ärmel, um die Rinnsale aus Celestes Augen aufzunehmen. Diese hielt die freie Hand Mariannes fest und drückte sie an ihre Brust. Das Dienstmädchen brachte den Damen Tee in das Schlafgemach und half Celeste, sich im Bett hochzusetzen. Derweil plauderte Marianne unbefangen von ihrer Hochzeitsreise nach Prag und schenkte den Tee ein.

„Sag ihm, dass ich bei nächster Gelegenheit reisen werde", flüsterte Celeste unter Tassengeklapper.

„Was immer das bedeutet, Celeste, ich werde es weiterleiten."

„Wann kommst du wieder?"

„Ich kann dich auf keinen Fall noch einen Tag hier allein lassen, du stirbst uns unter den Händen weg!"

„Wann kommst du?"

„Morgen, meine Liebe. Ich bringe dir schöne Früchte mit und was ich sonst noch alles ergattern kann, um dich wieder aufzupäppeln."

Sehnsüchtig sah Celeste ihre Freundin an. „Sag ihm, dass ich ihn liebe", flüsterte sie.

„Selbstverständlich werde ich nicht zu viel Geld für das Obst ausgeben, Celeste. Du weißt, dass Franz eine sparsame Hausfrau schätzt."

Sie berichtete ihrer geplagten Freundin von all den Verwirrungen und unterhaltsamen Missverständnissen, die ein großes Hochzeitsfest mit sich brachten, erzählte von Edeltrauts musikalischen Fortschritten und Anna-Sophies dreizehnter Schwärmerei. Schließlich half sie ihrer Freundin bei verschiedenen Kleinigkeiten und herzte sie zum Abschied inniglich.

„Morgen werde ich bereits zum Mittagessen kommen. Franz bleibt im Laboratorium, also kann ich mit meiner geliebten Freundin speisen und überprüfen, ob sie die Speisen auch ordentlich zermahlt oder wie ein Bierkutscher verschlingt."

Herr Hofstetter begleitete Frau Marianne Brookmann zur Tür und verabschiedete sich mit herzlichstem Dank für deren liebevolle Zuwendung an seine Gemahlin.

„Wann kommt deine Freundin wieder?", fragte er.

„Sie möchte morgen mit mir zu Mittag essen."

„Warum kommt sie schon morgen wieder?", fragte er misstrauisch.

„Der Doktor sagte, ich benötige Zerstreuung."

Drohend sah er sie an und verschwand wortlos aus dem Zimmer.

Marianne brachte einen Korb voll herrlicher Erdbeeren, Himbeeren und Kirschen mit; köstlicher Käse, fein geselchter Schinken und ein Weißbrot befanden sich auf dem Grund des Behältnisses. Sie wählte das kostbare Service aus, das Celeste von ihrer Mutter zur Hochzeit geschenkt bekommen hatte, und bereitete gemeinsam mit der Haushälterin einen hübsch gedeckten Tisch. Schließlich half sie ihrer Freundin in den

Morgenmantel und führte sie feierlich an den geschmückten Tisch.

Celeste lächelte gerührt. „Marianne!", hauchte sie. „Wie hübsch du alles bereitet hast!"

„Komm, setzt dich, meine Liebe!" Sie rückte für Celeste einen Stuhl zurecht. „Mit den innigsten Grüßen von ihm!", flüsterte sie ihr in das Ohr, während sie ihr beim Setzen und Heranrücken behilflich war.

Celeste drückte Mariannes Hand. „Danke!" Sie sah auf das dritte Gedeck. „Kommt mein Gatte nicht zum Essen?"

„Er sagt, er habe keinen Appetit und wolle die Damen allein speisen lassen."

„Es wird ja genug übrigbleiben, wenn ihn der Hunger überkommt", beruhigte Celeste das Personal und sich selbst. Genüsslich speisten sie zusammen. Mit dem Wissen, dass Heinrich diese Beeren, den Käse und den Schinken für sie heute Morgen auf dem Markt erstanden hatte, schmeckte ihr das Mittagsbrot das erste Mal seit langem wieder.

„Schau, ich habe dir doch versprochen, den besagten Brief mitzubringen. Du darfst ihn lesen, jedoch keinesfalls behalten", rief Marianne neckisch. „Er ist mein Eigentum!" Mit verschworenem Blick reichte sie Celeste einen Brief.

Geliebteste und endlich Erleuchtete!
Wie glücklich macht mich Ihr Entschluss! Geben Sie M. das festgesetzte Datum bekannt. Sie wird Ihnen etwas Wertvolles mitgeben, dass Sie Ihrem Herrn Vater sogleich ungeöffnet überreichen müssen. Sollte Ihnen das Reisegeld fehlen, wird M. es Ihnen auslegen. Mit Freuden komme ich dafür auf. Es ist mein Abschiedsgeschenk an Sie. In immerwährender Zuneigung, Ihr H.

Celeste las die Zeilen, bis sie nichts mehr erkennen konnte. Behutsam nahm Marianne ihr den Brief aus der Hand und steckte ihn sorgfältig in ihr Beutelchen zurück.

„Iss tüchtig, meine Liebe, lange wirst du doch nicht siech sein wollen. Bald steht der nächste Hausmusikabend an!" Sie stockte. „Die Laute! – Natürlich, sorge dich nicht, wir werden sie fachgerecht von einem Musiker herrichten lassen."

Die nächste Woche verging nicht ohne einen täglichen Besuch. Den einen Tag brachte Marianne ihre Schwester Edeltraut mit, am anderen Tag wurde sie von Franz begleitet. Selbst Frau von Heringsdorf erschien eines Tages zum Tee. Sie brachte Grüße von Ella-Luise, Cäcilia und ihrem Gemahl. Über diesen Besuch freute sich Celeste ganz besonders; war es nicht die geliebte Mutter ihres treuen Gefährten? Und sie war glücklich, dass Heinrich seiner Mutter offenbar so viel Liebe und Vertrauen bewiesen hatte, dass sie ihr gegenüber, die doch das Geheimnis auf so plumpe Art erfahren hatte, keine Vorbehalte, sondern sogar Freundschaft empfand.

Schließlich kam der ersehnte Tag. Sie war halbwegs wieder zu Kräften gekommen und das Billett nach Leipzig von Marianne gelöst worden. Und nicht nur das, sie hatte ihrer Freundin einen gesamten Reiseplan ausgearbeitet. Ein kleiner Koffer, der im Hause Brookmann stand, war nach und nach von Marianne befüllt worden; bei jedem Besuch in der Friedrichsallee hatte sie etwas mitgenommen. Florian war seit acht Tagen wieder regelmäßig im Bureau, kam jedoch jeden Mittag für eine Stunde und am Abend bereits schon um sechs Uhr nachhause. Vordergründig als sorgender Gatte, doch in Wahrheit, um ihr mit seiner regelmäßigen Anwesenheit sein Versprechen täglich in Erinnerung zu rufen. Marianne hätte keine Minute früher kommen dürfen; der Ingenieur Hofstetter, hatte soeben die

Friedrichsallee verlassen, als sie mit einem kleinen Wagen vorfuhr.

Die Postkutsche sollte um neun Uhr von der Hauptpost am Wilsdruffer Platz abfahren. Franz hob dem Knecht den Koffer entgegen, der diesen oben auf dem Gepäckträger mit anderen Koffern festzurrte. Celeste war aufgelöst; es bangte ihr vor der langen Reise, die sie allein durchstehen musste. Gleichzeitig erfüllte aufregende Freude ihr Herz, in nicht allzu weiter Ferne ihre geliebte Familie wieder zu sehen. Doch in diesem Augenblick empfand sie am stärksten tiefen Kummer, ihrem Heinrich kein Lebewohl sagen zu dürfen. „Sag ihm, dass er mir schreiben muss, Marianne! Sag es ihm! Vergiss es nur nicht! Du kennst meine Anschrift."

„Natürlich, meine geliebte Freundin, wie könnte ich das vergessen. Nun steig ein, sonst fährt sie ohne dich!"

Celeste fiel ihr um den Hals. „Marianne, mein Engel, wie hast du mich mit Liebe überhäuft! Komm bald mit deinem Gemahl nach England – alles werde ich wieder gut machen!"

Sie wandte sich an Herrn Brookmann. „Vergelte es Ihnen der liebe Gott, dass Sie so gut zu mir waren, Herr Brookmann! Kommen Sie bald mit Ihrer lieben Frau nach Chelsea oder Abingdon! Ich freue mich auf Ihren Besuch!" Franz Brookmann verneigte sich mehrmals und strahlte. „Geben Sie acht, meine Dame, ich nehme Sie beim Wort!"

Unruhig sah sich Celeste um; oh, wenn er nur käme, dass sie ihn ein letztes Mal sähe – und wenn es nur von Weitem wäre! Ihre Augen überflogen den Platz. Warum tummelten sich so viele Menschen hier, kaum dass man ein bekanntes Gesicht ausmachen könnte. Inzwischen hatten alle Fahrgäste ihren Platz eingenommen, Marianne schob ihre Freundin dem

Trittbrett entgegen. „Steig ein, Celeste! Wir können die Reise nicht verschieben!"

Endlich stieg sie hinauf, der Knecht wollte den Wagenschlag schließen, da stieß Celeste einen spitzen Schrei aus. Sie zwängte sich zum Wagenschlag hinaus. „Heinrich!", rief sie gellend und lief ihm blind entgegen.

„Leben Sie wohl, Allerherzgeliebteste!" Er schloss sie in die Arme. „Entrichten Sie Ihren Eltern einen freundlichen Gruß und vergessen Sie nicht, Ihrem Herrn Vater den Brief zu übergeben."

„Ja, Heinrich."

„Unterrichten Sie Marianne während Ihrer Reise. Damit ich mich nicht sorgen muss."

„Ja, Heinrich."

„Man wartet auf Sie, unendlich Geliebte!"

Die Reise war gewiss anstrengend für eine zuvor schwer erkrankte und noch in Genesung befindliche junge Dame. Doch ihrer Heimat entgegen zu reisen und der Gedanke, bald von der geliebten Mutter in die Arme geschlossen zu werden, hoben die Strapazen der Reise auf. In jeder Stadt, in der sie nächtigte, schrieb sie Marianne eine kleine Nachricht, mit dem Wissen, dass ihr geliebter Heinrich somit stets unterrichtet war. Zu Beginn ihrer Reise gedachte sie ihren Ehering, der sie fortwährend an ihre peinigende Gefangenschaft erinnerte, abzunehmen, und zuunterst in ihrem Reisekoffer zu vergraben. Doch schon auf der Fahrt von Leipzig nach Jena bemerkte sie, dass es gewichtige Gründe gab, als verheiratete Dame zu reisen. Sobald junge Herren mit in dem Wagen saßen, drapierte sie Ihre Hände so, dass der schützende Schmuck keinesfalls zu übersehen war. Zudem hatte sie mit Marianne überlegt, niemals ihr endliches Reiseziel anzugeben, sondern nur die nächste Etappe; keiner sollte auf die Idee kommen können, sie wäre eine leichte Beute.

Am dreißigsten Juni erreichte sie endlich Dünkirchen. Ohne männliche Begleitung wollte man sie jedoch nicht auf das Postschiff nach London lassen. Betroffen schüttelte sie den Kopf.

„Verehrter Herr Kapitän, Sie wissen wahrhaftig nicht, wen Sie vor sich haben."

„Nee, wohl nicht." Der wettergegerbte Seemann grinste das kleine Fräulein an. „Etwa die Nichte von König George?"

„Haben Sie schon etwas von Herrn Kapitän Alexander Williams gehört?"

„Ob Sie es glauben oder nicht, das habe ich, mein verehrtes Fräulein."

Celeste stutzte. „Tatsächlich?", fragte sie verblüfft.

„Habe mal unter ihm gedient. Das ist jedoch lange her." Er winkte lachend ab. „Was ist nun mit Kapitän Williams?"

„Ich bin seine Tochter."

„Das ist doch ein Scherz?!"

„Gewiss nicht, verehrter Herr Kapitän, sonst hätte ich wohl seinen Namen kaum genannt!" Der Seemann lachte ungläubig. „Sagen Sie mir, wo Sie ihm gedient haben, und ich sage Ihnen, wie das Schiff hieß."

„Ostküste Vereinigte Staaten, in Halifax wurden wir festgesetzt …".

„HMS Elizabeth!", schoss es aus Celeste heraus. Der Kapitän des Postschiffes schüttelte fassungslos den Kopf. „Welchen Dienstgrad hatten Sie inne?"

„Ich war der Navigator …".

„Herr Malmedy!"

DREIZEHNTES KAPITEL

Sie hatte es geschafft! Siebenzehn Tage nach ihrer Abfahrt aus Dresden stand Celeste erschöpft vor dem Themseweg 8 in Chelsea und hatte soeben am Klingelzug gezogen. Nach wenigen Sekunden öffnete sich die Tür und freundlich sah ihr die Hauswirtschafterin entgegen. Plötzlich riss die überrascht die Augen auf und entließ einen Schreckenslaut. „Celeste! Kind, kommen Sie herein! Um Gottes willen! Was ist geschehen? Ihre Mutter … so warten Sie einen Moment …".

„Beruhigen Sie sich, Frau Moss! Holen Sie einfach meine Mutter. Ich finde mich schon zurecht."

In diesem Augenblick ging die Tür des Wohnzimmers bereits auf und entgeistert trat Anna in die kleine Halle. Eilig kam sie ihrer Tochter entgegen und drückte ihr geliebtes Kind an sich. So lagen sich beide schluchzend eine Weile in den Armen. Frau Moss zog sich still zurück, um dem Dienstmädchen Anweisungen für Celestes Zimmer zu geben und selbst ein Essen vorzubereiten; eindeutig musste das Kind kräftig genährt werden. Anna half ihrer Tochter aus Jäckchen und Schuhen, führte sie in das Wohnzimmer und ließ sich mit ihr auf das Sofa nieder. „Liebstes Kind! Warum ist mir das Glück so hold, dass ich dich in den Armen halten darf? – Was haben wir uns gesorgt! – Liebste, erzähl alles!"

Celeste zog die Beine hoch, legte ihren Kopf in den Schoss der Mutter und seufzte. „Bei dir sein zu dürfen, Mama, das ist das höchste Glück." Sie schloss die Augen und schlief augenblicklich ein.

Endlos fuhr Anna liebkosend über Gesicht und Haar ihres tapferen Töchterchens; was musste ihr Mädchen ausgestanden haben? Hatte sie die weite Reise von Dresden nach London ganz allein unternommen oder war ihr Gatte mitgereist und noch geschäftlich unterwegs? – Nein, ihr Himmelsgeschenk sah ganz abgezehrt aus, sie roch sogar ein wenig streng, das heißt, sie war allein gereist und hatte somit einige Strapazen auf sich genommen. Armes Kind!

Die Wohnzimmertür ging auf und Betsy trat mit Magdalena an der Hand herein. Lenchen machte sich los und eilte zur Mama, auf deren Schoß eine Fremde lag. Mama hielt den Finger an die Lippen. Vorsichtig betrachtete sie die Frau. „Das ist Celli, Mama!", rief die Kleine endlich froh.

„Ja, das ist unsere Celli! Sie ist ganz erschöpft von der langen Reise, wir wollen sie schlafen lassen", flüsterte Anna. Vorsichtig hob sie die Schultern ihrer Ältesten an. „Helfen Sie mir, Betsy!"

Mit der umsichtigen Hilfe der leise schniefenden Betsy konnte Anna ihren Platz verlassen, ohne Celeste geweckt zu haben. Behutsam deckte sie die tief schlafende Frau Ingenieur Hofstetter mit einer Wolldecke zu, um mit Dienstmagd und Jüngster das Wohnzimmer zu verlassen.

Anna richtete mit Marie das Zimmer für Celeste, ihren Koffer ließ sie hochbringen und entnahm ihm alle Schmutzwäsche und die zerknitterten Kleider und übergab sie Marie für den Waschtag, alle anderen Utensilien ließ sie unberührt darin liegen. Schließlich holte sie von Celeste abgelegte Kleider aus der Truhe vom Speicher und gab sie der Dienstmagd zum Auslüften und Plätten. Alle halbe Stunde schlich sie in das Wohnzimmer und betrachtete staunend ihre Tochter. Was hatte sie sich das ganze Jahr gesorgt; ihre plaudernde und herzausschüttende Älteste war hinter einer frohgemut scheinenden Fassade nahezu stumm geworden. Bereits nach den ersten Wochen ihrer jungen Ehe erwähnte sie kaum den Gemahl, was Anna wahrlich beängstigte, denn in nahezu jedem Brief klang Einsamkeit und manchmal sogar Schlimmeres durch. Celestes Zurückhaltung konnte nur mit einem Leid zusammenhängen, dass sie eisern zu verschweigen gedachte. Während des verflossenen Jahres hatte Anna mit ihrem Gatten alle in Betracht kommenden Möglichkeiten durchgesprochen, doch letztendlich erklärte der ihr Schultern hebend, es müsse Celestes eigener Wunsch sein, sich zu öffnen, und nur dann könne man ihr behilflich sein. Seit Dezember bot sie ihr in jedem Brief an, mit Magdalena nach Dresden zu kommen, sie würde auch in einem Gasthaus wohnen, wenn es ihr lieber wäre. Scheinbar unbeschwert lehnte diese jedes Angebot ab. – Nun war sie endlich da! Zu ihrem Kummer gab Celestes Zustand ihren Befürchtungen recht. Doch spätestens am nächsten Morgen würde sie hoffentlich alles erfahren.

„George, unsere Celeste ist da!" Mit dieser ungewöhnlichen Nachricht empfing Anna ihren Gemahl am Abend bereits an der Tür.

Ungläubig schüttelte er den Kopf. „Erlaubst du dir einen Scherz mit mir?"

„Komm!" Sie führte ihn in das Wohnzimmer, in dem Celeste seit vier Stunden tief und fest schlief.

Der Anwalt ließ sich zum Sofa führen, er beugte sich vor und nickte. „Sie ist es tatsächlich! – Sie riecht ein wenig streng."

„Das arme Kind war auf dieser langen Reise ganz auf sich gestellt – ist es da ein Wunder?" Annas Augen füllten sich wieder mit Tränen. „Stell dir vor, was muss sie erlebt haben, dass sie ohne Ankündigung hier vor der Tür steht!"

George Avestone nahm seine Frau in die Arme. „Jetzt haben wir sie bei uns, Anna."

Celeste war von den Geräuschen an ihrem Lager erwacht. Verwirrt sah sie sich um. Erleichtert erkannte sie ihre Mutter und ihren Stiefvater und lachte. „Ich vermute, ich benötige dringend ein Bad."

George beugte sich zu seiner Stieftochter hinunter und gab ihr einen Kuss auf das Haar. „Willkommen daheim, liebe Tochter!"

„Danke Vater. Es gibt nichts Schöneres, als wieder zuhause zu sein!"

„Ich denke ebenfalls, es ist das Beste, du badest noch vor dem Abendessen, Celli-Kind." Anna half ihrer Tochter auf und begleitete sie nach oben.

Während sie ihre Tochter in deren altes Zimmer einwies, ließ Betsy das Badewasser ein, das Anna bereits vorsorglich hatte aufheizen lassen. „Komm, mein Kind, ich helfe dir beim Umkleiden!" Sie öffnete Celeste das Kleid, doch dann hielt diese die Hand ihrer Mutter fest.

„Lass nur Mama, alles Weitere kann ich selbst bewerkstelligen."

„Meinst du, der Reisegeruch stört mich?", fragte Anna überrascht durch Celestes Abwehr.

„Vielleicht …".

„Ich habe wirklich schon ganz andere Gerüche ertragen, meine Liebe!"

„Mama, sei mir nicht böse, doch lass mich bitte allein. Wenn du mir gern Gesellschaft leisten möchtest, kannst du mir nach dem Bad beim Ankleiden helfen."

Wohl oder übel musste Anna diesen Wunsch ihrer Tochter achten. Doch unterstützte er ihre Befürchtungen bezüglich peinigender Geschehnisse. „Dann werde ich in einer halben Stunde wieder nach oben kommen, um dir behilflich zu sein." In der Tür wandte sie sich nochmals um. „Lass dir wenigstens von Betsy helfen."

„Ja, das werde ich tun, Mama."

Glücklich hatte Celli sich von der treuen Betsy in die Wanne helfen lassen. Schon in ihren Kindertagen war Betsy eine liebevolle Helferin und herzensgute Freundin gewesen.

„Verzeihen Sie, verehrte Celeste, doch sehen Sie erschreckend abgezehrt aus. Sie müssen schlimm krank gewesen sein, anders kann ich mir diese Magerkeit nicht erklären."

„Ich war wirklich sehr krank und musste viele Tage das Bett hüten. Ich litt an einem Magengeschwür. – Wissen Sie, was das ist, Betsy?"

„Es muss etwas Schlimmes sein", folgerte die Dienstmagd, während sie Celestes knochigen Schultern und deren dürren Rücken mit einem Schwamm abseifte.

„Ein Loch frisst sich in die Wand des Magens, und wenn es nicht aufhört, frisst es sich durch und man verblutet innerlich."

„Das ist ja entsetzlich!", rief Betsy erschüttert.

„Ich habe eine gute Freundin in Dresden gefunden, sie pflegte mich … außerdem arrangierte sie für mich die Reise nach Hause."

„Das heißt, Ihr werter Gemahl kommt nicht?"

Celeste stieß einen tiefen Seufzer der Erleichterung aus. „Gott sei es tausendmal gedankt, er kommt nicht! – Das hoffe ich zumindest inbrünstig."

Betsy entsetzte sich. „Aber, Gnädigste, wie soll ich das verstehen? … Besser ich schweige – Frau Moss würde sowieso mit mir schelten …".

„Ich will schon jetzt rasch mein Herz erleichtern, Betsy, verzeihen Sie es mir, dass Sie die Erste sind und ich es Ihnen so schamlos offenbare, doch meinen Eltern muss ich es aufwendig erklären – Sie werden mich sofort verstehen, liebe Betsy: – Er ist ein hinterhältiger Heiratsschwindler und ich habe entsetzlich gelitten, so sehr, dass ich ausreißen musste." Sie seufzte nochmals tief. „Und ich hoffe, Betsy, dass ich ihm nie wieder, nie wieder in meinem ganzen Leben begegnen muss!"

„Liebes armes Fräulein!", rief Betsy mitleidig.

In frischen Unterkleidern trat Celeste in ihr Zimmer. Sie war froh, dass ihre Eltern es umgeräumt hatten, so dass sie nur ihre lieben alten Möbel darin erkannte und keine anderen Erinnerungen damit verbinden musste.

Anna erwartete sie bereits mit einem hübschen Kleid in den Händen. „Da bist du, mein Kind!"

Celeste hob das Jungmädchenkleid in die Höhe. „Dieses Kleid hast du für mich ausgesucht, Mamachen?"

„Ja, meine Kleine; du bist so mager, dass selbst dieses dir zu weit sein wird." Anna half ihr in das Gewand.

„Ich werde es schon wieder füllen, Mama. Jetzt, wo ich wieder zuhause bin."

Anna beobachtete ihre Tochter, während diese das Kleid zurecht zog. „Dein Gemahl wird nicht nachkommen?"

Celeste knöpfte das Kleid seitlich zu, unterdessen sie um Fassung rang. Schließlich wandte sie sich zur Mutter, stürzte jäh an ihre Brust und umhalste sie. „Hoffentlich kommt er niemals! Niemals will ich ihn wiedersehen!" Schluchzend drückte sie ihr Gesicht an die Schulter ihrer Mutter. Anna strich ihr über die nassen Haare. „Liebste Celeste, jetzt bist du bei uns; bei deiner Mama und deinem Vater, jetzt kann dir nichts mehr geschehen. Was immer es gewesen sein mochte, es wird nicht wieder geschehen. – Hörst du, Liebes?" Sie führte ihre Tochter an das Bett und ließ sich dort mit ihr nieder.

Celeste nickte, immer noch Tränen über das erduldete Leid, aber auch Tränen der Erleichterung vergießend. „Mama, niemanden kann ich es erzählen, es ist zu beschämend …". In Anbetracht des liebenden und reinen Antlitzes ihrer Mutter, in das sie nun schaute, verbarg sie ihr Gesicht rasch wieder an deren Schulter.

„Meine Kleine. Jetzt bist du hier bei uns, in deinem Zuhause. Keiner wird dir je wieder ein Leid zufügen. Vater und ich werden über dich wachen. – Es betrübt mich überaus, dass ich nicht erkannt habe, dass er deiner nicht würdig ist, mein geliebtes Töchterchen."

Celeste weinte gewiss während einer viertel Stunde, bis sie sich beruhigte. Anna durfte ihr das Haar bürsten und sie frisieren. Aus ihrem Zimmer holte sie eine hübsche Stola und ein kostbares Parfum und schmückte ihre große Tochter damit.

„Also bist du ohne sein Wissen abgereist?", hielt George Avestone fest.

„Ja", flüsterte Celeste.

„Hast du ihm eine Nachricht hinterlassen?"

„Ja."

„Was steht darin?"

„Dass ich ihn verlasse und nach Hause reise, weil es für uns beide besser ist. – Und er mir nicht nachreisen soll …".

„Wird er es beherzigen?"

„Ich bin überzeugt, er kommt nicht nach England. Er könnte euch nicht unter die Augen treten …".

„Also wird er einen Anwalt bemühen, der dich zurückholt." Unwillkürlich begann sie zu beben, diese Möglichkeit hatte sie niemals in Betracht gezogen. Anna legte ihren Arm um Celestes Schultern, drückte sie an sich und sah ihren

Gemahl vorwurfsvoll an. „Celeste, verstehe es; was immer er dir angetan hat, er wird sein Recht einfordern, dass du zurückkehrst", fuhr ihr Stiefvater fort. „Fehlendes Handeln von seiner Seite aus wäre ein Schuldeingeständnis. Das wird auch er wissen."

„Ja", bestätigte sie tonlos.

„Wir können dir nur helfen, wenn du uns berichtest, was geschehen ist. Wenn er sogleich einen Anwalt bemüht hat, wird bereits in den nächsten Tagen eine Forderung eintreffen. – Mit Gewissheit werde ich für das Erste die Sache hinauszögern können, doch irgendwann musst du dich offenbaren. Je eher, desto besser. Denn dann habe ich beziehungsweise Herr Ferres, Herr Jefferson oder Herr Crane eine günstigere Ausgangsposition, da wir Vorarbeit leisten können."

„Ja." Gedankenverloren sah sie auf ihre Hände.

„Celeste, Gott weiß alles."

„Ja, Vater."

„Dein Gemahl wird zur Rechenschaft gezogen werden."

„Ja."

„Doch möchte Gott nicht, dass wir ihn versuchen, hörst du?" Verwundert sah sie auf. „Was willst du damit sagen?"

„Es reicht nicht, still zu hoffen, dass der Kelch an einem vorübergehe."

Celeste schloss die Augen. „O, mein Gott!", schluchzte sie unwillkürlich auf. „Wie oft habe ich das getan!"

Anna drückte und liebkoste sie beruhigend. „Jetzt ist es vorbei, meine Liebe. Aber es soll für immer vorbei sein, hörst du Celli-Kind?"

„Ja."

George Avestone erhob sich aus dem Sessel, entnahm dem schweren eichenen Schrank, den er aus seinem Birminghamer

Haus mitgebracht hatte, ein Glas und eine Flasche Cognac und ließ sich seufzend wieder an seinen angestammten Platz nieder.

„Weißt du, Celeste, es ist nicht leicht zu ertragen, dass dem geliebten Kind Erniedrigung angetan wird. Seit bald einem Jahr versucht deine Mutter, Näheres zu erfahren. Wir sind nicht aus Holz, hörst du? Mach dir Gedanken, wie du es so schamhaft wie nötig, aber so offen wie möglich deiner Mutter anvertrauen kannst." Er ging in sich. „Fällt dir jemand ein, dem du dich leichter anvertrauen kannst? Was ist mit Agatha Ferres? Wahrscheinlich ist sie eine ausgezeichnete Wahl, denn dann könnte deren verehrter Gemahl deine Verteidigung übernehmen."

„Warum nicht du!?", stöhnte Celeste gequält auf.

„Wegen Befangenheit stehe ich außen vor, doch würde ich selbstverständlich mit Herrn Ferres zusammenarbeiten."

„Herr Ferres ist eine gute Wahl, Celeste, nicht nur weil seine Gattin deine Freundin ist. Er selbst erduldete viel Ungemach in seinem Leben. Er wird alles aufbieten, dich zu verteidigen", unterstützte Anna den Vorschlag ihres Gatten.

„Beten wir heute Abend gemeinsam den Rosenkranz?", unterbrach Celeste die Angelegenheit.

„Ich bete ihn mit dir an deinem Bett. Was hältst du davon?"

„Das möchte ich, Mama."

Diesmal durfte Anna ihrer Tochter beim Auskleiden helfen. Nach zwei Gesetzen an Celestes Bett unterbrach diese das gemeinsame Gebet. „Mama, es ist besser, für immer allein zu bleiben, als mit Florian leben zu müssen."

„Was tat er dir an?"

„Er verachtet mich. Von Anfang an wählte er mich nur als Blendwerk aus … er möchte hoch hinaus, dafür wählte er sich ein ansehnliches Mädchen aus namhafter englischer Familie, die gebildet und musikalisch ist – mit der er sich schmücken kann."

„Wie konnte er sich so verstellen?!"

„Weißt du, Mama … ich wollte es erst selbst nicht glauben … bis er mich schließlich …", sie schluckte schwer, „… nicht nur durch seine Missachtung peinigte." Anna fasste die Hand ihrer Tochter und drückte sie innig. „Ohne Marianne wäre ich zugrunde gegangen, Mama …". Celeste sann über ihre Empfindungen und deren Formulierung nach. „Weißt du, Mama, wenn man durch Worte und Missachtung … und durch Handlungen gedemütigt wir, möchte man keinem Menschen mehr in die Augen schauen …". Anna liefen die Tränen, während sie ihrer nun gefassten Tochter zuhörte. „Weil man sie mit der eigenen Beschmutzung beschmutzt … verstehst du, geliebte Mama, darum konnte ich es nicht sagen …".

„Ja", flüstere Anna.

Celeste umarmte ihre Mutter. „Sei nicht traurig, jetzt bin ich hier bei dir! Du und Vater, ihr werdet mich beschützen, dessen bin ich mir gewiss."

„Ganz bestimmt, meine Liebste!", schluchzte Anna. „Warum nur! Warum nur bin ich nicht gefahren?!", stöhnte sie laut.

„Liebste Mama, du darfst dir keine Vorwürfe machen; du hättest es auch in Dresden nicht erfahren. Sobald wir in Gesellschaft sind, ist er der zuvorkommendste Ehemann."

„Aber ich hätte in dein Angesicht geschaut und hätte es gewusst! – Du bist ja kaum noch wiederzuerkennen, Celeste, so hat dich seine Härte getroffen."

Celeste streichelte beruhigend die Hand der Mutter. „Liebste Mama, ich sehe so kläglich aus, weil ich die letzten Wochen in Dresden krank war. Ich hatte ein Magengeschwür. Und weil

Marianne und ich wussten, dass ich daran zugrunde gehen werde, wenn ich nicht entkomme, plante sie die Reise für mich."

„Hat Marianne Ziegler von deinem Unglück gewusst?"

Celeste dachte darüber nach. „Sie erfuhr es im April durch … einen Besuch bei uns in der Friedrichsallee. Ich war durch eine Tat Florians gezwungen, im Haus zu bleiben, und musste Marianne dadurch versetzen. So ist sie unangekündigt zu Besuch gekommen und ich konnte die Folgen seiner Tat nicht verbergen … doch gab sie vor, meine Geschichte zu glauben, die ich ihr erzählen musste."

Erschüttert hatte Anna zugehört. „Er hat dich geschlagen", zog sie mit zitternder Stimme den Schluss.

Celeste nickte. „Ja, Mama, doch ist es nur einmal geschehen", versuchte sie ihre Mutter zu beruhigen.

Anna bebte vor Empörung. „Mein armes Kind!"

„Sei nicht traurig, Mama, jetzt ist es vorbei."

„Celeste, du musst mir alles erzählen. – Natürlich hat Vater Recht, wenn er sagt, vielleicht fällt es dir leichter, Agatha in deine Leiden einzuweihen, als mich. Doch muss ich als Mutter darauf bestehen, dass du mir nichts verschweigst."

„Ich möchte es Agatha nicht erzählen, ich möchte es nur dir erzählen." Selbst über ihren Gleichmut verwundert, schüttelte sie den Kopf. „Ich spüre, dass es mich nicht mehr so schmerzt … die lange Reise hat mir wohl Abstand gegeben und auch das Weinen nach dem Bad, Mama. In deinen Armen zu weinen, ist eine Wohltat." Sie überlegte noch eine Weile. „Ich denke, morgen kann ich dir alles erzählen. Nur weiß ich nicht, ob du es erträgst, was deine Tochter erlebt hat …". Zweifelnd musterte sie ihre geliebte Mutter.

Celeste schlief lange. Die innere Gewissheit, keiner Demütigung ausgesetzt und geborgen im Schoße der geliebten Familie zu sein, gab ihr die lang entbehrte Ruhe. Endlich ließ Anna ihre jüngste Tochter an der Tür der Ältesten klopfen.

„Mein Lenchen, komm zu mir, mein kleiner Liebling!"

Glücklich stürzte Magdalena an Celestes Bett, sie wurde hochgehievt und herzlich gedrückt. „Mein süßes Schwesterchen, hast du mich wirklich wiedererkannt?"

Lenchen sah verwundert drein. „Du bist doch Celli!"

Celeste küsste und küsste ihren Sonnenschein immer wieder, bis es diesem zu viel wurde. „Kommst du Frühstücken? Mama wartet schon lange."

„Ich komme, wenn du auch am Tisch sitzt!"

Lenchen strahlte. „Jaa!"

Frau Moss tischte ordentlich auf. Es gab ein volles Englisches Frühstück: Eier, Speck, Bratkartoffeln, Bohnen, gebratene Tomaten und Pilze, herrliche Soßen und schließlich noch geröstetes Weißbrot mit Marmelade. Celeste stiegen Freudentränen auf. „Frau Moss, allein Sie wissen, was mein Herz das ganze Jahr sehnsüchtig begehrte!"

Zum Dank für dieses Lob drückte die Haushälterin ihre kleine Celli.

VIERZEHNTES KAPITEL

Gedankenverloren saß sie vor ihrem kleinen Schreibtisch und wendete den versiegelten Brief Heinrichs hin und her. Mama hatte von Florians Gewalttaten erfahren, und den Liebesbrief und dem daraus ersichtlichen Liebesverhältnis, dass dieser offenbar bereits vor der Hochzeit pflegte, hatte sie ebenfalls nicht verschwiegen. Dachte sie an die Geschehnisse in Hamburg, krampfte sich ihr Magen unwillkürlich zusammen. Wie eine Zuschauerin sah sie sich selbst den Gang entlang wanken ... seine Drohung, sie totzuschlagen, wenn sie sich noch einen Schritt weiterbewege ... das erzählte sie Mama nicht ... auch nicht von dem bösen Traum.

Doch was enthielt dieser Brief? Heinrich gab ihn ihr mit der dringenden Bitte mit, dieses wertvolle Dokument ihrem Vater, dem Anwalt zu überreichen ...

Die Gedanken an Heinrich nahmen sie gefangen und sie seutzte tief. War er noch in Dresden? Oder endlich in sein zauberhaftes Greifswald abgereist?

Als er sie das erste Mal nach Hause begleitete, gab er ihr den Rat, an diesen Ort zu reisen, die herrlichen Dünen und Wälder, das beschauliche Städtchen würden sie erquicken ... Jetzt, wo sie weit, weit weg von dem Ort des Geschehens und überdies einige Zeit verstrichen war, erkannte sie überrascht, dass Heinrich ihre missliche Lage schon während ihrer ersten Begegnung im Hause von Heringsdorf erahnt haben musste. – Sagte er nicht, wenn Herr Hofstetter ihr Gemahl wäre, könne er sich erklären, wer ihr Lehrer in der deutschen Sprache sei? Wie aufmerksam er ihrer überbordenden Redseligkeit gelauscht hatte – eben darum war sie ja so verhängnisvoll redselig geworden! Trotz seiner Zurückhaltung brachte er ihr größtes Wohlwollen an jenem Nachmittag am Kaffeetisch im Hause von Heringsdorf entgegen. – Und wie sprudelnd, herzlich und humorvoll war er einige Tage später bei Marianne Ziegler! Wie war sie dermaßen entzückt, er brachte ihr die verlorene Sonne in das Leben zurück … sie seufzte tief. Würde er ihr schreiben? Durfte sie ihm schreiben? Von ihm erzählte sie Mama noch nicht …

Vater wollte sich nicht festlegen, ob es eine Möglichkeit gäbe, diese Ehe als ungültig zu erklären, letztendlich müsse das ohnehin die Kirche entscheiden. Doch seinen Nachforschungen zufolge seien Gewalt und eine außereheliche Liebesbeziehung keine triftigen Gründe, da man beides beseitigen könne. Heiratsschwindel könne man schwerlich nachweisen, solange es keine brauchbaren Dokumente gäbe.

Sie zog die Schublade ihres Schreibtischs auf, dort lagen in einem dicken Bündel die ‚Liebesbriefe‘, die Florian ihr während zwei Jahren aus Llangollen geschrieben hatte. Zwei Tage vor ihrer Abreise aus Dresden, drängte Marianne sie, ihr die Briefe für den Koffer mitzugeben; Heinrich wolle es so. Sollten da Hinweise für einen Heiratsbetrug zu finden sein?

Sie schloss die Lade, erhob sich mit dem Brief in der Hand und stieg die Treppe hinunter in Mamas Näh- und Arbeitszimmer. Anna saß ebenfalls an ihrem Schreibtisch und schrieb einen Brief.

„Nun musst du mir keine aufmunternden Briefe mehr schreiben, Mamachen, jetzt darfst du mir all die hübschen Dinge persönlich erzählen oder ich erlebe sie sogar selbst." Ein Stich fuhr ihr ins Herz, als ihr Blick auf die Porträtzeichnung fiel, die in einem zierlichen Rahmen über dem Schreibtisch ihrer Mutter hing.

Feinfühlig für alle Regungen ihrer malträtierten Tochter, war Anna der stille Schmerz nicht entgangen. „Was ist dir, Celeste?"

Zerstreut hob diese den Brief in die Höhe. „Ich habe etwas für Vater."

„Ah, was für ein Brief ist das?"

„Ich weiß nicht …".

Zweifelnd musterte Anna ihre Tochter. „Du weißt nicht, von wem der Brief ist, oder du kennst den Inhalt nicht?"

„Oh … ich weiß nicht … also, natürlich weiß ich, von wem er ist … aber nicht was darin geschrieben steht."

„Immerhin ist er versiegelt, das wird wohl seinen Grund haben."

„Ja", seufzte Celeste abwesend.

„Komm, Celli-Kind, setzen wir uns in das Wohnzimmer!" Seit sechs Tagen war ihre Älteste nun zuhause. Viel Schreckliches musste sie von ihr erfahren, es war schier unerträglich, was ihre Tochter in diesem Jahr erduldete und es war ihr unerklärlich, wie ein Mensch so abscheulich handeln konnte, wie der Ingenieur Hofstetter, den sie so hoch eingeschätzt hatten. – Doch wie sorgte Gott durch Marianne Ziegler für ihr gepeinigtes Kind! Was wäre gewesen, hätte diese junge Frau, nur drei Jahre älter als Celeste selbst, sie nicht so liebevoll und besonnen begleitet und schlussendlich aus dieser Finsternis geführt!? „Von wem ist der Brief, Celli?", fragte sie nochmals, als sie sich mit ihrer Ältesten Seite an Seite behaglich auf das Sofa niedergelassen hatte. Es schien, als sei Celeste durch ihre Erlebnisse sehr anhänglich und zärtlichkeitsbedürftig und mit Freuden gab sie ihrer Tochter, was diese bedurfte.

Celeste legte den Brief neben sich auf das Sofa. „Er ist von dem Künstler, der die Zeichnung von mir anfertigte, die über deinem Schreibtisch hängt."

„Ach!" Anna war erstaunt. „Lerntest du ihn näher kennen?"

„Ich habe dir doch von ihm geschrieben!", erwiderte Celeste empfindlich.

„Du erwähntest ihn, als du mir dieses Bild sandtest. Vielleicht noch einmal, doch eigentlich habe ich nichts Nennenswertes über ihn erfahren …", erklärte Anna behutsam.

„Natürlich! Ich habe dir doch von Heinrich von Heringsdorf geschrieben!", beharrte sie gekränkt.

„Ach so! Herr von Heringsdorf, der älteste Sohn der Familie, deren jüngste Tochter du unterrichtetest, ist gleichzeitig auch der Künstler!", konnte Anna nun ihr Wissen zusammenfügen.

„Ja", bestätigte Celeste mit umwölkter Stirn.

„Celli-Schatz, sei nicht so streng mit mir, ich kann ja nicht hellsehen und du hast tatsächlich den Namen des Heinrich von Heringsdorf höchstens zweimal in deinen Briefen erwähnt und den Künstler ebenfalls nur zweimal und niemals in einem Zusammenhang."

Bebend lehnte sich Celeste an ihre Mutter. „Hätte ich ihn nicht kennengelernt …". Sie verbarg das Gesicht an der Schulter ihrer Mutter.

Anna nahm sie still in die Arme. „Ich erinnere mich, dass du im Januar schriebst, dass er ein außerordentlich humorvoller Mensch ist und dass du noch nie so viel gelacht hättest, wie an jenem Abend", bemerkte sie nach einer Weile sanft. Celeste nickte schluchzend. „Und genau dieser humorvolle Mensch – du nanntest ihn ein Original – ist also auch derjenige, der dieses bezaubernde Bild von dir zeichnete?"

Celeste hob den Kopf und lächelte ihre Mutter mit verweintem Gesicht an. „Ja!", bekannte sie inbrünstig.

„An anderer Stelle schreibst du, er hätte dich durch das Grüne Gewölbe geführt und er wäre ein Mensch, der jeden Niedergeschlagenen, gleich auf welcher Ebene, wieder froh machen könne."

„Ja, Mama, diese Gabe besitzt er."

„Neben Marianne konnte also auch er dir Trost spenden."

„Ja." Endlich überwand Celeste ihre Scheu in dieser Sache. „Von diesem Tag an, als ich ihn im Januar bei Marianne und Franz Brookmann kennenlernte, wurde er mein Freund – versteh es nicht falsch – er erkannte mein Leid, ohne dass ich es erwähnte …".

Zögernd erzählte sie ihrer Mutter, wie er sie in der Bibliothek herumführte und sie unten in der Bedienstetenstube gemeinsam ein Festmahl bei Wasser und belegten Broten abhielten, von der Bildübergabe im Kaffeehaus, den Spaziergängen an der Elbe und seinem Drängen, nach England zurückzukehren.

„Letztendlich öffnete er Marianne die Augen und arrangiert über sie meine Flucht."

„Das ist beachtlich", anerkannte Anna. „Du hast ihn sehr gern."

Verlegen sah Celeste auf ihre Hände. „Ja", flüsterte sie.

„Er scheint dich auch zu mögen."

„Ja."

„Wie seid ihr verblieben?"

Bekümmert hob Celeste die Schultern. „Das letzte Mal sprach ich ihn kurz nach Mariannes Hochzeit …".

„Das ist schon eine Weile her." Celeste nickte. „Trotzdem seid ihr in Verbindung geblieben?"

„Ja, Mama, so unglaublich das klingt! – Heinrich ist ein Genie, alles ließ er mir über Marianne ausrichten. Nur zweimal teilte er mir schriftlich etwas mit, doch war es offiziell ein Brief Mariannes, den sie mir ‚ausnahmsweise' zum Lesen übergab und ‚eifersüchtig' wieder in ihrem Täschchen versorgte." Celeste lachte über seinen Einfallsreichtum.

„Was schrieb er dir?"

„Eben, das! – Also, dass er glücklich ist, dass ich endlich nach England zurückkehre und er mir die Reise zahlt … und dass ich ihm versprechen muss, diesen wertvollen Brief …". Sie hob das versiegelte Dokument in die Höhe. „… meinem Vater zu übergeben."

„Das heißt, du hattest kein Geld für die Reise?", empörte sich Anna.

„Ich konnte Florian doch nicht um Geld bitten, da ich noch krank war; was hätte ich damit anfangen wollen? – Es war Heinrichs Abschiedsgeschenk an mich …".

„Also! Dann wirst du heute Vater den Brief übergeben, sobald er kommt. – Warum hast du es nicht bereits getan?"

„Weil ich Angst habe."

„Was befürchtest du, mein Schatz? Hier kann dir nichts mehr geschehen."

Ausdruckslos sah Celeste ins Leere. Schließlich rang sie sich zu einer Antwort durch. „Vor der Wahrheit."

„Kann sie schlimmer sein, als uns bereits bekannt?"

„Ja", hauchte Celeste.

„Heute traf ein Schreiben von Herrn Hofstetters Anwalt ein. Darin besteht Herr Hofstetter auf deine Rückkehr." Celeste musterte entsetzt ihren Vater. Das Ehepaar Avestone saß mit ihr allein bei einem späten Abendessen. Der Anwalt war später als sonst heimgekehrt, eben aus diesem Anlass. „Er möchte dein Liebesverhältnis zu Herrn von Heringsdorf gnädig übergehen und verspricht, sich mehr Zeit für die Ehe zu nehmen, trotz seines zeitraubenden Berufes." Der Anwalt sprach ruhig, doch spürten die Anwesenden seine innere Spannung. „Bislang berichtetest du uns noch nichts von einer Liebesbeziehung, Celeste."

Erstarrt schwieg diese. Anna fasste ihre Hand und drückte sie beruhigend. „Erzähl Vater, was du mir heute erzählt hast."

„Ich habe keine Liebesbeziehung gepflegt", flüsterte Celeste bebend. In nur einem Augenblick stürzte ihr Eheleben auf sie ein; sie spürte ihren kalten Peiniger hinter sich, seinen Ekel und sein hämisches Gesicht über ihre Hysterie, seine Drohung, sie totzuschlagen, sollte sie … Um Gottes willen, ihr goldener Käfig in der Friedrichsallee wollte sie zurückholen … „Ich gehe nicht! Ich gehe nicht zurück … das könnt ihr nicht von mir verlangen!", stieß sie atemlos hervor.

„Du musst nicht zurück, Celeste. Beruhige dich." Anna erhob sich und drückte ihre Tochter an sich. „Vater wird alles für dich tun. Dafür muss er aber alles wissen. Hörst du, Celli-Schatz?"

„Es täte ihm leid, dass er manchmal grob zu dir gewesen sei, doch sei das durch die derzeitigen Ansprüche im Bureau zu erklären. Da die Pläne für den Bau nun fertig gestellt seien und die Übersiedlung nach Hamburg demnächst durchgeführt werde, stehe einem Neuanfang nichts im Wege. Eine komfortable Wohnung in Hamburg wurde bereits eingerichtet … und so weiter und sofort. – Selbstverständlich sind das die üblichen Formulierungen, um selbst in einem halbwegs guten Licht dazustehen …". Mit unterdrückter Dringlichkeit sprach er weiter. „Celeste, er gibt uns damit zu verstehen, dass er so rasch nicht aufgeben will. Was immer das für eine Beziehung gewesen sein mag, die er erwähnt, er wird sie sich zunutze machen, wenn du nicht einlenkst. – Und darum darfst du uns kein Detail verschweigen."

Celeste schluchzte mit gesenktem Kopf still vor sich hin und schien keine Antwort geben zu wollen.

„Celeste erzählte mir heute von diesem Herrn. Er ist der Künstler, der das hübsche Porträt von ihr zeichnete. Dieser Herr verhalf ihr mit Marianne Ziegler – oder Brookmann heißt sie ja nun – zur Reise nach England …".

Ungeduldig schüttelte George Avestone den Kopf. „Anna, wir brauchen keine gemütvollen Geschichten!" Er wandte sich an seine Stieftochter. „Die reine Wahrheit, und zwar die ganze, Celeste! Wenn sich herausstellt, du pflegtest amouröse ‚Stelldich-ein‘ mit diesem Herrn, dann ist es aussichtslos! – Du kannst auch von mir als Katholik nicht verlangen, dass ich irgendwelche außerehelichen Geschichten schönrede, ganz gleich, was für ein Berserker dieser Hofstetter sein mag – bei Gott, niemals!" Ungewöhnlich bewegt lehnte er sich zurück.

„Was denkst du von mir! Auch ich bin katholisch, Onkel George!", entgegnete Celeste ungehalten. „Es ist wahr, obgleich er mich verabscheut, benutzte er mich– trotzdem besitzt du nicht das Recht, mich der Prostitution zu bezichtigen!", rief sie gequält, während sie schon zur Tür eilte. „Gerade vor diesem Abgrund bewahrten mich Marianne und Heinrich!" Die Tür schlug hinter ihr zu.

Sie sprang die Treppen hinauf, verriegelte die Tür und vergrub sich in ihr Bett. Nach einer Weile tastete sie auf dem Nachttischchen nach ihrem Rosenkranz und presste ihn an ihre Brust. Allmählich beruhigte sie sich. „Du weißt alles, Maria! Es ist wahr, ich liebe ihn! Aber habe ich mich versündigt?

Niemals berührte er mich ungebührlich – nur einmal drückte er einen Kuss auf meine Hand ... wie habe ich mir gewünscht, er würde meine Lippen küssen ... du weißt es, trotzdem habe ich ihn nicht verlockt und er mich zu nichts gedrängt ... er ist mein Freund, allein mein Freund – obwohl ich ihn liebe, so sehr liebe ...".

Es klopfte an ihrer Tür. „Celeste." Es war George Avestones ruhige Stimme.

„Ja", antwortete sie zitternd.

„Verzeih mir meine aufgeregten Worte!", bat er leise durch die verschlossene Tür.

„Ja."

„Deine Mutter erzählte mir von einem Brief, den Herr von Heringsdorf dir für mich mitgegeben hat."

„Ja".

„Übergibst du ihn mir?"

Celeste kroch aus ihrem Bett, zog das Kleid zurecht und zündete ein Licht an. Der Brief lag auf dem Schreibtisch. Sie nahm ihn, musterte ihn nochmals, als ob sie daraus seinen Inhalt doch noch erkennen könnte. Schließlich entriegelte sie die Tür. Der nicht nur von seiner Gestalt bedeutende Anwalt stand reumütig an der Schwelle. „Verzeih mir, Celeste. Diese Angelegenheit ist auch für mich nicht leicht zu bewältigen – nicht nur fachlich, sondern in der Hauptsache seelisch. Verstehst du?"

„Ja, Vater." Sie hielt ihm den Brief hin. „Ich weiß nicht, was darin geschrieben steht ... vielleicht erzählst du es mir bei Gelegenheit."

George Avestone nahm mit seiner Gattin im Wohnzimmer auf dem Sofa Platz. Zuvor hatte er sich einen Rotwein eingeschenkt, um sein erregtes Gemüt zu beruhigen.

Vorsichtig erbrach er das Siegel und entnahm dem Umschlag zwei Bögen Papier. Das eine war ein kurzes Anschreiben, das andere offensichtlich ein Bericht. Mit gedämpfter Stimme las er das Anschreiben vor.

Dresden, 29. März 1823

Verehrter Herr Dr. Avestone,

verzeihen Sie meine Aufdringlichkeit, trotzdem wir uns nicht bekannt sind. Doch geht es mir allein darum, das Leben Ihrer Tochter Celeste Hofstetter, geborene Williams zu schützen. Um deren Qual zu beenden, melde ich mich als Zeuge gegen Herrn Hofstetter. Niemals verwendete ich mein Wissen gegen ihn, wäre daran nicht das unschuldige Leben Ihrer Tochter geknüpft. Und ich bitte Sie inständig, meine Aussagen allein in der Angelegenheit Ihrer Tochter zu nutzen, niemals, um vorsätzlich Herrn Florian Hofstetter zu schädigen. Dieser arme Mensch ist selbst nicht nur Gefangener seiner sträflichen Neigung, sondern befindet sich ebenso in der Gewalt erpresserischer Kreise.

Mit ehrerbietigem Gruß, Heinrich von Heringsdorf

P. S. Frau Hofstetter kennt den Inhalt dieser Zeugenaussage nicht. Ebenfalls weiß Frau Hofstetter nicht, dass mir die Neigung ihres Gatten bekannt ist, obwohl ich mehrmals versucht habe, sie taktvoll darauf hinzuweisen.

Anna stöhnte auf.

„Ich werde das Dokument allein lesen und es dir anschließen erträglich zusammenfassen", schlug ihr Gemahl vor. „Ist das eine angemessene Empfehlung?",

„Ja, ich denke, das ist besser so. Aber ich bleibe neben dir sitzen. – Lies bitte nochmals das Datum vor, wann verfasste er diesen Brief?"

„Am 29. März dieses Jahres."

„Warte einen Moment! Ich möchte Celestes Briefe holen und sie mit diesem Zeitpunkt vergleichen." Eilig lief sie in ihr Arbeitszimmer und kam mit einem Päckchen Briefe zurück. Rasch sah sie die Briefe durch. „Hier ist ein Brief vom zweiten April!" Sie faltete ihn auseinander. „Darf ich ihn als Hintergrundbeleuchtung vorlesen, George?"

„Bitte, tu es. Doch vermute ich, das Folgende wird nicht viel mit Celestes Brief zu tun haben."

„Ich werde ihn trotzdem vorlesen."

Dresden, 2. April 1823

Liebste Mama,

war einige Zeit unpässlich, bin aber wieder wohlauf. Habe vor wenigen Tagen einen herrlichen Ausflug in das Grüne Gewölbe unternommen. Es ist unglaublich, was es da alles für Schätze und Kostbarkeiten zu sehen gibt. Das erholsamste war jedoch die herrliche Führung durch einen grandios spaßigen Herrn. Vielleicht erwähnte ich ihn schon einmal, er ist Künstler und versteht es, jeden Menschen zu erheitern, ganz gleich, auf welcher Ebene der Niedergeschlagenheit dieser sich befindet. …

„Das bedeutet, er verfasste diesen Brief, nachdem er Celeste durch das Grüne Gewölbe geführt hatte. Und was diese Unpässlichkeit verursachte, wissen wir ja nun … Herr Hofstetter schlug sie auf heftigste Art, weil sie ihn auf fehlende Liebe aufmerksam machte …".

„Anna, das ist schmerzlich, doch sollten wir uns jetzt diesem Bericht zuwenden …". Mit einem Lächeln entschuldigte er seine Ungeduld.

„Ich bleibe bei dir, Liebster", flüsterte sie und drückte seine Hand.

Zeugnis

Ich, Heinrich von Heringsdorf, geboren am 25. Mai 1794 in Dresden, wohnhaft in Greifswald, trete in der Angelegenheit des Florian Aloysius Hofstetter als Zeuge auf.

Im Jahre 1818 war ich von Februar bis Juni als künstlerischer Zeichner in dem Bureau des Baumeisters Friedrich Jahner in Dresden angestellt.

In dieser Zeit wurde ich unwillentlich Zeuge einer grotesken Handlung des Herrn Hofstetter. Am 12. März 1818 stieg ich in das Kellergewölbe der Moritz Straße, in welchem verschiedene Materialien zur Nutzung der Angestellten des Bureaus gelagert werden, unter anderem auch Tinte, derer ich zu diesem Zeitpunkt dringend benötigte. Das Gewölbe ist in verschiedene Räume unterteilt, nicht alle mit Türen versehen. Da seltsame Geräusche an mein Ohr drangen, während ich die letzte Treppe hinabstieg, wollte ich mich diesen nicht zuordbaren, jedoch menschlichen oder eher tierischen Lauten vorsichtig nähern, um gegebenenfalls zu fliehen oder Hilfe zu holen. In einem hinten liegenden Raume entdeckte ich den Ingenieur und einen anderen männlichen Angestellten des Bureaus bei geschlechtlicher Handlung. Unbemerkt konnte ich mich zurückziehen. Dieses Geheimnis wollte ich für immer vergessen.

Das sollte mir jedoch nicht mehr gelingen, da ich wiederum unwillentlich Zeuge eines in seiner kriminellen Tragweite womöglich noch schändlicheren Gespräches wurde.

Am frühen Morgen des 5. Juni 1818 saß ich immer noch an einer Zeichnung für Herrn Friedrich Jahner, was bedeutet, die Herrschaften, deren Gespräch ich mitanhören musste, wähnten sich allein im Bureau, da es gewöhnlich erst um acht Uhr am Morgen seine

Angestellten empfängt. Da ich die Zeichnung endlich fertigstellen wollte, gab ich keinen Laut von mir, um selbst nicht in meiner Arbeit gestört zu werden. Nach einer Weile bemerkte ich, dass der Gegenstand des Gespräches Herr Hofstetters widernatürliche Neigung war. Wie man sich vorstellen kann, wäre ich gerne unsichtbar geworden und ärgerte mich mittlerweile darüber, dass ich mich zuvor nicht bemerkbar gemacht hatte, doch war es zu spät, ohne Folgen aus dieser misslichen Lage zu entkommen. Die beiden Herren, der Inhaber des Ingenieurbureaus und ein einflussreicher Dresdner Ratsherr, beratschlagten, wie man die strafbare Neigung des (wahrlich) hochbegabten Herrn Hofstetters erpresserisch nutzbar machen könne. In jedem Fall wurden sie sich einig, als Bedingung, damit Herr Hofstetter seine angesehene Stellung behalten dürfe, ihm die Heirat mit einer gesellschaftsfähigen Dame aufzuerlegen. Dadurch versprachen sie sich, dessen Ansehen, was die Arbeit an Großprojekten und in ihrem Geschäftssinne betrifft, erheblich zu steigern und somit selbstverständlich ein „höheres" Ziel zu verfolgen, nämlich den Bekanntheitsgrad des Ingenieurbureaus, das Wachstum und den Einfluss desselben und dadurch schlussendlich den Gewinn.

Als die beiden Herren vom Hausdiener zu einem Kaffee in das Rauchzimmer gebeten wurden, nutzte ich die Gelegenheit, unbemerkt zu entkommen und noch am selben Tage die Anstellung bei Jahner & Sohn zu kündigen.

So weit mein Wissen über Herrn Florian Hofstetter.

Am 2. Januar 1823, also nahezu fünf Jahre später, lernte ich nun diese auf erpresserischen Drängen hin gewählte Gemahlin des Herrn Hofstetters im Hause meiner Eltern kennen, als ich für einen Besuch in Dresden weilte. Keinesfalls möchte ich verhehlen, dass jene junge Dame, die Ihre Tochter ist, einen belebenden Eindruck auf mich machte, doch war bereits zu jener Zeit für mich als ungewollt

Eingeweihten zu erkennen, dass sie unter der Ehe mit dem Ingenieur litt. Aus verständlichen Gründen begegneten wir uns in der folgenden Zeit des Öfteren, da unser Freundeskreis der gleiche war. Ich möchte nicht verschweigen, dass nicht nur tiefes Mitgefühl mich an ihre Fersen heftet. Doch niemals hätte ich es gewagt, hätte ich von der sträflichen Neigung des Herrn Hofstetters nichts gewusst und ich mich somit also verpflichtet fühle, sie vor Schlimmsten zu bewahren.

Nachtrag am 12. Juni 1823

Da Ihre Tochter eine treue Katholikin ist und die Umgangsweise ihres Gemahls das natürliche Fassungsvermögen eines unschuldigen jungen Menschen selbstverständlich übersteigen, gelang es mir kaum, ihr die Unmöglichkeit dieser Ehe aufzuzeigen. Somit konnte ich Ihre Tochter nicht vor der Geschäftsreise des Herrn Hofstetter nach Hamburg von einer Flucht nach England überzeugen, entsprechend musste sie höchst unerfreuliche Erlebnisse erdulden. Meine Hoffnung bezüglich dieser Reise wurde jedoch insofern erfüllt, dass diese ihr die Augen öffne und sie sich für einen Abschied entscheide. Ich hoffe zutiefst, dass mein Zeugnis in dieser Sache dienlich ist.

Hochachtungsvoll, Heinrich von Heringsdorf

„Warum sagst du nichts, George?", fragte Anna ihren stummen Gemahl. „O, mein Gott, ist es so furchtbar?"

Ein tiefer Seufzer entfleuchte ihm. „Das ist es." Er versank in Gedanken. „Doch wird gerade diese Scheußlichkeit Celestes Befreiung bedeuten."

„Hat sie uns etwas verschwiegen?", fragte Anna bangend.

„Ich bin mir nicht sicher, ob sie sich über diesen Sachverhalt bewusst ist, den uns Herr von Heringsdorf hier offenbart ...".

Nachdenklich lehnte er sich zurück, während Anna ihn

gebannt beobachtete. „Sag einmal, hat sie dir von dieser Reise nach Hamburg berichtet?"

„Ja, das tat sie. Dort habe sich Herr Hofstetter des Nachts mit seiner Geliebten getroffen, über diesen Kummer sei sie schon am nächsten Tag erkrankt. Da sie ausgesprochen elend war, erbarmte er sich wenige Tage später, einen Arzt zu holen, der Herrn Hofstetter dringend gemahnt habe, sie in andere Gefilde zu bringen, damit sie sich von ihrem aufzehrenden Magengeschwür erhole. Sie hatte offenbar bereits große Mengen Blut erbrochen."

„War sie dieser Geliebten begegnet?"

„Nein. Davon hat sie nichts berichtet …". Anna forschte in seinem Gesicht. „Gibt es diese Geliebte nicht? – Herr von Heringsdorf spricht in seinem Anschreiben von einer ‚sträflichen Neigung' – was ist damit gemeint? Meint er … gleichgeschlechtliche Neigung?", fragte sie zögernd.

„So ist es. Er wusste von Herrn Hofstetters Vorliebe."

Betroffen sank Anna zurück. „Das heißt, diese Geliebte ist in Wahrheit ein … Mann?"

„Höchstwahrscheinlich."

„Warum nur, muss meine Celeste all das erleben …", klagte sie unglücklich. Nach einer Weile schweigendem Nachsinnen auf beiden Seiten, rief Anna aufgebracht: „Aber warum musste er sich dann an ihr vergehen?!"

„Anna!", stieß der Anwalt gequält hervor.

„Er hätte sie doch verschonen können, wenn er ohnehin nichts für Frauen empfindet! Er hätte sie doch in Ruhe lassen können! Warum musste er mein Kind so schändlich behandeln …?" Sie brach in Tränen aus.

George nahm sie in den Arm. „Beruhige dich, Anna. Wir können es nicht ungeschehen machen. Aber sie wird sich erholen und es wird verblassen, Liebste. Ganz gewiss. Unsere Celeste ist tapfer … und viel zu lebenshungrig, als dass sie daran zerbrechen könnte."

Es klopfte an der Tür. „Das wird sie sein!", flüstere Anna erschrocken.

„Ja, bitte! Komm herein, Celeste!", rief der Anwalt.

Trotz später Stunde trat Celeste noch in Tageskleidung in das Wohnzimmer. Ihr Gesicht war verweint und scheu sah sie von einem zum anderen. „Was hat Herr Heinrich geschrieben?"

Ihr Vater erhob sich. „Setzt dich zu uns, Celeste!", lud er sie ein und schob ihr einen Sessel zurecht. Misstrauisch in den Gesichtern der Eltern forschend setzte sie sich. „Er schätzt dich sehr", bemerkte er.

„Das hat er geschrieben?", fragte sie ungläubig.

„Nun, man kann es deutlich herauslesen."

Anna wollte sich zurückhalten; dieses schwierige Gespräch wollte sie ganz und gar ihrem erfahrenen Gemahl überlassen.

„Aber darum hat er den Brief nicht geschrieben", stellte sie stachelig fest.

„Das ist wahr, Celeste. Er schrieb diesen Brief als Möglichkeit einer Verteidigung."

Celeste stieß einen verächtlichen Laut aus. „Was sollte das sein? Ich habe euch alles erzählt und wenn das nicht ausreicht, dann Gnade mir Gott."

„Bist du in Hamburg der Geliebten des Herrn Hofstetters begegnet?"

Celeste verneinte mit einer bedächtigen Kopfbewegung, während sie ihre Eltern argwöhnisch beobachtete.

„Herr von Heringsdorf schreibt über eine Tatsache, die der Grund für die Auflösung deiner Ehe sein wird."

„Was könnte das schon sein?", fragte sie erneut, diesmal verstört.

„Herr Florian Hofstetter liebt die Frauen nicht. – Er liebt die Männer."

Ausdruckslos sah Celeste durch ihren Stiefvater hindurch.

„So", erwiderte sie tonlos und erhob sich. „Gute Nacht." Geräuschlos verschwand sie aus dem Wohnzimmer.

Dresden, 28. Juni 1823

Geliebte Celeste

ich bitte dich inständig um Verzeihung für mein unvorteilhaftes Verhalten. Bereits Anfang Mai erklärte ich Dir, dass ein Mann, der so unter Zeitdruck steht, gerade während anspruchsvollen Ausarbeitungen ungenießbar sein kann – vielleicht kennst Du das von Deinem Stiefvater, der gewiss ebenfalls häufig schwierigste Aufgaben bewältigen muss. Vertrau mir, alles wird sich ändern.

Unsere großzügige Wohnung in Hamburg richtete ich bereits ganz in Deinem romantischen Stil ein, Du weißt, stets habe ich ein Auge für Deinen exquisiten Geschmack. Sie liegt in einem ruhigen und bewaldeten Bezirk, so dass Du erquickliche Spaziergänge genießen kannst. Marianne und Franz Brookmann vermissen Dich und wollen uns schon im Herbst in Hamburg besuchen.

Ganz im Vertrauen verspreche ich Dir, dass ich mich in Zärtlichkeiten üben werde, um Dir das zu geben, was Du benötigst. Liebe Celeste, mir fehlen unsere Gespräche und unsere gemeinsamen Ausflüge und Besuche. Habe Erbarmen mit einem einsamen Mann, der in der Angst lebt, das Teuerste, was er je besaß, verloren zu haben.

In aufrichtiger Liebe, Dein Florian

P. S. Ich warte täglich auf Dich!

Celeste sprang auf, um schnellstmöglich zu einem Kübel oder Ähnlichem zu gelangen, doch war es zu spät. Sie erbrach sich über den teuren chinesischen Teppich, ein Erbstück aus Cooperidge Hall.

Zuvor hatte ihre Mutter ihr angeboten, den in englischer Sprache abgefassten Brief zu prüfen und ihr bei Unbedenklichkeit schließlich vorzulesen. Und das hatte sie getan.

Gott sei Dank befanden sich Marie und Frau Moss in der Nähe, unverzüglich schleppten die beiden den Teppich in den Garten, um ihn dort einer gründlichen Reinigung zu unterziehen. Unterdessen saß Anna mit einer zitternden Celeste auf dem Sofa. „Niemals musst du zurückkehren, Celli. Ganz bestimmt nicht. Vertrau auf deine Eltern."

„Mama!" Verzweifelt sah sie ihre Mutter an. „Was spricht gegen diese Ehe? Rein gar nichts! Wir werden zu einem Priester gehen, der wird alles rechtens finden, genauso wie der Dresdner Kaplan, der mit mir schimpfte, weil ich mich meinem Gatten nicht unterordnen wolle, und dann wird er mich wieder mit Lieblosigkeit strafen und ich weiß nicht, was noch alles und das Ganze findet in Hamburg statt, weit, weit von Marianne, Franz und Heinrich entfernt …". Ihre Gedanken entschwanden aus der Gegenwart, sie legte ihr Kinn auf die Rücklehne des Sofas und sah sinnend aus dem Fenster. „Was werde ich dann tun?", flüsterte sie in Zwiesprache mit sich selbst.

… Plötzlich konnte sie aus dem Fenster des Hotelzimmers auf die darunterliegende Straße sehen. Es war eine breite Prachtstraße mit großen alten Bäumen und viel Wagenverkehr … sie würde hinabspringen, wenn er ihre Haare greifen wollte und Vergeltung androhte …

„Celeste?", hörte sie die Stimme ihrer Mutter aus weiter Ferne.

… Wenn er sie demütigen wollte, konnte sie die Tür verriegelt lassen, sie musste ja nicht öffnen. Hatte Pater Faber ihnen nicht erklärt, dass der Vollzug der Ehe nur in gegenseitigem Einverständnis durchgeführt werden dürfe? Nur in Liebe und Freundschaft, nicht gewalttätig und voller Abscheu? Warum hatte sie sich ihm unterworfen? War es Hoffnung? Anfangs war es Hoffnung, schlussendlich wurde es zu Angst. Angst wovor? Wovor hatte sie Angst? Vor seinem Ekel, vor seiner Gewalt und vor seiner Häme, einfach vor allem … diese Angst macht gefügig und darum würde ihr nichts anderes bleiben, als wieder zurückzukehren, damit er sie nicht totschlüge, so wie er es ihr androhte …

„Celeste! Wach auf, liebste Tochter! Hast du nicht gehört, dass Vater ein Dokument besitzt, dass mit Gewissheit zur Auflösung der Ehe führt?"

„Er besitzt ein Dokument, das zur Auflösung der Ehe führt?", fragte Celeste überrascht. „Was könnte das sein?", fragte sie gedankenverloren. „Sollte damit die Liebesbeziehung, die er bereits vor unserer Ehe pflegte, gemeint sein?" Sie lachte auf und schüttelte den Kopf. „O, Mamachen, ich dachte, du kennst das Sakrament der Ehe! *Bis das der Tod euch scheidet'* …".

„Hörtest du, was Vater zu dieser Liebesbeziehung sagte?", wollte sich Anna vergewissern.

Hastig erhob sich Celeste. „Nein. Es ist besser für mich, es nicht zu wissen, Mama … den Brief kannst du Vater geben, er wird ihn vielleicht benötigen … ich habe übrigens alle Briefe von Llangollen mitgebracht, die kann er alle mitnehmen und studieren, ob darin etwas auf einen Heiratsbetrug weist … ich muss jetzt hoch, Mama".

FÜNFZEHNTES KAPITEL

Chelsea, 22. Juli 1823

Liebster Herr Heinrich,

nun bin ich seit zwei Wochen zuhause und habe bislang keinen Brief von Ihnen erhalten. Natürlich, meine eigene Sehnsucht nach Liebe und Anerkennung hält mich in der Illusion gefangen, Sie könnten etwas mehr, als bloßes samaritanisches Mitleid für mich empfinden.

Doch bin ich Ihnen für meine Erlösung aus der lebenslangen Haft unter erschwerten Bedingungen unendlich dankbar. Das heißt also, dass Sie einen festen Ehrenplatz in meinem Herzen besitzen, und zwar bis an mein Lebensende.

Womöglich begegnen wir uns nie wieder, weil man mich freundlicherweise vor dem Waschen der schmutzigen Wäsche verschonen möchte. Außerdem wird das meiste gewiss schriftlich niedergelegt werden.

Was könnte ich Ihnen noch Erfreuliches berichten? Demnächst werde ich mir eine hübsche Anstellung als Erzieherin suchen, vielleicht sogar hier in Chelsea. Da meine Laute aus Dresden noch nicht angekommen ist, kann ich mich als Instumentallehrerin noch nicht anpreisen. Dass jemand in unserem Königreich das zungenbrecherische Deutsch lernen möchte, bezweifle ich. – Doch nur, weil meine Landsleute nicht wissen, welch amüsante Ausdrücke und Redewendungen sich in dieser malerischen Sprache befinden, insbesondere, wenn man solch einen geistreichen Gesprächspartner kennt, wie Sie es sind.

Meine liebe Mutter und mein großherziger Stiefvater kümmern sich rührend um ihre gestürzte Tochter, doch muss ich zugeben, dass mir Ihre Zuwendung wertvoller und tröstlicher war. Gewiss rührt es daher, dass ich Aufmunterung in Dresden dringender benötigte, als in

meinem beschaulichen Zuhause. Niemals möchte ich mich beklagen,
ich bin wahrhaftig glücklich über meine Befreiung – durch Ihr Zeug-
nis soll es anscheinend eine tiefgreifende Befreiung werden und nicht
nur ein Fern sein vom Peiniger.

Nun zu Ihnen, liebster Herr Heinrich; sind Sie wieder in dem schö-
nen Greifswald? Zu meiner Freude könnten Sie mir doch ein kleines
Aquarell von dieser malerischen Stadt zukommen lassen.

Nun bin ich den Brief nochmals durchgegangen und muss zu meiner
Schande erkennen, dass ich mich tatsächlich bereits sittenwidrig of-
fenbart habe – das mag wohl an dem Niveau liegen, auf das ich in
meiner kurzen Ehe gesunken bin. Trotzdem werde ich Ihnen diesen
Brief zusenden; durch den Brief an meinen Stiefvater bin ich sogar
im Besitz Ihrer Greifswalder Anschrift gelangt.

In tiefer Dankbarkeit, Ihre Celeste, geborene Williams

Ohne noch einen Gedanken an ihre offenen Zeilen zu verschwenden, sandte Celeste den Brief ab. Sie empfand wahrhaftig eine gewisse Freiheit bezüglich der Moral. Besaß sie nicht
schon immer ein recht loses Mundwerk und brachte dadurch
nicht nur ihre Mutter des Öfteren in Bedrängnis? Florian gab
damals vor, dass er ihren Vorwitz schätze. Schlussendlich
hasste er sie dafür. Als er sie als geeignete Ehegattin ins Auge
fasste, war ihm ihre Unerschrockenheit als Vorteil erschienen,
denn er wusste ja, auf was er bei seiner Wahl achten musste.
Bildung, Äußeres, Stand, und damit verknüpft, ein gewisses
Selbstbewusstsein. Über ihre Briefe konnte er sich womöglich
noch amüsieren, doch spätestens in Florenz, als es nicht mehr
nur galt, ergötzliche Briefe und liebevolle Worte auszutau-
schen, sondern zur Ausführung dieser Versprechen zu schreiten, wünschte er sich ein stilles und unscheinbares Weibchen,
das ihn in seiner Arbeit nicht störe und auch sonst keine

Ansprüche stelle. Ziemlich rasch gab er ihr zu verstehen, dass er von Zärtlichkeit nichts hielt; als sie trotzdem hartnäckig an ihrem Wunsch festhielt, zeigte er ihr, wie viel er davon hielt. Im Nachhinein meinte sie nun zu erkennen, dass die gewalttätige Ausübung seiner Ehepflicht zum einen seine Rache an dem erzwungenen Schicksal war, zum anderen wollte er sie demütigen, um sie zum Schweigen zu bringen und damit ein unbehelligtes Leben führen zu können.

Trotzdem war es ihr ein Rätsel, warum er sie nicht ein wenig lieben konnte; wie viele Menschen, gerade in den deutschen Landen und in adeligen Familien mussten eine arrangierte Ehe eingehen – und wurden trotzdem glücklich … Bestürzt hielt sie in ihrem Gedankengang inne … natürlich, das war es … ein Stich ging durch ihr Herz; es nahm ihr nahezu die Luft zum Atmen, wenn sie an die Zeilen an den ‚Brückenbauer' dachte. Die Geliebte, die anscheinend nicht den Wünschen seiner Arbeitgeber entsprach … und er sie darum nur heimlich neben seiner offiziellen Ehe … um Gottes Willen! Warum musste sie das furchtbare Los treffen?! Warum musste sie diese gesellschaftsfähige Gattin eines kalten und unverstandenen Mannes werden?

Nein! Sie wollte nicht immer und immer wieder darüber nachdenken! – Vielleicht war das die göttliche Antwort auf ihren Stolz, auf ihre frechen Reden … wie hatte sie ihren lieben Stiefvater herausgefordert … ach, unzählige Gelegenheiten gab es in ihrem Leben, in welchen sie andere Menschen verletzt hatte … war der Brief an Heinrich auch so ein Brief?! Nun war er schon mit Marie auf den Weg ins Postamt.

„Liebster barmherziger Gott, ich will mich bessern! Bitte schenk mir die Kraft, mich zu bessern!" Sie nahm ihren Rosenkranz, presste ihn an sich und schwor, sich selbst zu beobachten und wahrhaftig in Demut zu leben – so gut sie es eben vermochte.

„Mamachen, kannst du mir eine Frage beantworten?"

„Ich möchte es versuchen."

„Könnte Gott mir die Chance einer Läuterung durch meine unerfreuliche Ehe gegeben haben?" Anna musterte ihre Tochter zweifelnd. „Nichts geschieht nur so, Mama. – In den letzten Tagen gelingt es mir manchmal, mein Leben von einer anderen Warte aus zu betrachten. Und gestern wagte ich mich an den Gedanken heran, meine Ehe als Läuterung zu verstehen. – Lass es mich erklären", bat sie, als sie die empörte Miene ihrer Mutter sah.

„Nur zu, meine Liebe, mit Gewissheit darf ich daraus etwas lernen."

Anna nähte an einem Kleid für Magdalena, Celeste änderte ein abgelegtes Kleid aus ihrer Jugend um.

„Ohne Frage bin ich seit früher Kindheit an ein vorlautes Mädchen. Papa versuchte, mir gewisse Regeln beizubringen, was ihm zum Teil gelungen ist, durch dein weiches Wesen konntest du jedoch deiner frechen Tochter zumeist nicht hartnäckig genug begegnen …".

„Celeste, du bist eine liebenswerte junge Frau …".

„Bitte, Mama, hör mir erst einmal zu. Es geht mir jetzt nicht darum, meinen Charakter von Grund auf zu verurteilen, ganz gewiss nicht, doch möchte ich das eine oder andere verstehen, besonders in Bezug auf die göttliche Vorsehung." Ernst und bittend sah sie ihre Mutter an.

„Sprich, mein Kind, ich höre dir aufmerksam zu."

„Durch meine lose Zunge verletzt ich Jane, Vater forderte ich oft böse heraus, ich stieß Agatha vor den Kopf … das sind die

Menschen, die mir wirklich teuer sind. Und dann gibt es noch unzählige andere, die ich durch meinen Stolz und meine Redegewandtheit gekränkt habe. Und nun zu meiner Schlussfolgerung. Durch diesen Stolz – ich habe mich mit Papas Stellung und seinem einnehmenden Wesen geschmückt, ich habe mich mit meiner adligen Herkunft dekoriert, nicht unbedingt namentlich, doch innerlich war es mir stets gegenwärtig, dass ich etwas Besonderes bin. – Nun gut, dieser Stolz hat mich auf gewisse Weise blind gemacht, das heißt, zum einen fehlt mir die Empfindsamkeit dem anderen gegenüber und oftmals fehlt mir ein gerechtes Urteil über ein Geschehen oder einen Umstand … nein, ein Urteil ist schon zu viel, einfach nur ein Betrachten oder Annehmen eines Umstandes …". Sie hielt inne und dachte nach. „Mit dieser Verblendung prüfte ich Florian und befand ihn für gut – er entsprach meinen Ansprüchen an Aussehen, Bildung und Renommee …". Plötzlich lachte sie auf. „Mama, es ist unglaublich! Habe ich ihn nicht unter denselben Gesichtspunkten ausgesucht, wie er mich aussuchte?" Sie erwartete keine Antwort und sprach weiter. „Ja, und dann kam das Erwachen. Kein Märchenprinz küsste mich am Morgen wach, kein zärtlicher Liebhaber kraulte mir den Rücken, kein Gentleman brachte mir das Frühstück an das Bett!" Sie schüttelte den Kopf. „Nein, er hat sich eingeschlossen, er weigerte sich, noch ein Wort in meiner Muttersprache mit mir zu wechseln, er war taub für jedes englische Wort. Doch das hat mich noch nicht allzu arg verdrossen. Erst seine anhaltende Überheblichkeit beängstigte mich, unsere ausbleibende Hochzeitsnacht entschuldigte ich mit seiner Überarbeitung, so wie er es immer fort tat." Sie seufzte. „Du kennst dein liebesbedürftiges Mädchen, Mama. Ich war sehr ausdauernd … und dann kam seine Antwort … vielleicht hätte er mich verschont, wäre ich nicht so fordernd gewesen, doch so musste er mich demütigen, um mich einzuschüchtern, damit ich endlich still werde. Im Hintergrund besaß er ja seine Geliebte, von der ich bis Mai nichts wusste …". Celeste wurde nachdenklich. Verwirrt sah sie auf. „Warum erzähl ich dir das alles, Mama?"

„Du möchtest mir deine Gedanken bezüglich einer Läuterung unterbreiten", antwortete Anna ruhig.

„Ach, das war es … irgendetwas lenkte mich von diesem Vorhaben gerade ab …", sprach sie fahrig.

„Was kann es sein, was dich ablenkte?"

„Eigentlich ist es unerquicklich, über diese Zeit nachzudenken", befand Celeste plötzlich.

„Trotzdem spüren wir ein Drängen, es immer wieder zu tun. Ich vermute, es ist natürlich, damit wir uns in diesem Labyrinth aus Erlebnissen und Empfindungen zurechtfinden, es Stück für Stück ordnen, um es schließlich irgendwann beruhigt beiseitelegen zu können. Je nachdem, was uns widerfahren ist, benötigt dieser Vorgang eine angemessene Zeit. Mit großer Wahrscheinlichkeit wird es in deiner Angelegenheit etwas länger dauern, bis du alles geordnet und beiseitelegen konntest. Denn deine Erlebnisse sind tiefgreifend gewesen und zudem ist das Geschehen auch noch nicht abgeschlossen."

„Ich glaube, das Schlimmste ist der Ekel, den der andere gegen einen empfindet, Mama … es beschämt einen so sehr. Man wird zu einem Nichts, nein, man wird zu Schmutz und darum braucht man Menschen, die zu einem halten, sonst wirft man sich weg … weiß du, man würde sich hergeben …".

„Hast du dich hergegeben, Celeste?"

„Nein, das habe ich nicht; doch empfindet man keine Schranken in den Abgrund mehr – hätte man nicht den Verstand. Ich wollte fliehen, doch wäre ich nicht zu euch zurückgekehrt – in meinem Empfinden beschämte ich euch mit meiner Schande." Anna hielt schon länger in ihrer Näharbeit inne. Mitleidig schüttelte sie den Kopf. „Immer möchte Gott uns aus unserem Elend herausführen – er liebt uns mehr, als eine Mutter ihr Kind lieben kann. Ganz gleich, ob wir selbst unsere Not verursachen oder andere sie herbeigeführt haben, stets reicht er uns seine Hand. Nur müssen wir sie annehmen." Celeste nickte gedankenverloren. „Worüber denkst du nach, Celli?"

„Über Herrn Heinrich."

„Was denkst du über ihn?"

„Ich habe mich in ihn verliebt. Doch bin ich mir nicht mehr sicher, ob diese Verliebtheit ihren Ursprung darin hat, dass er mein Retter war, oder weil ich ihn schlichtweg liebenswert finde." Sinnend sah sie zum Fenster hinaus.

„Lass noch ein wenig Zeit verstreichen, Celeste. Deine Wunden müssen heilen, das Urteil über die Eheauflösung muss vom Bischof gefällt werden, bis dahin hast du gewiss viel Zeit, dir über die Gefühle zu Herrn von Heringsdorf Klarheit zu verschaffen."

„Ja, Mama. – Dummerweise habe ich gestern einen Brief an ihn abgeschickt."

„Was ist daran falsch?"

„Genau darum wollte ich dir meine Theorie über eine Läuterung durch die Ehe darlegen – jetzt weiß ich es wieder!" Verzweifelt seufzte sie. „Mein Brief war voll mit Dreistigkeit … und ich ärgere mich, dass ich ihn trotzdem losgeschickt habe …".

„Herr von Heringsdorf wird es dir nicht übelnehmen; er hat dich kennengelernt und mir scheint, er besitzt ein weites Herz."

Plötzlich erwachte Celeste zu Leben. „Mama! Du kannst dir nicht vorstellen, wie hinreißend lustig er ist! Eigentlich muss man immer lachen, wenn man mit ihm den Tag verbringt ... er ist unglaublich wunderlich!" Still freute sich Anna über Celestes Frohsinn. „Immer erdachte er sich eine neue Anrede für mich, er pflegt so eine Marotte. – Hör zu, ich werde dir ein paar Kostproben geben." Sie dachte nach und gluckste dabei genüsslich vor sich hin. „Allerholdeste, Verzagteste, Allergeplagteste, Hochwürdigste, Allerseligste – da habe ich jedoch protestiert und ihm gesagt, ich sei nicht selig, er antwortete mir, für ihn sei ich nun mal eine Seligkeit ...". Geschmeichelt strahlte Celeste auf. „In der Bibliothek nannte er mich Unerhörteste und Allerhübscheste ... ja, das sagte er ...". Sie seufzte tief.

„Er hat wundervolle Koseworte für dich gefunden. Mir scheint, er hat alles aufgeboten, um dich aufzurichten."

„O ja, Mama das tat er! – Und darum zweifle ich an seiner Zuneigung   also, ich meine, offensichtlich wusste er ja von Florians Geheimnis ... und darum stützte er mich ...". Sie ging eine Weile in sich. „Ziemlich am Anfang unserer Bekanntschaft fragte ich ihn, warum er mich immer aufheitern wolle. Er antwortete, wenn er lügen solle, mache er es, weil er wie ein Samariter allen Geplagten zu Hilfe komme und sich dadurch einen Platz im Himmel verschaffe."

„Wenn er lügen solle!", wiederholte Anna lachend.

Schmerzlich forschte Celeste im Gesicht ihrer Mutter. „Oft wusste ich nicht, wann ich ihm glauben schenken sollte und wann nicht."

„In dem Schreiben an Vater merkt er ehrlicherweise an, dass nicht nur tiefes Mitgefühl ihn an deine Fersen hat heften lassen."

„Das steht darin?"

Anna legte die wiederaufgenommene Arbeit nieder und lehnte sich zurück. „Du musst bedenken, dass er dir, während einer hängigen Sache keine Liebesgeständnisse machen darf, Celeste. Er wird ein kluger Mann sein, der die Dinge sehr umsichtig behandelt, auch wenn er vordergründig ein unbefangenes Wesen pflegt. Er wird wissen, dass es für den Verlauf des Prozesses von Bedeutung ist, in welchem Verhältnis er zu dir steht …".

Celeste schlug erschrocken die Hand vor den Mund. „Oh, Mama, genau das ist es, was mir fehlt! Ich werde ihn mit meinem albernen Brief in Bedrängnis bringen! Ich bin so abgrundtief dämlich!" Sie sprang auf und eilte zur Tür. „Ich muss sofort eine Nachricht hinterherschicken!"

Chelsea, 23. Juli 1823

Verehrter Herr von Heringsdorf
tausend Mal möchte ich Ihnen für Ihre tatkräftige Hilfe in meiner Not danken. Stets werde ich Sie und Ihre teure Familie in meine Gebete einschließen und Ihnen alle Unkosten, die durch Ihre Mühen jedweder Art entstanden sind, erstatten. Bitte sehen Sie jeden zuvor – in seelischer Umnachtung – geschriebenen Brief als gegenstandslos an.
In ewiger Dankbarkeit
Ihre Celeste Hofstetter

Zwei Tage später überreichte Frau Moss Celeste einen Brief aus Deutschland. Kein Absender war zu entdecken, doch ein kleines Fischchen zappelte auf der Mitte der Rückseite. Glücklich lief Celeste mit ihrer Beute nach oben.

Greifswald, 10. Juli 1823

Verehrte Frau Hofstetter,

in der Annahme, dass Sie endlich ins Haus Ihrer Familie zurückgekehrt sind, möchte ich Sie für Ihren mutigen Schritt beglückwünschen. Haben Sie daran gedacht, den wertvollen Brief Ihrem Herrn Vater zu übergeben? Ich hoffe es für Ihre Zukunft sehr und wenn ich ehrlich bin, auch ein wenig für die Meinige.

Nun sitze ich wieder in meinem behaglichen Greifswalder Stübchen und kann mich stundenlang meinen selbst ausgewählten Gegenständen und Farben widmen und muss nicht dröge Auftragszeichnungen herstellen, um sie schließlich mit schlechtem Gewissen abzuliefern – doch habe ich mir dadurch während des Dresdner Aufenthaltes ein kleines Polster schaffen können, so dass ich mich für wunderbar lange Zeit in meinem geliebten Greifswald meiner eigentlichen Passion widmen kann. Einige Skizzen liegen vor mir, die ich zu einem hübschen Porträt auferstehen lassen werde. Natürlich wird es um einiges treffender, hat man die Person leibhaftig vor sich sitzen, doch zehre ich von der Erinnerung.

Einige Spaziergänge habe ich bereits unternommen und in Gedanken mit Ihnen über die herrliche Gegend geplaudert. Es tut mir leid, dass Sie kaum aus Dresden herausgekommen sind und dadurch die abwechslungsreiche Vorpommersche Landschaft nicht schauen durften.

Mit den besten Wünschen für einen baldigen Entscheid in Ihrer schwerwiegenden Angelegenheit verbleibe ich als Ihr treuer Heinrich von Heringsdorf.

Besonders eine Zeile las sie immer wieder. ‚*Ich hoffe es für Ihre Zukunft sehr und wenn ich ehrlich bin, auch ein wenig für die Meinige.*‘

Bedeutete das nicht, dass er eine Eheauflösung wünschte, damit sie seine ... Celeste ließ sich auf das Bett fallen und träumte einen wunderschönen Tagtraum. Gemeinsam standen sie auf einer Düne und Heinrich wies über die weite Ostsee. Sie liefen hinab durch einen Kiefernhain bis in das Städtchen, dort führte er sie in ein Kirchlein und steckte ihr einen goldenen Ring an den Finger ...

„Es gestaltet sich schwierig. In beiden Fällen war Herr von Heringsdorf der einzige und dazu noch unbemerkte Zeuge. Natürlich könnte man eine Gegenüberstellung anberaumen ...". George Avestone seufzte. „Diese Entfernung! Am einfachsten wäre es, wir könnten die gesamte Angelegenheit sofort einem kirchlichen Gericht übergeben, die würden Herrn Hofstetter prüfen und mit großer Wahrscheinlichkeit seine Schuld feststellen. Nun ist da aber der Anwalt von Herrn Hofstetter, der Celeste des Ehebruchs bezichtigen will, kehrt sie nicht nach Dresden zurück."

„Also sieht der Fall ziemlich unentschieden aus; er begeht seit vor unserer Ehe Ehebruch und ich beging allein während der Ehe Ehebruch, also genaugenommen ja erst seit dem sechsten Januar oder war es der achte – ich weiß es gar nicht mehr ...". Verblüfft hatte der Anwalt zugehört. „Celeste, du begingst Ehebruch?"

Celeste stand am Fenster und lächelte ihren Stiefvater kokett an.

Anna tätschelte des Anwalts Arm. „Lass dich nicht verwirren, George. Das ist Celestes Umgang mit dieser höchst unangenehmen Angelegenheit."

„Es macht mich nervös, Celeste, wenn du ein Durcheinander in dieser Sache stiftest ...".

„Du bist doch sonst auch nicht so empfindlich, mein Lieber", erinnerte ihn Anna. „Denk nur an deinen Kompagnon."

„Danke, Mama, für die hervorragende Verteidigung. Trotzdem wird es so sein, dass ich zurück muss. Ich werde mich innerlich darauf vorbereiten." Celeste wandelte gelassen dem Sofa entgegen und ließ sich darauf nieder. „Aber die Unterstellung eines Ehebruchs auf meiner Seite gefällt mir – das wäre sozusagen ein Ausblick, um zu überleben. Also, ich meine, in adligen Häusern kommt das ab und zu schon vor: Er hält sich eine Mätresse, sie trifft sich allabendlich mit einem Liebhaber." Sie seufzte. „Im Grunde genommen habe ich mir gewünscht, dass Herr Heinrich mich einmal küsst ...". Sie seufzte. „Leider hat er es nie getan ...".

Gedankenschwer schüttelte der Anwalt sein müdes Haupt. „Celeste, sei einfach still, wenn du nichts Dienliches beitragen kannst."

„Ja, Vater. Es tut mir leid. Ich werde mich jetzt für die Nacht zurückziehen." Demütig verneigte sie sich. „Gute Nacht", flüsterte sie und entschwand.

„George. Habe Geduld mit ihr. So wie du es alle Jahre zuvor hattest."

„Verzeih mir, Anna. Ich weiß, dass sie vieles durchlitten hat und immer noch durchleidet, doch ist diese Angelegenheit wahrhaftig nervenaufreibend. Immerhin geht es um die Zukunft dieser deiner Tochter, und zwar, entweder die Hölle auf Erden oder aber ein Neubeginn."

„In welchem Verhältnis standest du nun genau zu Herrn von Heringsdorf?", fragte George Avestone am nächsten Abend.

„Es war ein freundschaftliches Verhältnis, so wie das zu Marianne und Franz Brookmann."

„Wie oft habt ihr euch gesehen?" Misstrauisch beäugte Celeste ihren Stiefvater. „Wir müssen es getreu wissen, weil der Anwalt des Herrn Hofstetter dir ein außereheliches Liebesverhältnis unterstellen möchte."

„Ich möchte mal wissen, wer dieser Anwalt ist!", grollte sie.

George Avestone lachte. „Den lernen wir gerade kennen. Mit seinem Namen wirst du nicht viel anfangen können."

„Diese elenden Spitzel!", zischte sie verächtlich.

„Hast du etwas zu verbergen?"

Mit blitzenden Augen strafte sie ihn für diese Frage. „Nur meine Gefühle."

„Zurück zur Frage; wie oft ...".

Gedankenverloren schweiften ihre Augen in die Ferne. „Vielleicht zweimal in der Woche, manchmal auch dreimal ... zum Beispiel, wenn der Musikabend war ...".

„Wo seid ihr euch sonst begegnet, wenn nicht bei Zieglers?"

Gequält sah sie ihn an. „Ist das so wichtig?"

„Was ist schwer daran, diese Frage zu beantworten? – Dein Verhalten will mir gerade die Annahme des Rechtsanwaltes bestätigen."

„George!", griff Anna beschwichtigend ein.

„Unsere allererste Begegnung war in der Familie von Heringsdorf beim Kaffee. Es war der grausame Tag, an dem man mir den Englischunterricht aufkündigte. Die zweite und wundersam erfreuliche Begegnung war bei Zieglers nach dem Hausmusikabend." Lächelnd sah Celeste auf ihre Hände. Unauffällig strich Anna ihrem Gemahl besänftigend über den Arm. Celeste sah auf. „Ja ... und einige Tage später traf ich ihn zufällig im Augusta Park, da lud er mich in ein Kaffeehaus ein – doch blieb ich nicht lange ... es war wieder genauso wundersam erfrischend wie nach dem Hausmusikabend. Dann folgte der zweite Hausmusikabend – er findet zweiwöchentlich bei Zieglers statt – an jenem Abend ist die Skizze von mir entstanden, während des Lautenspiels, ich hatte es nicht bemerkt. Am Abend begleitete er mich nach Hause und weil ich befürchtete, ihm nie wieder zu begegnen ...". Gepeinigt umwölkte sich ihre Stirn. „... bot er mir an, mich durch die öffentliche Bibliothek im Japanischen Palais zu führen."

„Das ist entgegenkommend", bemerkte ihr Stiefvater.

„Onkel George! Ich bedurfte dieser Freundschaft so dringend ...", beteuerte sie flehend.

„Ich meinte es ernst. Er erkannte deine Not und ist davon nicht unberührt geblieben."

Celeste beruhigte sich. „Ich habe Mama von dem Ausflug in die Bibliothek erzählt, nicht wahr, Mama?" Anna nickte milde. „Es war ein erfreulicher Tag ... weil er wie ein Harlekin Späße macht – doch ist er auch sehr tiefsinnig, er ist nicht nur albern ...". Sie wurde sich ihrer Lebhaftigkeit gewahr und bremste sich

George Avestone lächelte ihr freundlich zu. „Ich verurteile diese Freundschaft nicht, Celeste, versteh meine Nachforschung nicht falsch."

„Irgendwann führte er mich nochmals in ein Kaffeehaus, es war ein anderes als das erste, das war wohl ein Fehler; irgendein Angestellter sah mich dort mit Herrn Heinrich. – Ach, es war übrigens mein Geburtstag, darum führte er mich aus und übergab mir ein wunderschönes Aquarell einer Sommerwiese. Es war ein Geschenk seiner Schwester Cäcilia und ihm; Marianne und Franz wollten mir den Rahmen dazu spendieren. Darum nahm ich das Bild am nächsten Tag mit zu Zieglers, an diesem Tag erteilte ich Edeltraut Lautenunterricht." Bedrückt sah sie ihre Eltern an.

„Was geschah daraufhin? Mir scheint, es folgte etwas", hakte George Avestone nach.

„Ja", hauchte sie.

„War diese Begegnung im Kaffeehaus der Anlass, dass er dich schlug?", fragte Anna.

„Nicht ganz … an diesem Abend musste ich meine Schubladen ausleeren, warum, wusste ich nicht, bis er mir sagte, Herr Breuninger hätte mich mit einem Mann im Kaffeehaus gesehen. Florian suchte das Bild. Ich erklärte ihm, dass dieser Mann Herr von Heringsdorf war und er mir allein im Namen seiner Schwester ein Geburtstagsgeschenk überreicht habe und so weiter, das beruhigte ihn halbwegs. Doch war er so hart zu mir, dass ich ihn fragte, was ich ihm getan hätte, dass er unentwegt so bös gegen mich sei." Sie seufzte. „Ja, und so kam das eine zum anderen."

„Aber warum schlug er dich? Kannst du es genauer beleuchten?"

„Warum muss ich das tun, Vater?" Offenkundig litt sie.

„Vielleicht sollten wir später weiter machen, George?", schlug Anna zartfühlend vor.

„Nein. Wir werden jetzt weitermachen; Celeste muss ohnehin früher oder später vor sich selbst oder einem Gericht, welches auch immer, Rechenschaft ablegen. Und jetzt ist der richtige Zeitpunkt, ganz genau darauf einzugehen. – Kannst du dich erinnern, was ihm Anlass gab zuzuschlagen? War es einfach nur Zorn, weil du in seinen Augen das letzte Wort behalten wolltest? Oder äußertest du etwas Bestimmtes, was ihn außer sich brachte? Denn seine regelmäßigen Demütigungen sind offensichtlich geplant gewesen, doch so ein Schlag lässt auf eine Empfindlichkeit schließen."

Celeste stöhnte. „Ich weiß es nicht mehr, Vater ... wahrscheinlich wollte ich das letzte Wort behalten – ihr kennt mich ja."

„Nein, nein, Celeste, das ist eine Ausflucht." Seine Gemahlin litt ebenfalls. „Meine liebe Anna, sei so freundlich und sieh nach, ob Frau Moss das Abendessen schon bereitet hat." Anna strich im über den Arm und verließ das Wohnzimmer.

„Ist es von solcher Bedeutung?", versuchte Celeste zu entkommen.

„Das ist es. Mir scheint sogar, dass es an Bedeutung zunimmt."

„Er zürnte, er würde mir allen Wohlstand bieten und ich würde ihn hart nennen. Daraufhin sagte ich, er würde mich nicht lieben; seine Antwort war, ich könne nicht in sein Herz schauen. Woraufhin ich ihm vorhielt, er sei nicht zärtlich zu mir. Er lachte und erwiderte, nicht jeder hätte so eine Familie wie ich, er würde jedoch selbst seiner ehelichen Pflicht nachkommen ...". Flehend sah sie ihren Stiefvater an. „Möchtest du wirklich noch mehr wissen?"

„Ja. – Soll deine Mutter dabei sein?"

Sie schüttelte den Kopf. „Das sollten wir ihr ersparen." Bei dem Versuch, sich aufrechtzusetzen, sank sie wieder zusammen. „Ich sagte ihm, er tue mir weh. Darüber lachte er höhnisch und sagte, es wäre mein Versäumnis, wenn ich ihm nicht entgegenkomme ... oder so ähnlich ...". Hilflos sah sie den Anwalt an.

„Celeste, es tut mir leid, doch musst du dich nicht schämen, ich bin ein gestandener Mann, der bereits viele traurige und auch beschämende Geschichten in seinem Leben anhören musste. Du weißt, ich bin verschwiegen und von Grund auf gutmütig. Sei mutig, denn hier scheint ein wichtiges Detail zum Vorschein zu kommen."

„Ich sagte ihm, wäre er zärtlich zu mir – ich habe es genauer beschrieben – da unterbrach er mich und rief empört, dass er so ein hysterisches Frauenzimmer wie mich gewiss nicht liebkosen wolle … ja, das sagte er, nein, er schrie es … ja, und dann weiß ich gar nicht, was dann war, dann schlug er mich … glaube ich …".

„Nein, da schlug er dich noch nicht."

Verwirrt sah sie ihren Stiefvater an. „Woher weißt du das?"

„Das ist noch kein triftiger Grund."

„Ja, ja, irgendetwas sagte ich … aber darum schlug er mich ja … er schlug mich und beschimpfte mich. Würde ich noch ein Wort verlieren, würde ich es bitter bereuen …".

„Das ist aufschlussreich! Worüber durftest du kein Wort mehr verlieren?"

„Ich war so verzweifelt, so dass ich mir getraute, ihm die Art und Weise seiner Zuwendung vorzuwerfen … und dass ich den Grund dafür wüsste …". Mit klopfenden Herzen sah sie auf ihre Hände.

„Was ist der Grund seiner herzlosen Art?"

Hilflos irrten Celestes Augen umher. „Weil er eine Geliebte hat?", hoffte sie, die richtige Antwort zu geben.

„War dir das an diesem Abend schon bekannt?" Mit einer kaum wahrnehmbaren Kopfbewegung verneinte sie. „Also wolltest du ihm deine Vermutung nennen, doch schlug er in demselben Moment so heftig zu, dass du mehrere Tage bettlägerig warst. Zudem drohte er dir, er tue dir etwas an, sobald du es ein weiteres Mal wagen wirst, diese Vermutung auszusprechen."

„Ja", flüsterte sie.

„Glaubst du, ein Mann, der eine Geliebte hält, muss seine Gattin regelmäßig in dieser lieblosen Art behandeln, wie er es tat?"

„Warum fragst du mich das?!", stieß sie gepeinigt hervor. „Ich weiß nicht, was in seinem kalten Gemüt vorgeht!"

„Celeste, es geht mir um dich! Was wolltest du ihm vorwerfen? – Ein Vorwurf, den er unbedingt verhindern will!"

Sie erhob sich von ihrem Platz. „Ich weiß nicht, was in ihm vorgeht!", rief sie bitter. „Gute Nacht, Vater!"

„Jetzt werde ich endlich eine Anzeige aufgeben, Mama. Doch nur für Chelsea, das ist mir lieber."

„Es wäre mir auch recht, wenn du nicht nach London gingest."

„Ich werde versuchen, eine kleine Stelle zu bekommen, nur für wenige Stunden am Tag, Vater wird die Anzeige bestimmt für mich aufgeben – ich möchte nicht allein nach London, um die Anzeige aufzugeben."

Anna sah von ihrer Näharbeit auf. „Nein, Celeste, das sollst du auch nicht. Bleib zuhause und erhole dich noch."

„Seltsam, in Dresden würde es mir nicht so viel ausmachen, allein zum Dresdner Anzeiger zu fahren, es ist geordneter und überschaubarer, die Menschen scheinen mir auch …". Celeste verstummte nachdenklich.

„Das ist sonderbar", wunderte sich Anna.

„Warum findest du das sonderbar?"

„Du erlebtest so viel Schlechtes in Dresden."

„Aber nur in der Friedrichsallee siebzehn. Ansonsten gefällt mir Dresden außerordentlich." Beide arbeiteten still an ihren Kleidern. „Ich vermute beinahe, Heinrich machte mir diese Stadt so heimatlich. Als es wärmer wurde, sind wir oft gemeinsam spazieren gegangen. An der Elbe. Im Mai setzten wir uns mit einem Picknick in die Elbwiesen. Wir lasen uns gegenseitig vor. Er spricht gerne über den lieben Gott, Mama. Offiziell studiert er sogar Theologie, in Wirklichkeit ist er an der Kunstakademie in Greifswald."

„Hat er wohlhabende Eltern, dass sie dafür aufkommen können?"

„Ich denke, die von Heringsdorf sind wohlhabend. Der Vater ist immerhin Ratsherr, das ist etwas Besonderes und bringt gewiss einiges ein, außerdem ist er adlig, das weiß man durch das ‚von' im Zunamen, meistens darf man dann auch nur eine *von* heiraten." Celeste kicherte. „In deutschen Landen sind Heiraten auf dieser Ebene sehr durchdacht und aufwändig."

Anna lächelte amüsiert. „Was du alles weißt, Celli!"

„Heinrich ist ein uneheliches Kind."

Anna horchte auf. „Darüber spracht ihr auch?"

„Ja."

Da Celeste offenbar nicht mehr dazu sagen wollte, wechselte Anna auf eine andere gewichtige Angelegenheit. „Und was sagt er über den katholischen Glauben? Ich gehe davon aus, dass er Protestant ist."

„Das ist er, doch denkt er sehr viel über das Katholische nach. Ich musste mich sehr wundern, zwei Tage nachdem wir das erste Mal gemeinsam die Bibliothek besucht haben, habe ich ihn morgens in der heiligen Messe entdeckt. – In Dresden ist die Hofkirche eine katholische Kirche; sie ist wunderschön prachtvoll und riesengroß. – Ja, da sah ich ihn in einer Bank knien. Er war ganz andächtig."

„Ist er wegen dir dort hingegangen?"

„Nein, das war ja ganz am Anfang unserer Freundschaft. Erst nach dieser Begegnung in der Kirche wurde er in dieser Sache gesprächig." Sie seufzte. „Er sprach gerne mit mir darüber …

über die Liebe, und dass Gott ja die Liebe sei, was die Protestanten jedoch nicht erkennen würden und das stoße ihn von seiner eigenen Konfession ab." Sie lachte kurz auf. „Von dem Kaplan Böttcher erzählte ich ihm nicht, sonst hätte ich in enttäuscht. – Gott sei Dank, weiß ich, dass hochwürdiger Kaplan Böttcher auch nur ein Mensch ist, der durch glückliche Fügung zum Priester geweiht wurde ... aber Gott hatte ihn mir zur Beichte gegeben ...", fuhr sie nachdenklich fort. „Das war grausam, doch unterstützt es meine Theorie über die Läuterung."

Anna lachte. „Oh nein, meine Liebe! Ich vermute, du verstehst etwas grundsätzlich falsch. – Wir *selbst* bringen uns durch unser Unvermögen unentwegt in schwierige Lagen. Gott ist es, der uns jedes Mal behutsam hinausführt. – Verstehst du das?"

Celeste seufzte. „Das ist eine bemerkenswerte Sichtweise ... darüber muss ich nachdenken." Ihr Blick glitt in die Ferne.

„Also, Herr Heinrich sprach mit dir über Gottes Liebe und dass die Protestanten sie nicht erkennen?", kam Anna auf den Celestes Bericht zurück.

War das nicht der Dreh- und Angelpunkt des Glaubens? Gott war die Liebe selbst – er war kein zürnender und strafender Gott, der die Menschen in die Welt geworfen und nur einige von ihnen für den Himmel vorbestimmt hatte.

„Ja, Mama. Er ist ein ganz besonderer Mensch ...". Celeste versank in Gedanken. „Wie kann man sich vom Äußeren nur so blenden lassen ...?" Sie besann sich. „Doch fragtest du mich ursprünglich nach dem Unterhalt seines Lebens. Wenn er in Dresden ist, erhält er des Öfteren verschiedene Zeichenaufträge, die ihm meistens gut bezahlt werden. Es sind Ansichten von Bauwerken, die irgendwelche Handwerksbetriebe oder Makler für Kunden oder Geldgeber angefertigt haben wollen.

Damit verdient er so manches Sümmchen. Aber er sagt, wenn er mal wirklich nichts mehr zu beißen hat, stattet er seinen Eltern in Dresden ein Besuch ab." Verträumt sah sie auf ihre Arbeit. „Ich könnte uns auch etwas dazuverdienen, Mama. Ich könnte unterrichten."

Anna lachte. „Ach Celli, Träume sind schön, ich weiß! – Aber nun müssen wir erst einmal das große Trümmerfeld aufräumen, dass dieser Herr Hofstetter angerichtet hat. Und das ist wahrlich keine Kleinigkeit."

Celeste seufzte tief. „Möchte Vater noch mehr über Herrn Heinrich wissen?"

„Ich denke schon."

„Warum möchte er es so genau wissen?"

„Um gegen alle Vorwürfe gewappnet zu sein. Behauptet der gegnerische Anwalt, ihr wurdet da und dort in inniger Umarmung erblickt, es gäbe jenen oder diesen Zeugen, dann muss Herr Ferres darauf erwidern können."

„Es ist sehr taktvoll, dass ich nicht mit Herrn Ferres darüber sprechen muss ... es wäre furchtbar peinlich."

Beschwichtigend schüttelte Anna den Kopf. „Er ist ein sehr rücksichtsvoller Mensch und erlebte selbst Schändliches, dass er niemals unangenehme Bemerkungen fallen lassen würde und auch niemals schlecht über dich denkt, Celeste."

„Das ist tröstlich."

„Sollten wir nicht endlich Agatha einladen? Es würde dir guttun, ein bisschen Ablenkung zu haben."

„Ich bin vollauf zufrieden, Mama. Ich fühle mich nicht einsam ...". Verlegen sah sie ihre Mutter an. „Zudem ist es beschämend", flüsterte sie.

„Dann dürftest du das Erlebnis machen, dass dich keiner für dein hässliches Schicksal verurteilt. Im Gegenteil, Agatha wird viel Verständnis für deine Lage haben."

„Meinst du?"

„Sonst würde ich es dir nicht sagen."

SECHZEHN KAPITEL

Wenige Tage später vergnügte sich Anna mit drei kleinen Kindern; ihrer Magdalena, der kleinen Perdita, die eifrig mit ihrer großen Freundin spielte, und dem kleinen Esra, der sich damit zufriedengab, ab und zu ein eine schweigende Rolle in ihrem Spiel zu übernehmen, wenn man ihn benötigte.

„Oh, Celeste, du glaubst nicht, wie froh ich bin, dass du endlich wieder hier bei uns bist! Deine ausbleibenden Briefe haben mich bekümmert."

„Verzeih mir, Agatha, die Umstände waren nicht entsprechend …".

„Ich weiß, meine Liebe."

„Was weißt du?", fragte Celestes argwöhnisch.

„Durch deine Mutter erfuhr ich, dass du anscheinend unter schwierigen Verhältnissen lebtest, was genau, wusste sie selbst nicht, und nachdem du nach Chelsea zurückgekehrt bist, erwähnte dein Vater mir gegenüber, dass sich Herr Hofstetter als Heiratsschwindler entpuppte."

„Mehr weißt du nicht?"

„Allein, dass Joshua mit deinem Fall betraut ist. – Du kannst jedoch davon ausgehen, dass er mir kein Sterbenswörtchen darüber erzählt und ich es auch nicht einfordere."

„Lass uns ein bisschen am Wasser entlangspazieren, Agatha, dann kann man besser erzählen."

Die Arme innig untergehakt, wandelten sie auf einen kleinen Pfad an dem trägen Fluss entlang. „Ganz rasch erzähle ich dir das Unerfreuliche und dann möchte ich dir von etwas überaus Erfreuliches erzählen, dass jedoch in weiter Ferne liegt."

„Dann erzähle, meine teure Freundin."

In kurzen Zügen berichtete Celeste ihrer Freundin von Florian Hofstetters nutzbringender Heirat, seiner Kälte und der servilen Art in Gesellschaft, die wahrhaft peinigenden Umstände ließ sie aus. Und dann kam sie endlich auf Herrn Heinrich zu sprechen. „So einem wunderlichen Mann, der doch so hinreißend ist, bist du noch nie begegnet, Agatha, glaube mir!"

Diese gluckste verschlagen. „Verzeih, Celeste, ich habe mich ebenfalls in einen höchst sonderbaren Mann verliebt und ihn sogar geheiratet. – Nun gut, jetzt möchte ich alles über Herrn Heinrich wissen: Wie alt, wie groß, welchen Beruf übt er aus, Haarfarbe, Bart oder bartlos, arm oder reich …".

„Halt ein, Agatha!", lachte Celeste. „Alles der Reihe nach!" Und sie begann ihr von der ersten zungenlösenden Begegnung im Hause von Heringsdorf zu berichten, die ihr die angenehme Stelle kostete.

„Was für ein wunderlicher Anfang für eine Liebesgeschichte", bemerkte Agatha staunend.

Celeste ließ ihre Freundin nicht lange im Unklaren und berichtete von der zweiten Begegnung, übrigens mindestens ebenso schillernd, wie das beglückende Dinner selbst nach dem Hausmusikabend bei Zieglers.

„Das muss ein vergnüglicher Mensch sein; hoffentlich lerne ich ihn eines Tages kennen!"

„Ja, Agatha, das wünsche ich mir sehnlichst – dass ich ihn eines Tages wiedersehe." Doch machte Celeste nach diesem freudigen Bericht einen betrübten Eindruck. „Die Trennung der Ehe ist ein schwieriges Unterfangen, Agatha. Florian und seine Förderer werden alles daransetzen, dass ich die Ehebrecherin bin und nicht er."

„Ist er ein Ehebrecher? Das erwähntest du gar nicht. Ich dachte, eine Auflösung wird aufgrund seines Betruges angestrebt; dass er dich nur heiratete, um gesellschaftliche Vorteile zu erlangen?"

Celeste war verwirrt. „Ich verstehe es auch nicht mehr; eine katholische Ehe kann ja gar nicht aufgelöst werden … und ein Liebesverhältnis ist kein Grund. Auch seine Demütigungen nicht …". Flüchtig verlor sie sich in Gedanken. „… das bedeutet, dass ich zwar von ihm getrennt leben könnte – hoffentlich – doch niemals eine andere Ehe eingehen darf, weil ich bis in Ewigkeit mit Florian Hofstetter verheiratet sein werde …".

Agatha drückte ihre Freundin an sich. „Liebe Celeste, Gott wird das Beste für dich fügen – ganz bestimmt. Vertrau auf ihn. Er wird meinem lieben Joshua und deinem verehrten Vater lenken. Weine nicht, meine liebe Freundin! – Ich habe dich so vermisst, und als keine Briefe mehr kamen, machte ich mir große Sorgen, darum sprach ich verschiedentlich mit deiner Mutter darüber. – Denk nur, jetzt bist du bei uns, und diesen niederträchtigen Ingenieur, der dir eine perfekte Verstellung geboten hat, wirst du nie wiedersehen! Ist das nicht famos!"

„Das ist wahr", konnte Celeste nur zögernd in den Jubel einstimmen.

„Erzähl mir noch ein bisschen von Herrn Heinrich! Wie ist seine Familie? Hattest du dich nicht sogar mit einer Schwester von ihm befreundet?"

„Ja, das ist Cäcilia. Doch ist sie etwas undurchsichtig, also ich meine, sie ist nicht immer offen. Und nach dem ihre Eltern mir kündigten, habe ich sie kaum noch gesehen. – Ob das herrliche Aquarell, welches mir Herr Heinrich im Namen von ihr und sich selbst zum Geburtstag übergab, tatsächlich auch von ihr war, bezweifle ich mittlerweile."

„Warum zweifelst du, dass Cäcilia an diesem Geschenk beteiligt war?"

„Weil sie nicht diese Herzlichkeit besitzt und auch nicht den Schneid dazu hätte."

„Also vermutest du, Herr Heinrich erwähnte seine Schwester nur, damit es nicht kompromittierend wirkt?"

Celeste strahlte. „Ja! Gerade eben ist mir diese Erleuchtung gekommen!" Gerührt seufzte sie. „Er ist so umsichtig!"

„Doch wo ist das Bild? Hängt es in deiner Dresdner Wohnung?"

„O, nein! Es ist bei Marianne. Sie wollte es rahmen lassen …". Bewundernd schüttelte Celeste den Kopf. „Wie geschickt sie sich alles überlegt haben! Die Rahmung sollte das Geburtstagsgeschenk Mariannes werden, aber in Wahrheit ist dadurch das Aquarell nie in unsere Wohnung gelangt … ich Dummerchen, ich habe in dieser Zeit nur wenig begriffen." Sie gingen eine Weile still nebeneinander her. „Ich konnte nicht viel denken, Agatha. Nur wenn ich unterrichtet habe, konnte ich wenigstens klar denken. – Über meine Ehe konnte ich nicht nachdenken. – Wenn ich wagte, mich zu beklagen, was ich nur am Anfang tat, weil ich noch nicht glauben konnte, was mir geschah, konnte er mir weismachen, dass ich mich nicht zu beklagen habe, weil er alles allein für mich zum Besten gestaltet. – Du musst wissen, wir bewohnen eine prächtige Wohnung in Dresden, die er für mich überaus geschmackvoll und kostbar eingerichtet hat. So war alles verwirrend und beängstigend und ich musste sehr viel Mühe aufbringen, nach außen, also in Gesellschaft ausgeglichen sein zu können."

„Dass du es überhaupt konntest?", staunte Agatha.

„Wenn ich zurückblicke, versuchte Herr Heinrich früh, mir den denkwürdigen Zustand meiner Ehe deutlich zu machen – seltsam, er wusste, dass …". Sie verstummte. „Eigentlich begreife ich immer noch nichts, Agatha …".

Mitfühlend nickte Agatha; schweigend traten sie den Rückweg an.

Nach einer Weile seufzte Celeste gedankenverloren. „Ohne Herrn Heinrich hätte ich es nie gewagt zu fliehen."

„Bemerkte Herr Hofstetter nichts?"

„Nein. Ich war krank … in Hamburg bin ich krank geworden. Baumeister Jahner stellte mit Florian die Brückenkonstruktion irgendwelchen städtischen Honoratioren vor. Florian hatte gerade die aufwändigen Konstruktionszeichnungen fertigstellen können … zeitweise war er furchtbar überarbeitet, das habe selbst ich bemerkt. – Weißt du, sie nutzen ihn sehr aus; Herr Heinrich sagte mir einmal, dass Florian sehr begabt sei und dass viel von ihm verlangt werde." Ihre Stirn wurde finster. „Weil sie von seiner Liebesbeziehung wissen, erpressen sie ihn."

Zweifelnd schüttelte Agatha den Kopf. „Wie kann man einen Menschen wegen einer Liebesbeziehung erpressen?"

„*Sie* können es. Darum ist er so grob zu mir, weil er eigentlich eine andere liebt, die er nicht heiraten durfte."

„Warum durfte er sie nicht heiraten?", wunderte sich Agatha.

„Ich weiß es nicht, vielleicht ist sie von niederem Stand …".

„Ist Herr Hofstetter von Adel?", fragte Agatha neugierig, der sofort Schillers *Kabale und Liebe* in den Sinn gekommen war.

„Nein, das ist er nicht", flüsterte Celeste zerstreut.

„Nun gut, lassen wir das beiseite. Erzähl mir nun von Hamburg und deiner Flucht."

„Ja …". Mühsam sammelte Celeste ihre Gedanken. „Ich war sehr krank geworden, so dass wir frühzeitig abreisen mussten … in Hamburg war es so schrecklich, dass ich mir auf der Rückreise überlegte, bei der nächsten Gelegenheit nach England zurückzukehren. – Herr Heinrich legte mir bereits vor

Hamburg eine Heimreise nahe, doch habe ich das erst in Hamburg begriffen."

„Herr Heinrich scheint einmalig zu sein", schob Agatha beeindruckt ein. „Aber was war nun in Hamburg?"

„Ich bin so furchtbar krank geworden ...". Celeste stöhnte. „Heinrich empfahl mir schon während unserer zweiten Begegnung, Greifswald zu besuchen, dort würde ich mich erholen und glücklich sein", erzählte sie zerstreut. „Weißt du, wie gern ich nach Greifswald reisen würde? Doch werde ich das wohl nie mehr tun können."

Agatha nahm Rücksicht auf Celestes gequälten Zustand, drückte deren Arm fester an sich und plauderte über Perditas Haushaltskünste und deren Freundschaft zu Magdalena.

Am Abend dieses ohnehin abwechslungsreichen Tages brachte George Avestone seiner Stieftochter eine Laute mit. Eine Woche zuvor hatte er in einem Musikaliengeschäft nach einer Laute zum Mieten angefragt; nun hatte man ihm ein altes, aber durchaus passables Instrument hergerichtet und für einen angemessenen Preis überlassen.

„Da deine kostbare und wohlklingende Laute immer noch unterwegs ist, habe ich diese für dich besorgen können. Ich wollte nicht länger warten, bis ich mit Madame Celeste endlich musizieren kann."

Sie war tief gerührt. Behutsam nahm sie das Instrument in die Hand und betrachtete es eingehend, bevor sie vorsichtig ein bisschen an den Saiten zupfte. „Danke, Vater", flüsterte sie glücklich.

„Du bekommst eine halbe Stunde zum Einspielen, dann schlägst du mir ein Stück vor und wir werden gemeinsam spielen."

„So etwas kannst nur du verlangen!", lachte sie bewundernd. Bis tief in die Nacht musizierte das Ehepaar Avestone mit ihrer ältesten Tochter und am folgenden Tag wurde die Sonntagsmesse am Abend gefeiert.

Mit der Musik war ein Stück Frieden in Celestes Herz gekehrt. Zudem plagte sie der Anwalt nicht mehr mit Fragen und hatte für sie eine Anzeige im Londoner Wochenblatt aufgegeben; bevorzugt wurde Chelsea für Lautenunterricht, Unterricht in deutscher Sprache, so wie Literatur und Historie für junge Mädchen ab zwölf Jahren angegeben.

„Mama!" Celeste stürzte die Treppen hinab. „Mama! Er hat mir geschrieben! Er hat mir so wunderbar geschrieben! Genauso ist er – nun darfst du ihn kennenlernen!"

„Die Rede ist gewiss von Herrn Heinrich."

Celeste drückte ihrer Mutter die eng beschriebenen Seiten in die Hand. „Alles hat er so hübsch abgewogen, was ich ihm vor vier Wochen schrieb und mir auf alles eine Antwort gegeben! Dieser Brief ist der schönste Brief, den ich jemals empfangen habe!"

Anna freute sich mit ihrer Tochter. Die Zeit hatte die schmerzlichen Erinnerungen verblassen lassen und die neuen Eindrücke gaben Celeste genügend Ablenkung. Seit zwei Wochen gab sie einem jungen Mädchen in Chelsea Lautenunterricht und demnächst sollte sie sich in einer Familie für die angebotenen Fächer vorstellen. Annas Hoffnung, dass ihre Älteste sich erholte, schien wahr zu werden. Mittlerweile war der Fall Hofstetter von der Kanzlei *Avestone & Ferres* ausgearbeitet und auf Anraten des hiesigen Bischofs als Kopie bereits nach Breslau zum Diözesanbischof zur Prüfung und Beurteilung übersandt worden.

Mit gerunzelter Stirn wandte Anna die Seiten hin und her und begann zu lachen. „Liebes Kind, mir scheint, der Brief ist in deutscher Sprache abgefasst."

„O, Mamachen, daran dachte ich nicht! Komm, lass uns ins Wohnzimmer auf das Sofa setzen, dann übersetze ich ihn für dich!" Schmunzelnd folgte Anna ihrer Tochter und gemütlich ließen die beiden sich nieder. „Das wird eine Probe, Mama, wie gut kann ich die Wendungen in unsere Sprache übersetzen, so dass es noch so herrlich lustig klingt. Lass sehen …".

Greifswald, 9. August 1823

Verehrte Celeste,

wie dankbar bin ich über Ihre Zeilen! Nein, ich versichere Ihnen, dass Ihre Empfindung nicht allein Illusion war. Natürlich habe ich einen samaritischen Hang, Gott sei Dank, denn ich möchte Ihm gefallen.

Es würde mich ungemein erleichtern, müssten Sie keine schmutzige Wäsche waschen, außer die Ihrer Familie in ganz praktischem Sinne, doch nehme ich an, dass Sie dafür eine Waschfrau haben, was mich auch beruhigen würde. Sie fragen sich warum? Nein, nicht weil ich denke, Sie würden die Wäsche verderben! Ich verstehe nicht viel von Musikinstrumenten, doch vermute ich, mit durchweichten Fingern wird es Ihnen nicht möglich sein, Laute zu spielen. Denn, wenn ich meine zwei Hemden und sonstige Wäsche in Lauge gewaschen habe, weil ich mir den Groschen lieber aufspare, um länger meinem Künstlerleben zu frönen, fürchte ich mich davor, scharfkantige Dinge zu berühren, um meine aufgequollene Haut nicht zu schädigen et cetera, et cetera. – Wenn ich Sie nicht lachen höre, fällt es mir schwer, Unsinn zu erzählen.

Dieser Ehrenplatz in Ihrem Herzen – ist er mir tatsächlich bis an Ihr Lebensende gewiss? Irgendwann werde ich das überprüfen, haben Sie das bei der Niederschrift bedacht, Allerwerteste?

Wenn Sie diesen Brief lesen, sind bereits viele Wochen in das Land gegangen und Sie arbeiten bestimmt in einer freundlichen Familie mit rotznäsigen Gören; mit der Ältesten parlieren Sie Französisch – oder doch das zungenbrecherische Deutsch? Der Mittleren bringen Sie Ihr allerliebstes Lautenspiel bei, denn inzwischen konnte die liebenswürdige Marianne Brookmann mit Hilfe ihres bärenstarken Gatten die schwere Kiste auf das Postamt wuchten.

Sie bringen mich natürlich in große Verlegenheit, wenn Sie mich einen geistreichen Gesprächspartner nennen. Um ehrlich zu sein, bin ich das nur, wenn mir jemand so geistreiche Brocken zuwirft, wie Sie es taten. Das heißt also, ich stehe still vor meiner Staffelei und pinsele schweigend vor mich hin. Manchmal führe ich dabei Selbstgespräche – o doch, hin und wieder ertappe ich mich, wie ich in wahrhaft philosophische Höhenflüge abirre … ob der Strandhafer nun eher die Farbe graugrün oder doch ins beigegrüne abgleitet. Ob der Himmel über dem Bodden nun orange oder doch eher ins Rosige spielt, ob der Himmel nur für Protestanten, Pietisten und Calvinisten offensteht oder ob doch ab und zu ein Katholik hineingelassen wird … Wenn Gott die reine Liebe ist, wird Er irgendwann Erbarmen mit einem kleinen verirrten Christenmenschen haben und ihn zum Lichte führen. Denken Sie nur, in Glaubensfragen Vertrauteste, immerhin begann ich vor vielen Jahren ernsthaft das Studium der Theologie (in Dresden verschwieg ich Ihnen, dass es nicht immer ein Scheinstudium war) doch beelendete mich dieser zürnende Gott jeweils und auch das Böse, was dem armen Menschenkind für immer und ewig anhaften soll, gleich wie er sich um das Gute bemüht … also entschied ich, mich meiner wahren Leidenschaft zu widmen, dem Malen. Und so darf ich Ihnen die erfreuliche Nachricht übermitteln, dass ich bereits vor unserer Bekanntschaft kein Student mehr war, sondern einigen Wissbegierigen an der Universität Grundkenntnisse der Farbenlehre und der Kunsthistorie vermitteln darf. Trotz allem reicht das geringe

Salär nicht, um meinen Lebensunterhalt zu bestreiten, und so muss ich hin und wieder nach Dresden reisen, um ergiebige Aufträge anzunehmen. Freundlicherweise kennt man meinen Namen mittlerweile als den eines sorgfältigen Zeichners für Bauwerke aller Art und so weiter und so fort. Nun habe ich meine Haut wahrhaftig zu Genüge beschämend zu Markte getragen.

Es ist beruhigend, Sie im Schoße Ihrer liebenswürdigen Familie zu wissen, wahrscheinlich erwähnte ich das bereits mehrmals. Ihre Freimütigkeit lässt mich erröten, obwohl ich ganz allein in meinen vier Wänden sitze. Und so beruhigt mich Ihr Nachsatz, dass allein schon Ihr beschauliches Zuhause so großen Trost bietet und darum Ihre Verwirrung ...

Sie schreiben „... anscheinend soll es eine tiefgreifende Befreiung werden ...", wenn dem nicht so ist, mag ich auch dem Katholischen nicht nähertreten als dem Protestantischen, huldreiche Dame. – Oh, die huldvollste unter den Frauen, ja, die würd' ich vermissen!

Nicht nur ein Aquarell von Greifswald liegt bereits in meinem Zimmer, mindestens zehn Stück in allen Größen Nein, ich schneide nicht auf, alle sind in den letzten sechs Wochen auf das Papier gekommen – wahrhaftig, um es einem besonderen Menschen, der Greifswald noch nie sah, schmackhaft zu machen.

Seien Sie nicht beunruhigt, Gedemütigste unter den Erfreulichsten, Ihre Zeilen gelangten an einen der aufrichtigsten und wahrhaftigsten Empfänger.

Nun empfehle ich mich mit den besten Wünschen, Ihr Heinrich von Heringsdorf

Celeste gelang eine beinahe fließende Übersetzung, das eine oder andere konnte sie aufschlussreich mit dem Hinweis auf ihren Brief erklären. „O, meine Mutter, was sagst du zu diesem Brief? Ist er nicht hinreißend?"

„Das ist er, Celeste. Es ist wahrhaftig ein liebevoller und fröhlicher Brief."

„Er schreibt deutlich, nicht wahr, Mama?"

Anna neigte ein wenig den Kopf zur Seite und lächelte. „In Bezug auf was, ist er deutlich?"

Unerwartet umwölkte sich Celeste Stirn. „Ist er es nicht?", fragte sie zweifelnd. „Ist es nur Einbildung? Bin ich so weit herabgesunken, dass ich gierig nach Liebe heische und sie schon in freundlichen Zeilen zu finden meine?"

Anna rückte näher an ihre plötzlich niedergeschlagene Tochter heran und nahm sie in den Arm. „Celli! Aus jeder Zeile spricht Verehrung für dich! Es ist sogar so, dass man seine Vorsicht heraushört, ob deine Geneigtheit noch anhalten wird."

Verzagt sah Celeste auf. „Ist das wahr?"

„Celeste, ließ den Brief noch einmal in aller Ruhe und du wirst feststellen, dass er in jeder Zeile versucht, eine Botschaft diesbezüglich zu vermitteln, abgesehen davon, dass er dich stets erheitern möchte."

Sofort nahm Celeste den Brief hoch und studierte ihn nochmals. „Er ist köstlich – ich werde ihn auswendig lernen!"

Zweifelnd schüttelte George Avestone den Kopf. „Anna, es ist verständlich, doch keinesfalls ratsam. Angenommen, man will sie in dieser Sache doch anhören, angenommen es gibt ein regelrechtes Verhör – sie würde der Sache nicht gewachsen sein. Durch die Misshandlung hat sie ihr forsches Selbstbewusstsein verloren; nur eine hinterhältige Frage und sie ist verwirrt und möchte unbedingt das zur Antwort geben, was man von ihr hören will."

Anna war ratlos; wie sehr benötigte Celeste diese Anerkennung und Zuneigung, die Herr von Heringsdorf ihr offensichtlich auf unbeschwerte und liebenswürdige Art zu geben wusste. Unterdessen war die gegnerische Seite wie die Katze auf der Lauer, ein Fehlverhalten auf Seiten Celestes zu finden.

„Meinst du nicht, das Kirchenrecht entscheidet unabhängig von den Listen der Dresdner Anwälte?"

George hob die Schultern. „Ich möchte dem Breslauer Bischof nicht unterstellen, er wäre parteiisch, bislang hatte ich noch keinen Fall, in welchem schlussendlich ein kirchliches Gericht das Urteil fällte. Allein, ich denke daran, dass Herr Florian Hofstetter ein Kind des katholischen Würzburgs ist, und zwar ein Kind einer achtbaren alteingesessenen Würzburger Uhrmacherfamilie."

„Es kann nicht sein, dass ein kirchliches Gericht sich von solchen Äußerlichkeiten beeinflussen lässt!"

Verständnisvoll lächelte er seine Gemahlin an. „Natürlich würde man sich wünschen, dieses Gericht entscheidet vollkommon gerecht, doch letztendlich sind es auch nur Menschen, die über diese Akten sitzen."

„Schauen sie sich nicht die Umstände an?! Ein Mann, der gleichgeschlechtliche Neigungen pflegt und sich nur zum Schein eine Ehefrau genommen hat – eine unverdorbene blutjunge Frau, die womöglich nicht einmal wusste, dass es so etwas gibt!" Entrüstet fuhr sie fort. „Und zu allem Überfluss demütigt er sie auch noch und das nicht nur einmal! – Das kann ein ganz schlichter Mensch erkennen, dazu braucht es noch nicht einmal tiefe Bildung!"

„Da ist ein begabter junger Ingenieur, der arbeitet an einem großartigen Projekt, durch das Unmengen von Geld in alle Richtungen fließen werden und wahrscheinlich bereits geflossen ist. Daran hängt der Ruf eines renommierten

Ingenieurbureaus, was aber weitaus bedeutender ist, ist der Ruf der berühmten Hansestadt Hamburg und der berühmten sächsischen Metropole Dresden. Das heißt, dieser talentierte junge Mann ist der Dreh und Angelpunkt eines außerordentlichen Geschäftes. – Wir können nur darüber spekulieren, wie weit Verknüpfungen und Geldschiebereien reichen, doch deutet die Flut von Rechtfertigungen und Anschuldigungen auf Seiten der Kanzlei *Bödeker & Kolodziej* darauf hin."

„Was können sie meinem Kind denn vorwerfen?!"

„Eben – dass sie eine Liebschaft neben der Ehe führte, dass sie keine Rücksicht auf die Überarbeitung ihres Gemahls genommen habe, dass er keinerlei solche Neigung fröne, dass es allein ihrer verdorbenen Fantasie entspringe und so weiter und sofort."

„Was wollen sie damit erreichen?", fragte Anna fassungslos.

„In jedem Fall, dass der Vorwurf der sträflichen Neigung vollkommen entkräftet wird. Ob man tatsächlich hofft, Hofstetters Angetraute dadurch wieder nach Dresden holen zu können, entzieht sich meiner Vorstellungskraft – mit der deutschen Mentalität bin ich nicht vertraut."

Entsetzt musterte sie ihren Gemahl. „Was können wir nur tun?"

„Die größte Schwierigkeit sind die fehlenden Zeugen. Darum haben wir Heinrich von Heringsdorf zu einem ausführlichen Zeugenbericht auffordern müssen. Höchstwahrscheinlich wird er angehört werden. Nur er allein ist Zeuge, verstehst du?" Er seufzte. „Der Ratsherr, mit dem sich Herr Jahner damals in erpresserischer Absicht beriet, ist übrigens der Stiefvater des Heinrich von Heringsdorf – was die Sache keineswegs erleichtert. Im Gegenteil, Vater Heringsdorf lässt seinen Sohn wie eine heiße Kartoffel fallen und legt Zeugnis über den frühen widersprüchlichen Charakter seines Stiefsohnes ab."

„Um Gottes Willen, was sind das für Verhältnisse!", stieß Anna entsetzt aus. George Avestone hob die Schultern.

„Glaubst du, Celeste weiß mehr als sie uns sagt?"

„Ich bin überzeugt davon. Nur wird Herr Hofstetter sie entsprechend behandelt haben, dass sie jeweils in Verwirrung gerät, wenn sie gedanklich in die Nähe dieser Tatsache kommt." Nachdenklich nickte Anna. „Ja, mir ist aufgefallen, dass sie hin und wieder an bestimmten Stellen verwirrt wird, und sei es nur, wenn sie mir Gedanken über ihre Läuterung mitteilen möchte. Auf der anderen Seite spricht sie sehr überzeugt von dieser Dame – und sie las auch den Liebesbrief!", fiel es ihr ein.

„Sie las nur die ersten Zeilen; sie las keinen Namen. Mit großer Sicherheit war es ein Brief von Herrn Hofstetters Liebhaber", entgegnete der Anwalt.

„Wird man Herrn von Heringsdorf keinen Glauben schenken?", fragte Anna niedergeschlagen.

Des Anwalts Gesichtsausdruck war keineswegs ermutigend und zweifelnd hob er die Schultern. „Er ist Künstler, war nur vorübergehend bei Jahner und Sohn angestellt und er besitzt eine ‚zweifelhafte' Abstammung; alles Gründe, seine Aussage nicht anerkennen zu wollen. – Zudem stammt Herr Hofstetter aus einer erzkatholischen Familie, Heinrich von Heringsdorf ist hingegen ein ehemaliger Kandidat der protestantischen Theologie." Anna stöhnte wie unter Schmerzen. „Alles nur schwache Menschen, meine Liebe, verwechsle die Katholische Kirche niemals mit ihren irdischen Vertretern."

„Gibt es keinen Ausweg?"

„Celeste muss aussagen. Dafür muss sie ihre Angst überwinden."

Chelsea, 26. August 1823

Verehrter Herr Heinrich

mit Ihrem Brief vom 9. August haben Sie mir eine große Freude bereitet. Leider müssen wir unseren Briefwechsel einstellen. Man will uns eine Liebesbeziehung unterstellen und das erschwert die Auflösung einer Ehe.

Mit den allerherzlichsten Zukunftswünschen verbleibe ich als Ihre überaus dankbare Celeste Evelyne Hofstetter, geborenen Williams

„Die Sache kann nicht ohne Anhörung der Eheleute entschieden werden. Wenigstens sagte man zu, dass beide unabhängig voneinander angehört werden."

„Sie wollen doch etwa nicht, dass ich nach Breslau reise!?", rief Celeste entsetzt.

„Ich habe bereits einen Antrag gestellt, dass ein Bevollmächtigter unseres Bischofs oder der Bischof selbst die Anhörung durchführt. Diese Reise kann man uns schwerlich zumuten."

„Wird es jemals ein Ende nehmen, Vater?", seufzte Celeste ohne Hoffnung.

„Abgesehen davon, dass ein Rechtsstreit auch unter gewöhnlichen Umständen zumeist langwierig ist, kommt hier noch die Entfernung dazu. Und ich weiß nicht, wie lange ein kirchliches Gericht benötigt, um etwas zu entscheiden." Trotz der ungewissen Zukunftsaussichten lächelte er seiner Stieftochter aufmunternd zu. „Hauptsache, du bist nicht mehr Herrn Hofstetters Zuwendungen ausgesetzt, Celeste, das ist erst einmal das Allerwichtigste."

„Ja, ich bin unendlich dankbar, wieder daheim zu sein."

George Avestone entschied, noch an diesem Abend seine Stieftochter ein weiteres Mal zu dem Ablauf zu befragen, als ihr Gemahl die Fassung verlor und sie schlug. Seit jenem Vorfall war ein dreiviertel Jahr verstrichen, sie war sichtlich erholt und wieder zu Kräften gelangt. In ihren neuen Anstellungen als Lehrerin für Lautenspiel und sechs Stunden Geschichtsunterricht und Literatur, beide Stellen in Chelsea, hatte sie sich mit Eifer eingearbeitet – ihre erzieherischen Qualitäten wurden von beiden Familien lobend hervorgehoben. Zudem gab sie ihrer jüngsten Schwester hin und wieder Lektionen in deutscher Sprache, an der nicht nur Magdalena großen Gefallen fand. In regelmäßigen Abständen wurde sie von Agatha Ferres besucht und Ende August war sie sogar mit Anna zu dem alljährlich stattfindenden spätsommerlichen Kammerkonzert nach London gekommen. Alles in allem schien die Älteste des Kapitäns ihr kühnes Gleichgewicht wiedergefunden zu haben. „Wagemutige Tochter des Alexander Williams', dein Wissen könnte entscheidend dazu beitragen, dass das Urteil zu deinen Gunsten ausgesprochen wird."

„Welches Wissen?", fragte sie misstrauisch.

„Das Wissen um das heimliche Leben des Herrn Hofstetters."

Sie forschte in seinem Gesicht. „Glaubst du, ich habe dir und Mama noch nicht alles mitgeteilt?"

„Mhm."

Eine lange Weile hielt ihr Blick dem des Stiefvaters stand. „Was sollte ich noch für mich behalten haben?"

„Ich bin überzeugt, dass Herr Hofstetter dir mit eindrücklichen Mitteln ein Verbot erteilte, über seine wahre Neigung nachzudenken." Celeste sah durch ihren Vater hindurch. „Kannst du mir sagen, was er dir im Umgang mit seiner Liebesbeziehung anordnete?"

Lange herrschte in George Avestones Arbeitszimmer drückende Stille, Celestes Züge schienen leer. „Es war nur ein Traum, ein böser Traum", brach sie endlich das angespannte Schweigen.

„Das sagte er dir?" Sie nickte. „Kannst du dich erinnern, wann er dir zum ersten Mal sagte, es sei nur ein Traum gewesen?"

„Als der Arzt das Zimmer verlassen hatte. Wir waren allein und er saß an meinem Bett."

„Der Arzt in Hamburg oder der Arzt in Dresden?"

„In Hamburg – es war nach der Nacht, als ich Blut erbrach und Florian suchte."

„Du suchtest Florian?"

„Ja, weil ich allein war und das viele Blut große Angst in mir hervorgerufen hatte … darum habe ich ihn gesucht."

„Wo suchtest du ihn?"

„Ich lief auf den Korridor und habe nach ihm gerufen."

„Hast du ihn gefunden?"

„Er fasste mich plötzlich am Arm und zog mich in ein Zimmer."

„Konnte er dich beruhigen?"

„Nein …". Celeste dachte nach. „Nein, er war sehr aufgebracht."

„Warum war er aufgebracht? Wegen des Blutes?"

„Ich weiß eigentlich nicht …". Sie ging in sich. „Er schämte sich, dass ich auf dem Korridor des Hotels nach ihm gerufen habe."

„Was sagte er denn?"

„Ich weiß es nicht mehr."

„War er allein in dem Zimmer?" Mit einer kaum wahrnehmbaren Kopfbewegung verneinte sie. „Wer war noch im Zimmer?"

„Ein Schatten", gab sie abwesend zur Antwort.

„Du hast einen Schatten gesehen?"

„Ja." Einige Augenblicke hielt sie inne, überwand sich schließlich doch zu einer genaueren Angabe. „Er huschte in eine Kammer, als Florian mich in das Zimmer zog."

„Was dachtest du über den Schatten?"

„Dass es seine Geliebte ist."

„Wolltest du wissen, ob sie es war?"

Ihre Stimme bekam einen entschiedenen Klang. „Ja."

„Was tatest du?"

„Ich habe mich losgerissen und bin ... zur Kammer gestürzt."

„Hielt Florian dich fest?"

„Ich war zu rasch. – Wenn ich noch einen Schritt weiterginge, wollte er mich totschlagen."

„Und dann bist du stehengeblieben."

„Nein, ich habe die Kammertür aufgestoßen."

„Und wen hast du gesehen?"

„Es hockte jemand auf dem Boden – unbekleidet."

„Konntest du diese Person erkennen?" Bedächtig nickte sie.

„Wie sah die Person aus – außer, dass sie unbekleidet war?"

„Sie sah mich an ... es war wirklich ein böser Traum, Vater!", versicherte Celeste nun rasch.

„Erzähl mir, wen du in diesem Traum gesehen hast."

Ängstlich schüttelte sie den Kopf. „Florian hat mir verboten, diesen Traum zu erzählen. Er sagt, man erzählt seine Träume nicht."

„Womit drohte er, wenn du diesen Traum erzählen würdest?"

„Dass er mich totschlägt."

„Er wollte dich bereits totschlagen, als du zur Kammertür geeilt bist."

„Ja."

„Er hat dich nicht totgeschlagen."

„Nein."

„Er wird dich auch nicht totschlagen, wenn du mir diesen Traum erzählst."

„Dann wird er es tun", erwiderte sie bestimmt.

„Woher weißt du das?"

„Weil er es mir jeden Tag versicherte, damit ich es niemals vergesse."

„Nachdem der Arzt bei dir war, bestimmte er es?"

„Jeden Tag versicherte er es mir."

„Tat er dir dabei weh?" Sie nickte. „Wie tat er dir weh?"

„Er griff mir ins Haar, sobald ich mich niedergelegt hatte."

„Und sagte dir dabei, dass er dich totschlägt?" Sie nickte. „Er kann dich nicht totschlagen, Celeste. Er würde es auch nicht tun."

„Er schlug mich aber zuvor schon beinahe tot. Darum weiß ich, dass er es kann und auch tun wird", widersprach sie ihrem Vater schwer atmend.

„Er wird es *nicht* tun, weil er in Deutschland ist, weil deine Familie dich beschützt und er es auch niemals tun *wollte*. Er will allein verhindern, dass die Wahrheit an das Licht kommt und darum flößte er dir so viel Furcht ein, wie nur möglich", erklärte er ihr mit ruhiger Stimme.

„Du meinst, er würde mich nicht töten wollen?"

„Niemals. – Florian Hofstetter ist kein Mörder. Er ist ein von verschiedenen Seiten gejagter Mann, der mit brutalen Drohungen versucht, seine jämmerliche Haut zu retten." Celeste wiegte nachdenklich den Kopf. „Was wolltest du ihm damals sagen, als er dich in der Folge so heftig schlug?" Zerstreut sah sie auf. „Du sagtest ihm, er wolle dich nicht berühren, weil …".

Ihr Atem ging wieder ruhig. Gedankenverloren strich sie mit der Hand über ihre linke Wange, schließlich begann sie zu erzählen, wobei sie beschämt auf den Boden sah. „In seinem Arbeitszimmer hängt ein besonderes Bildnis. Ich weiß, dass es Florian kostbar ist; es hing bereits dort, als ich das erste Mal in die Wohnung kam. Besonders ist es deshalb, weil der abgebildete junge Mann eine für ein Gemälde ungewöhnliche Haltung einnimmt und den Betrachter mit traurigen Augen anschaut. Außerdem trägt er eine sonderliche Barttracht – ungefähr so wie Peter Paul Rubens." Sie hielt inne und schaute auf, um sich zu überzeugen, dass ihr Vater folgen konnte. „Ich befragte Florian zu diesem Bildnis, ob es ein Verwandter von ihm wäre oder ein guter Freund, wobei ich seinen besten Freund, Erich, ja kennengelernt habe. Es sei ein entfernter Verwandter, allein wegen seiner Besonderheit habe er dieses Gemälde aufgehängt." Sie versank kurzfristig in Schweigen, überwand jedoch ihre Hemmung. „Nachdem ich seine Auffassung der ehelichen Pflicht hinreichend kennenlernen musste, erfuhr ich in jenem Wortgefecht plötzlich die Gewissheit, dass er eben bei der Ausübung dieser Pflicht verhindert, weibliche Weichheit oder Nähe zu spüren, um in seiner Vorstellung nicht gestört zu werden …". Plötzlich beschämt hielt sie inne und bedeckte ihre Augen mit der Rechten.

„Was wäre diese Vorstellung?"

„Dass er eben jeweils an diesen Jüngling dachte", stieß sie rasch hervor.

„Und das hast du ihm an jenem Abend gesagt?"

Aufgewühlt schüttelte sie den Kopf. „Bevor ich es aussprechen konnte, schlug er mir so heftig ins Gesicht, dass ich stürzte."

„War es dieser junge Mann, den du in der Kammer sahst?" Mit niedergeschlagenen Lidern nickte sie.

Im Oktober durfte Celeste ihre jüngeren Geschwister endlich wiedersehen; zu den dreiwöchentlichen Herbstferien kamen Eleonora, Rebecca und Maximilian aus Cardiff angereist. Paul war bereits im August für einige Tage aus Oxford nach Chelsea gekommen, als er erfuhr, dass seine ältere Schwester aus Deutschland zurückgekehrt war. Celeste hing an ihrem jüngeren Bruder; stets war er wissbegierig, doch nie neugierig, sein Charakter war humorvoll, doch war es immer ein ruhiger und heiterer Humor. Trotz Celestes oftmals spitzen Zunge, scheute er sich nie, bei Übertretung der Schmerzgrenze seine Schwester sachlich in die Schranken zu weisen – was sie ihm des Öfteren mit Nichtbeachtung vergolten hatte.

Zu seinem Erstaunen stieß er auf eine veränderte Schwester. Eine vorteilhafte Veränderung, die ihn in gewisser Weise gefreut hätte, wäre da nicht ein unruhiger, seltsam beschämter Anteil in ihrer Läuterung.

„Er ist also ein Betrüger, das habe ich nun verstanden …“. Eine Weile sann er nach, bevor er eine weitere Frage stellte. „Doch frag ich mich, kann man allein durch Enttäuschung so gedemütigt sein, Papa?"

„Hast du sie schon befragt?"

„Sie sagt, er habe sie allein zum Renommee geehelicht, von Liebe sei keine Spur gewesen. Sie habe ihn kaum gesehen, vor anderen habe er stets den liebevollen Gatten gespielt."

„Er war gewalttätig."

„Dachte ich es mir." Kummervoll seufzte Paul. „Wird eine Scheidung bewilligt werden?"

„Es sieht nicht gut aus; Herr Hofstetter hält einflussreiche Anwälte."

„Muss das nicht ein kirchliches Gericht entscheiden?"

„Nun gut, die stützen sich vorerst auf die vorliegenden Akten."

„Wird Celeste nicht von einer kirchlichen Autorität angehört!? Das kann doch nicht sein, dass Herr Hofstetters Anwälte so viel Einfluss haben."

„Herrn Hofstetter liegt sehr viel an seinem Leumund und seinem Arbeitgeber noch viel mehr. Also werden einige Zeugen aufgeboten, die Celestes Aussage widerlegen."

„Da geht doch etwas nicht mit rechten Dingen zu ...".

„So ist es, Paul."

„Wird sie zu diesem tückischen Kerl zurückkehren müssen?", fragte er entsetzt.

Sein Stiefvater schüttelte den Kopf. „Allein durch diesen Prozess ist die Ehe unwiederbringlich zerrüttet. Die Anwälte des Herrn Hofstetter unterstellen Celeste eine heimliche Liebesaffäre, Wahnvorstellungen und Hysterie. Selbst ein kirchliches Gericht kann nicht verlangen, dass die Gatten noch zusammenleben, auch wenn sie für immer aneinandergebunden sind."

Paul schnaubte wütend. „Arme Celli! Das hat sie wahrhaftig nicht verdient!"

Zaghaft klopfte es an Celestes Tür. „Herein!", rief diese im gleichen Augenblick. Das konnte nur Nori sein, die schüchtern Einlass begehrte. Zu ihrem großen Erstaunen trat Rebecca in das Zimmer. „Du bist es, Becky!"

„Darf ich mich zu dir setzen?"

Celeste wies an ihren kleinen Tisch vor dem Fenster. „Setzt dich! – Wie komme ich zu der Ehre, dass meine vorlauteste Schwester so züchtig meine Gesellschaft sucht?"

Verlegen lachte Becky. „Irgendwie sind es verschiedene Gründe."

„Nur zu! Diese einmalige Gelegenheit, ein vernünftiges Wort mit dir zu wechseln, möchte ich nicht ungenutzt an mir vorübergehen lassen."

Schmerzlich verzog Rebecca das Gesicht. „Du hast ja recht; ich habe mich wirklich schlecht benommen, besonders dir gegenüber ...".

„Und nun?"

„Cardiff und mein fortgeschrittenes Alter bringen mich langsam zur Vernunft."

Versöhnlich lachte Celeste. „Oh, Becky, du bist eine einmalige Bohne! – Wahrhaftig, du scheinst fleißig an deiner Zukunft zu arbeiten."

„Was meinst du damit?", fragte die Tochter des Anwalts argwöhnisch.

Celeste zwinkerte verschworen. „Wie alt bist du?"

„Vierzehn."

„Na siehst du, da fängt man doch an, an die eigene Zukunft zu denken."

Rebeccas Wangen erröteten. „Ach, ich weiß nicht, mir fällt nur auf, dass ich oft ziemlich unverschämt dir gegenüber war."

Celeste winkte ab. „Reden wir nicht drüber, Becky, ich bin auch kein Lamm gewesen." Freundlich lächelte sie ihre blonde und hochgewachsene Stiefschwester an. „Also, meine Kleine, was trägst du auf dem Herzen?"

„Wie findet man heraus, ob der Mann, den man verehrt, der Richtige ist?"

Verdutzt sah Celeste das junge Fräulein an, doch fiel ihr ziemlich rasch eine Antwort ein. „Indem man ihn in seiner Heimat kennenlernt, am besten in seinem eigenen Zuhause.

Keinesfalls darf man ihn über eine Brieffreundschaft kennenlernen – also, ich meine, die Brieffreundschaft darf man erst pflegen, wenn man den Herrn bereits persönlich gut kennt."

„Hm."

„Beschleicht dich die Angst, dir könnte es so ergehen wie mir?"

Zögernd hob Becky die Schultern. „Nein, eigentlich befürchte ich das nicht."

„Ich vermute auch, dass mein Unglück ein wahrhaftig seltenes Pech ist."

„Florian Hofstetter war eigentlich sehr freundlich und hübsch anzusehen obendrein, nicht wahr?"

Celeste bemühte sich, unvoreingenommen an die Zeit zurückzudenken, bevor er sie misshandelte. „Ja, er war so freundlich und zuvorkommend, dass selbst Mama und Vater ihn als geeigneten Ehemann anerkannten – obwohl ich so jung war, oder bin."

„Das tut mir wirklich leid, Celli. Gewiss war es hart für dich, so weit von zu Hause fort zu sein und dann so einen gemeinen Gemahl zu haben."

Celeste nickte. „Ja, Becky, es war furchtbar. Aber ich darf nicht verschweigen, dass ich außerordentlich liebe Freunde in Dresden gefunden habe. – Solche hätte ich in England vielleicht nie gefunden."

„Ist das wahr?", fragte Becky neugierig.

„Ja. Sie sind so ehrlich und herzlich, wie man sie selten findet … insofern sorgte der liebe Gott selbst in der Ferne für mich."

„Wer sind diese Freunde? Werden sie dich eines Tages besuchen kommen?"

Celeste seufzte. „Ich hoffe es. Marianne und Franz Brookmann habe ich eingeladen. Erinnerst du dich? Von ihnen habe ich euch geschrieben."

„Ja, das sind so seltsame Namen, die konnte ich mir nicht merken …".

„Nein, du musst dir jetzt ganz andere Dinge merken, Latein- und Französischvokabeln."

„Ich merke mir aber deine Umstände sehr genau, Celli."

„Warum merkst du dir meine Umstände sehr genau?", wunderte sich die Ältere.

„Weil du so besonders bist … also, ich meine, jeder meiner geliebten Familie ist so besonders …".

Celeste lachte. „Du bist ein Schatz, Becky!"

„Wenn ich älter bin, Celli, wirst du mir eines Tages mehr von deiner Zeit in Dresden erzählen?"

Betroffen musterte Celeste die große Kleine. „Wenn du magst, kann ich dir schon jetzt das eine oder andere erzählen … und wenn du älter bist, erzähle ich dir von meinem goldenen Gefängnis."

„Bitte!"

Celeste erzählte ihr von ihrer ersten Englischstunde mit der fröhlichen Ella-Luise, die nach ihrer Schilderung Becky ganz ähnlich war. Sie beschrieb die Familie von Heringsdorf und deren hübsches Dresdner Stadthaus. Schließlich berichtete sie von der neu dazugekommenen Lautenschülerin Edeltraut Ziegler, die eher der ruhigen Eleonora glich, und wie rasch sie mit der ältesten Tochter, Marianne, Freundschaft schließen konnte. „Die Deutschen unterscheiden sich in ihrem Charakter von den Engländern, Becky. Ob du es glaubst oder nicht. Sie sind offener …". Einen Augenblick dachte sie nach. „… und auch inniger."

Rebecca staunte. „Kannst du mir ein Beispiel geben?"

„Wäre mir das Schicksal mit der unglücklichen Ehe in England geschehen, hätte nie jemand nachgefragt. Alle hätten höflich geschwiegen. Denn zum einen schickt es sich nicht, über persönliche Schwierigkeiten zu sprechen. Zum anderen sieht man vornehm über das Unglück eines anderen hinweg – es geht einen schlichtweg nichts an."

„Aber Mama und Papa ... und wir alle hätten doch ...".

„Aber liebste Becky! Selbstverständlich, *ihr* hättet! Doch wie du bereits festgestellt hast: Wir sind eben auch eine besondere Familie. – In meinem Beispiel bin ich davon ausgegangen, ohne Familie in England zu sein."

Becky überflog gedanklich ihre freundschaftlichen Bindungen in Cardiff, sie dachte über ihre Mitschülerinnen und Erzieherinnen nach, auch über Tante Jackson, bei der sie ein zweites Zuhause hatte.

„Vielleicht ahne ich, was du mir verständlich machen möchtest, Celli. Keinesfalls könnte ich mich über fehlendes Vergnügen beschweren ... doch vermisse ich oft Mamas Forschen und ihren Trost." Sie kicherte. „Oder Papas liebevollen Zurechtweisung."

Celeste nickte bestätigend. „Eigentlich habe ich es auch erst festgestellt, seit ich wieder zuhause bin und mir in aller Ruhe über die Geschehnisse Gedanken machen kann."

„War Herr Hofstetter nie nett zu dir?", fragte die Jüngere nach einer Weile zögernd.

Die Ältere sann über einen gerechten und für junge Ohren tauglichen Bericht nach. „Die ersten Wochen nach der Hochzeit bemühte er sich um Freundlichkeit mir gegenüber. Er nahm sich Zeit, mir die deutsche Sprache beizubringen. Bemerkenswerterweise war er nicht ungeduldig, aber überaus streng. Kein einziges englisches Wort kam mehr über seine Lippen, ebenso war er taub für jedes englische Wort." Celeste lachte nun selbst ungläubig über diesen hart scheinenden Vorteil. „Durch seine Strenge und hohen Anforderungen habe ich unwahrscheinlich rasch diese schwere Sprache erlernt. – Im Nachhinein muss ich über seine Geduld während des Lernens wirklich staunen, denn später war er …". Sie seufzte und schüttelte den Kopf. „Zu diesem Zeitpunkt war ich noch überzeugt, dass sich seine Zurückhaltung mir gegenüber auflösen würde, dass es sozusagen nur eine Scheu oder ein falsches Bildnis von der Ehe ist. Doch nach und nach wurde er immer wortkarger …". Sie verstummte.

„Bemerkte es denn niemand?", fragte Becky mitfühlend.

„Wenn wir eingeladen waren oder selbst Gäste bewirteten, was höchst selten vorkam, war er höflich und zugewandt."

„Hat also nie jemand bemerkt, dass er schlecht mit dir umgeht?"

„Nein."

„Hast du es nie jemanden erzählt?" Celeste verneinte. „Aber wie konnten dir deine Freunde dann helfen?"

„Marianne bemerkte mein Heimweh und war darum sehr lieb zu mir." Wehmütig seufzte sie. „Und dann … lernte ich jemanden kennen, der Herrn Hofstetter von früher her kannte, und wusste, dass der ein anderer ist, als er vorgibt. Es ist ein Freund von Marianne und Franz. Dadurch bin ich ihm des Öfteren begegnet … von Anfang an wusste er, worauf mein Heimweh begründet war."

„Wann bist du ihm begegnet?", forschte Becky wissbegierig.

„Es war Anfang Januar, im Heringsdorfschen Haus.

„Erzähltest du ihm alles?", fragte das junge Mädchen gebannt.

„Nichts erzählte ich, er wusste schon alles …", staunte Celeste selbst erneut über Heinrichs Vermögen.

Beckys Züge waren verwirrt. „Das verstehe ich nicht … wenn ihr nie darüber gesprochen habt, was war Besonderes an diesem Herrn?"

Celli lächelte in angenehmer Erinnerung. „Er lud mich zu verschiedensten Unternehmungen ein, um mir das Leben wieder von seiner schönen Seite zu zeigen. Und ich konnte mich wunderbar mit ihm unterhalten … wie mit keinem Menschen zuvor …".

Bewundernd lauschte die Jüngere. Doch dann fiel ihr Celestes Ehestand ein. „Konnte Florian das dulden? Ich meine, dass du von einem Herrn ausgeführt wurdest?"

„Florian war sozusagen nie zu Hause, er war immer im Bureau. Wir sahen uns höchstens eine halbe Stunde am Morgen und eine halbe Stunde am Abend. Selbst am Sonntag war er oft zu Besprechungen."

„Wusste er also nichts von diesem Mann?"

Unentschieden hob Celeste die Schultern. „Irgendwann erfuhr er, dass ich eine Freundschaft zu ihm pflege, jedoch eine Freundschaft wie zu Marianne und Franz – wir trafen uns ja auch des Öfteren gemeinsam."

„Mit Florian?", wollte Becky es genau wissen.

„Nein, der hatte nie Zeit für Freundschaften, abgesehen davon, dass es auch nicht sein Wunsch war, welche zu pflegen. Du musst wissen, dass er wirklich nur das Notwendigste an Zeit mit mir verbringen wollte, nur so viel, dass der gute Ruf seiner Ehe erhalten bleibe."

„Besitzt er keine Freunde?"

Celeste hob zweifelnd die Schultern. „Ich kenne seine Freunde nicht. Ich weiß kaum etwas über ihn."

„Das kann man sich kaum vorstellen; er war so freundlich, so charmant und strahlte so schön …".

„Noch nicht einmal Mama und dein Vater konnten diese Verstellung durchschauen, Beckilein, und die sind wahrhaftig erfahren."

Die beiden schwiegen eine Weile. Schließlich wagte Becky errötend eine weitere Frage. „Verrätst du mir, wie er heißt?"

„Von wem möchtest du den Namen wissen?", fragte Celeste gedankenverloren.

„Der Herr, der dich ausführte."

Eindringlich musterte Celeste die große Kleine. „Liebe Rebecca Avestone, gerne möchte ich dir alles erzählen, doch nur, wenn du damit nicht hausieren gehst."

Die Jüngere wurde äußerst verlegen. „Ich bin vernünftiger geworden, Celli – aber ich kann verstehen, wenn du mir mehr nicht erzählen willst … immerhin war ich in der Vergangenheit überaus frech …".

Celeste lachte. „Oh, meine kleine Becky, wie bereits erwähnt, in Frechheit nehmen wir uns nicht viel. – Gut, dass du es bereits jetzt verändern möchtest, ich habe es anscheinend erst durch Dresden begriffen, was ich mit meinem Hochmut und meiner Dreistigkeit angerichtet habe." Freundlich sah sie ihre Stiefschwester an. „Das Vorteilhafte ist, dass du nicht an Hochmut leidest, sondern nur an Frechheit. Ich denke, die allein ist viel einfacher zu überwinden."

„Meinst du?", fragte Becky ängstlich.

„Ganz gewiss!"

„Wirst du mir noch mehr erzählen?"

„Wenn du mir versprichst, nur mit deinem Vater oder Mama darüber zu sprechen, wenn dich in dieser Angelegenheit etwas bewegt; also mit keinem anderen."

„Das verspreche ich, Celli."

„Es ist der älteste Sohn der Familie von Heringsdorf. Heinrich ist sein Name."

„Weiß Papa davon?"

„Er weiß alles. Ich vermute beinahe, er weiß mehr als ich selbst."

„Wie kann er mehr als du wissen?", staunte die Tochter des Anwalts.

„Die Kanzlei *Avestone & Ferres* vertreten meine Rechtsangelegenheit. Und das ist die beste Kanzlei weit und breit", erklärte Celeste bestimmt.

Becky nickte nur, darüber wollte sie jetzt nicht sprechen. „Hast du ihn gern, also den Herrn Heringsdorf?"

Celeste lachte. „O ja, ich habe ihn gern. Doch ist er weit weg, und weil er der Hauptzeuge ist, dürfen wir uns keine Briefe schreiben."

„Es tut mir furchtbar leid, Celli. Also, es tut mir leid, dass Florian Hofstetter ein gemeiner Lügner ist." Mitfühlend schüttelte sie den Kopf. „Wie soll es nur weitergehen?"

„Als Erstes bin ich überaus glücklich, diesem Menschen entkommen zu sein." Celeste seufzte. „Was meine Zukunft betrifft, ertrage ich es allein, weil ich versuche, es ganz dem lieben Gott zu überlassen. – Weißt du, die Gottesmutter hat mir in Dresden so geholfen … ich möchte es gerne so annehmen, wie Gott es fügt."

„Das finde ich gar nicht so leicht, Celli!", klagte Becky. „Mama erklärt mir so oft, dass ich nicht auf Biegen und Brechen etwas herbeiführen soll, sondern die Gottesmutter bitten, es für mich zu richten."

Wohlwollend lachte Celeste. „Ja, Becky, ich glaube, gerade wir Eifrigen und Vorlauten haben größte Mühe, unser Geschick in die Hände der Gottesmutter zu legen." Ihr Blick glitt aus dem Fenster in die Ferne. „Aber wenn man wahrhaftig am Ende ist, bleibt einem nichts anderes mehr." Sie sah ihre jüngere Schwester an. „Becky, du hast alle Chancen, dass es dir vorher gelingt, dich der Gottesmutter anzuvertrauen – bevor du aus Hochmut in irgendeine hässliche Falle tappst."

Zum zweiten Teil

Auch während ihres Aufenthaltes in ihrer alten Heimat England ist Celeste vor Überraschungen nicht gefeit. Ein ominöser Bewerber lässt nicht locker und unerwarteter Besuch taucht auf. Schließlich kehrt sie nach Dresden zurück, die Stadt, die sie trotz des einstigen goldenen Käfigs, in dem sie gefangen war, in ihr Herz geschlossen hat. An ihrer Seite steht ihr geliebter Gemahl. Kurz nach ihrer Ankunft wird dieser jedoch des Mordes verdächtigt und in Haft genommen.

Über die Autorin

1965 in Järfälla/Schweden geboren, Lehre als Steinmetz/Bildhauerin absolviert. Studium der Medizin genossen. 1993 geheiratet, ein Sohn und eine Tochter großgezogen. 2008 Umzug von Norddeutschland nach Baden-Württemberg ins Allgäu. Seit Kindheit Produzentin kleiner Erzählungen zum eigenen Vergnügen, seit früher Jugend großes Interesse an Geschichte und Seefahrt, deshalb an entsprechender Literatur erbaut. Vor acht Jahren mit dem Schreiben ernsthaft begonnen.

Romane der Autorin

„Alexander Williams", ein Seefahrt- und Abenteuerroman während der napoleonischen Kriege, ist das erste Werk, gefolgt von dem mehrteiligen Kriminalroman „Das ungewöhnliche Erbe einer außergewöhnlichen Dame". Mit „Celeste oder Ankunft in Dresden" ist ein weiterer Kriminal- und Gesellschaftsroman entstanden, der mit „Gabriele – Das Angebot einer Freundschaft" fortgesetzt wird.